U0542416

THANK YOU DOCTOR

谢谢你医生

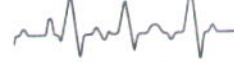

著

CONTENTS

THANK YOU DOCTOR

愿我们虽生而平凡，却不忘创造更好的世界。

第一章

一定要活着

Thank you doctor

01

2016年冬季，肖砚在阿富汗的首都喀布尔。

这是个被塔利班毁坏过的城市，是个接连不断发生自杀性爆炸事件、暴徒暴乱、政府和反政府武装频繁冲突的城市，是被危险、贫穷和死亡的阴影笼罩的极境。

可是现在每天推开窗户，除了随处可见持枪的警察和装甲车提醒她它的不同，肖砚几乎要认为这里和其他发展中国家没有太大区别。

风筝依然在天空飞翔，酒馆依然响起动听的音乐，鲜花依然在喀布尔盛开。

集市拥挤而热闹，地面上摆着高耸的铝制罐子，这是他们独有的煮茶工具；小贩把玉米埋在热滚滚的沙子里面，熟了之后挖出来，剥开皮香气四溢，然后浇上青柠汁；烤肉店里面伙计熟练地分解着羊肉，放到火上烤，油滴下，升腾起更猛的火焰；还有卖干货、卖香料、卖饼的大叔蹲在街角，懒洋洋地打量着过往的人。

尽管街区里不乏铁丝网、防爆墙和拿着枪的军人，街上嬉戏玩耍走路回家的孩童依旧充满了欢乐。他们会在光秃秃的公园草地上踢足球，两根铁杆架起来就是球门，也会玩一种叫“斗鸡蛋”的游戏。虽然他们眼睛里充满了警惕，但笑容依然是天真无邪的。

透过孩子们的笑容，他们这群无国界援助者能获得许多慰藉。

每天都有很多病人被送进他们医院，有的活着离开了，有的永远远离了战争硝烟。医院的后山上有一片墓地，每天陆陆续续有人背着石头去垒一块简易的墓碑，他们或是悲恸，或是麻木。

墓地寸草不生，没有生命的迹象，连这片大地都在为苦难的人们服丧。

阿富汗的冬季很长，很冷。

她一口气读完了《等待戈多》，在日记里面写道："戈多本来就是一个幻影，它没有任何意义。而这种无意义反而体现了本身的虚无的意义。没有痛苦和绝望，哪里能反衬出快乐与希望？缅怀和等待不能解决任何难题，即便在更加荒唐的时代。人生只有走出来的美丽，没有等出来的辉煌。等待戈多，不如告别戈多。"

中午暖洋洋的阳光照在她身上，医院的地势稍高，肖砚目光所及都是低矮的土黄色泥墙建筑。其实这些房屋并不是没有颜色，而是蒙尘或是褪色，唯有市中心的寥寥几幢高楼和总统府是白色的。不知道是不是心理原因，她觉得喀布尔的天空总是灰蒙蒙的，虽然远离工业化，但是蓝得不够干净和纯粹。

肖砚第一天来的时候，白人领队就告诉她，位于美领馆的正上方，有一架美军用来监视整个喀布尔状况的飞行器。

天暗的时候，她能清楚地看到一架像是鱼的仪器在空中游弋。她时常有种深深的悲哀，这个国家被战争摧残结束，并没有臆想中的和平、独立和自由，而是被监视、被操控、被当作大国政治博弈的棋子。

这时传来一阵发动机的轰鸣声，楼下后院的大门打开了，一辆装满药品和物资的卡车缓缓地开进来，几个当地的医护人员兴高采烈地对着司机招手。

那是医院的药品和物资补给，想到这里，她把钢笔和本子收起来，准备下楼帮忙。

忽然一声巨响从远处传来，晴朗的天空立刻变成了蓝灰色，升腾起几十米高的尘土是黑灰色的，夹杂着黄色和红色，肖砚感到地面都为之重重一颤。然后密集的枪声源源不断地传来，打破了午后的宁静和悠远。

院子里面已经忙碌起来，伴着枪林弹雨和爆炸的声音，格外刺激。

前几个月，他们刚来的时候只要听见枪炮、子弹声音就立刻回到医院，严阵以待，现在竟然也能谈笑风生了。

司机是当地人，英语讲得很好，告诉他们："早晨我看见十辆装甲车被运送到马扎里沙里夫的军营，照这样下去，驻军只会增不会减，最近的爆炸和冲突比以前频繁，你们要小心。"

"大叔，你也要小心啊。"

"这里是很危险，我的家人和朋友每天都生活在这里，但我也活到了40岁。"司机说，"因为我的家在这里啊，我哪里也不能去。"

后厨的人也来搬运食物，看到新鲜的羔羊肉就摆出一张愁苦的脸："好多人跟我抱怨吃腻了烤羊肉，怎么办啊？"

还真的有中国医生道："让我们下厨啊，正好冬天了，做个羊肉汤，暖和、爽口又不腻。

"羊肉馅的饺子、黄焖羊肉、白萝卜炖羊肉、涮火锅啊！你们真是对羊肉吃法一无所知。"

中国医生蹩脚的英语，将菜谱强行翻译成英文，词不达意，惹得全院子的人都笑起来，笑声一下子冲淡了战争的阴霾。

搬完药品和补给，货车司机还没关好厢门，他们就听见仿佛重装车队经过时轰隆隆的巨响，然后鸣笛声、呼喊声、尖叫声混在一起，打破了医院这片街区的宁静。

所有人还没有反应过来，医院已经被十几辆装甲车和吉普围住了。门打开了，近50个穿着战斗服、手持枪支、戴着墨镜的当地人冲下来，举起枪对着院子里的人、大门和窗户。

"不准动！"

几个武装分子持着枪走到医院大门口，然后毫不犹豫地对着玻璃窗开了一枪，瞬间玻璃被震碎，哗啦铺了一地。

几个不明所以的病人吓得跌坐在大门口，然后傻怔着看着这一切。

谁也不敢动。

黑洞洞的枪口，凶神恶煞的武装分子，讲着完全听不懂的语言，带着血腥、暴力和死亡的气息，毫无预兆地降临在这个普通的午后。

幽幽的灰蓝天空，阳光明媚，冬季干燥的风，带着尖锐刺骨的寒意在所有人脸上肆意地切割。

时间，好像停止了，抑或是麻木吞噬着分秒。

谁也不会想到有些事情真的会发生在自己身上。

第一天来的时候肖砚还是有些害怕的，她安慰自己：假设喀布尔有300条街，五天才有一条街被炸一次，这次爆炸只占一天时间的百分之一，落到自己身边爆炸的概率也只有十五万分之一，可以约等于不可能发生的事件。

她没想到，她会被武装分子用枪指着脑袋。

这时候吉普车的后座门被打开，几个人抬出一个虬髯髭须的人，战斗服上大片鲜血已经把深绿色染成了墨色。

担架所经之处血迹点点。

一个壮汉发疯般吼道：“你们最好的医生，医生！救他！救他！”然后一把枪抵到了当地医护人员的脑袋上，用暴怒的声音吼道，“说，谁是最好的医生！”

他们说的是当地的语言，肖砚只能猜测出大概的意思。她看到那个年轻的医护小伙子坚定又悲伤的眼睛，在偷偷地看着她，然后他眼睛里迸射出愤怒的火花，说道：“我们这里没有能做手术的医生，没人能救他。”

壮汉脸色陡然大变，手指扣下。年轻的小伙子发出一声闷哼，跪倒在地上，很快汩汩的鲜血染红了白袍，额头上汗如豆大，失血让他嘴唇的血色瞬间褪去，摇摇欲坠。

“没人救你，你也等死吧！”

“我！”

“这里有医生！”

声音从嗓子里面发出的时候，肖砚自己都辨不得了，尖细又涩哑，像是急刹车的轮胎摩擦潮湿地面的那种仄悚。

“我是医生。”肖砚语气微微坚定了一些，然后一支枪重重地抵上了她的后背。尽管隔着厚厚的羽绒服，她还是能感受到冰凉的枪管，身后是蓄势而发的子弹，和蒙着脸的暴徒。

这时候跟随在后面的吉普车门打开，一个穿着藏青色大衣和牛仔裤的高个子男生被推了下来，一个踉跄稳住了，武装人员跟在其后喊道：“医生。”

他站直了抬起脸，是张东方人的脸——近一米八五的个子，肩宽、人瘦、腿长，皓质清秀的五官，看上去年纪很小，头发蓬乱成一团，嘴唇破开一块，凝成了血痕，因为皮肤奶白，伤口看上去更加吓人。他特别像那些北欧的男孩，有着透明干净的气质，阳光又羞涩。

他整了整衣服，边走边小声地自言自语：“我 ×……我这破运气。”

脑袋上还被一把手枪抵着，但是他脸色如常，甚至有种轻蔑的淡定。

熟悉的语言，一下子击中了她麻木神经的兴奋点，于是她不管不顾地用英文大声喊道：“你是外科医生吗？”

那支抵在她脊柱上的枪，力道更重了一些，她又用中文重复了一遍。

他脚步没停，但是微微偏了头，用眼角的余光看着她：“嗯。”

他声音顿了顿，比刚才坚定：“别怕，我是外科医生。”

光华泠泠、锋芒湛湛的眼神，不畏不惧，胜券在握，像是一把锋利的钢刀，插进她麻木的四肢、恐惧的心脏，让热血涌向被寒风吹得浑身冰冷僵直的四肢百骸。

肖砚没有去看那些蒙着面的武装分子，而是对当地的医护人员说：“告诉他们，我也是医生，我要帮他，这个手术要开腹处理血管，一个人处理不了，要是想活命就听医生的。

“还有，要救他们的人，我们的人我们也要一起救。”

中年军人尚有神志，胸和下腹部鲜血淋漓。

冰凉的枪抵着她的后背，当地的医护人员也被挟持着当翻译。

肖砚有条不紊地发号施令："我们还需要一个麻醉师。

"准备十个单位的红细胞，预备三个单位的，如果库存不够，就查这些人的血型，让他们献血。"

而那个男生已经推来了呼吸机和心电监控，熟练地接上，然后用中文对肖砚道："开腹、腿上血管，你选哪个？"

"随便，我都可以。"

"就在这里开？"

"嗯，看他们拿枪抵着我们的架势，也不可能允许我们把手术室门关起来做手术的。"

"无菌不要了？"

肖砚无奈："做不到，手术室其实也很简陋，只能术后进行抗感染治疗。"

那个男生努努嘴巴："先开哪个？"

"选先能让我们活命的吧。"

手术室的门被粗暴地踢开，麻醉师哆哆嗦嗦地走过来。

肖砚把静脉留置针包递给他："开放静脉通道。"

麻醉师手伸出去没接稳，针包"啪"地摔在了地上，他下一秒就被枪口对准了："快点。"

肖砚蹲下去："我来吧，你冷静一会儿，给你五分钟时间，然后用最快的速度准备麻醉器材和药品。这场手术很关键，我们需要你帮忙，你不要想别的，只要记住他是病人，像对待平常病人一样就可以了。"

硫喷妥钠[①]慢慢地顺着管子进入身体，麻醉师紧张地注视着监控。

---

① 一种主要用于静脉注射的全身麻醉药，也可用于抗惊厥，为超短时作用的巴比妥类药物。静脉注射后产生麻硫喷妥钠醉，故称静脉麻醉药。

“放轻松。”

肖砚这才清楚地辨识出高个子男生的音色，简单的声音，带着东方人特有的儒雅，让周遭世界弥漫的恐惧感淡去了，一股轻快的愉悦感飘入心田。

“手术不会失败的，如果失败了，我会保护你的。”

这句话像是小情人在黑夜里最认真的独白，只说给心爱的女孩听。

他戴着口罩，只露出漂亮的眼睛，认真跟人对视的时候，眼睛盈盈泛着微微的水光，有种看谁都深情的感觉，奶甜奶甜的。

肖砚想，男生明明年纪不大，却很有担当。

“你是怎么被抓来的？”

“他们先去了我们医院，可惜我们医院还在建，一群人神经兮兮、莫名其妙地用枪指着施工队说要找个医生，我只好站出来了。”

“在建？”

“嗯，我运气不太好，被祖国派来给这边的医护人员做培训……哦，不对，是运气太好了。”

肖砚微微一笑，抬起头看着他：“我开腹，你处理腿上的血管，有把握吗？”

“完全没问题。”

手术刀在棕黑的皮肤上留下果断犀利的一刀，完全没有任何犹豫。

这是一具饱受创伤和布满疤痕的肉体，强健的肌肉上，大大小小的伤痕无数，身体里面甚至可能镶嵌着碎弹片。

“吸引。”

“留意右侧结肠和十二指肠。”

她的助手会意：“有血，但是看不清，灯光太暗了。”

“继续吸引。”

他刚切开股鞘，血如泉涌，动脉血混着静脉血一下把周围吞没了，满目都是红色，仔细一看，股动静脉同时损伤。

“有问题吗？”肖砚不放心。

“没问题，不过我不做血管移植了，直接缝合。”

肖砚有些诧异：“可以吗？”

“完全OK。”

这是外科基本功非常扎实的功力了。

他双手开工，一把止血钳，一把持针钳，一把剪刀，止血钳套无名指飞转。

他用的时候，右手的止血钳有力又灵巧地从手心里出去，定点就停，不差分毫，剪线时潇洒地收回到掌心，换上剪刀，两个器械轮流转换，左手执持针钳，找出血点和缝合的速度快得叫人惊叹。

那冷冷的金属光泽，在无影灯的照亮下，白光频频闪现，叫人眼花缭乱，堪比武侠小说里绝世高手过招时的刀光剑影。

就算他现在把眼睛闭上，肖砚都觉得他能够缝合，外科医生的基本技能靠练，但是练到这种程度的只能靠天赋。

“速度挺快嘛。”

“一般般。”

“不用谦虚。”

“不谦虚，这种程度而已。”

而肖砚那边处理得并不那么顺利，麻醉医生时不时提醒道：“血压太低了。”

“不是要救自己人吗？让他们献血备血。”

吸引器里又吸出了大量血液。

忽然肖砚停下手里的动作，微微眯起眼睛：“我看到了。”

所有人都屏住了呼吸，连他都默默地停下缝合的动作。

“太糟糕了，是下腔静脉肾下部的穿透伤。”

所有人都不说话了，在场的医生几乎已经听到了死亡的宣判书。

02

下腔静脉的损伤是创伤科医生可能面对的最困难的损伤之一，这一损伤在所有创伤剖腹手术中不到4%。尽管如此，这一创伤的死亡率还是高达59%，更不要说在这种极差的医疗条件下了。

那个武装分子焦急地在屋子里走来走去，听到全场鸦雀无声忍不住喊道："发生什么事了？"

翻译员颤抖着道："这个伤，救不回来。"

他暴怒，挥舞着枪："不管怎么样，你们要做点什么！不然我要把这家医院夷为平地！"

"主动脉侧壁钳。"肖砚出声，打破了沉寂，所有人的目光都集中到她的身上，没有人阻止，也没有人敢继续，她自己都屏住了呼吸。

他轻轻地问："还要继续吗？"

还要继续吗？肖砚也这样问自己。

那一瞬间，她能预想到的方案，大概就是听天由命了。

下腔静脉损伤，大概站在这里的外科医生，这辈子都不会遇上一例。在她工作的麻省总医院，十五年内一共才有九例下腔静脉损伤的病人。

自己虽然遇见过，但是完全没有参考价值。

那两个病例，一个患者因为休克和酸中毒，另一个患者伴有凝血功能障碍，都是上手术台没多久就死亡了。

她只看过相关报道，因为情况不同，也并不具备很大的参考价值，这大概是她行医这么久，第一次碰上只有理论储备的手术。

天气那么冷，她居然感觉到湿冷的汗细密地渗透出来，都可以感觉呼出的白气化成水，越来越滑，不断下落。尽管箍在鼻梁上的眼镜显微镜不太紧，她却感到紧得喘不过气来。

"借用一下。"

"嗯？"

她侧过脸，眼镜显微镜的边框擦着他的胳膊抵了上去，松了松，又重新箍到鼻梁最高处。

隔着薄薄的羊毛大衣，他的胳膊肌肉紧实。

“带子太松了吗？”

“不是，眼镜压得鼻梁有点疼。”

他笑出声：“你这个习惯怎么跟我老板一模一样？”

“什么？”

“不喜欢护士给他调整眼镜，擦汗，就喜欢往旁边人身上蹭。”他顿了顿，憋不住又笑了，“我总觉得这种动作，像小奶狗。”

奶狗？谁是奶狗？自己长得像奶狗，奶狗看谁都像奶狗吧。

肖砚正要反驳，他轻笑：“对不起，开个玩笑，轻松点，不要紧张，深呼吸，相信你的经验和判断，决定好了就去做。”

“你觉得……”

他摇摇头：“我没有任何经验判断是缝合还是结扎，再大的医院，这种奇葩创伤这辈子都很难遇到，你有经验吗？”

“有倒是有……”她顿了顿，“没有活过来的。”

“那你更应该试一试了。”

肖砚点点头，重新整理思路，其实这个病人比以前医院接收的病人情况好很多。她不相信运气，但是这种九死一生的亡命徒说不定真的有什么鬼怪神明庇佑，这样想她就有了信心，嘱咐助手：“吸出血块，血管夹截断下腔静脉。”

两个血管夹把损伤的下腔静脉两端血流截断了。

“准备肝素。”

助理抬起眼睛看她一眼，犹豫了一下：“要冲洗吗？”

肖砚点头，眼睛里露出浅浅的笑意：“别紧张，该怎么做就怎么做。”

助理结结巴巴地辩解：“我，我……没有紧张。”

“显微夹和剪刀。”

外膜被干净利落地剥了下来。

“靠拢裂口的边缘。”

助理的手都有些抖，悬在空中几秒钟都没停止，然后身侧的位置就被那个男生挤过来占了去。

“我来，你去处理下那位朋友的伤口。”

“8-0线。”

时间从来不曾像现在这样慢，肖砚手中的缝合针每一次进出，好像是另一种独特的计时方式。

所有人都看得心脏高悬，她却越缝越轻松、越洒脱，有种大开大合的潇洒。

最后一下弧形拔针结束，她先呼一口气，然后手下松开了远心端的血管夹，再松开近心端的血管夹，以恢复血流。

显微镜下血管充盈良好，连轻微的漏血都没有。那个男生长长地松了一口气，不由得赞叹道：“很漂亮，很完美。”

确实漂亮，显微镜下针距和血管边距，整整齐齐，一看就是张力平均，堪称完美。

她却没有什么表情，语气甚至还有些沉重：“下面就听天由命吧。”

他眼睛弯弯，带着笑意：“手术是成功的，如果这个人要是因为血栓或者感染不幸‘狗带’[①]了，我们会有什么结局？”

“不知道。”

“我应该可以混个烈士当当吧。”

肖砚横眉，啐了一口：“年纪轻轻的，瞎说什么？不吉利。”

他帮着关腹，问道：“你来这里多久了？”

“半年，你呢？”

“三个月，你要在这里待多久？”

“按计划是一年，你呢？”

“看领导心情吧，啥时候心情好了，就把我召回去了。”

---

① 当代流行网络语言，此处意为“死亡”，取自英文词组go die的谐音。

“犯了错？”

他轻咳一声：“终于找到个专业人士评评理了：患者便血来院，在开腹手术中被发现门静脉积气，弥散性、不可逆肠梗阻，九小时后死于多器官衰竭，然后家属说要我们给死者偿命，把配药室的门反锁，他们拿钢管打护士，把主治医师按跪在地上扇巴掌。”

肖砚脸色一变：“疯子吧？PVG是死亡率50%以上的病。”

“我没等保安、警察过来，拎着甩棍，把门踹开，然后……我就被发配到这里来了。”他耸耸肩，还带着点委屈的撒娇感觉，然后恢复如常，“不过我不后悔，打了就是打了，要是那时候我没站出来，只能让这些暴徒变本加厉地伤害我们科室的医护人员。我们有个准备一个星期后结婚的小护士，当场被打成脊髓震荡，差点儿就全瘫了。”

她紧锁眉头：“难以想象，在美国医院很少会发生这种事情。”

“美国医院避免医患纠纷的两个法宝：知情认同，法律调解。”

她点点头。

“而中国‘网漏于吞舟之鱼，而吏治烝烝’，所以好好在美国待着，可别想不开回来。”

两台手术都完成了，在肖砚放下手中的器械的瞬间，屋子里的气氛更紧张了，因为谁都不知道接下来这群暴徒要对手无寸铁的医生们做些什么。

这才是紧要的生死关头。

凝滞的空气里，只有监护仪器发出嘀嘀嗒嗒的声音。

商量了好久，他们说道：“我们要把人带走。”

肖砚坚定地拒绝：“病人苏醒还要两个小时，还要留在医院做抗感染的治疗，离开医院就是死路一条，留在这里还有活的希望。”

她说完，转过头用中文道：“你是不是觉得我特别蠢？带走他，我们也许就彻底安全了，现在我是在自找麻烦吧？”

他摇摇头：“我跟你想法一样，我们努力了两个多小时，把病人从死亡线上拉回来，在痊愈可期的时候，一旦因为这种愚蠢的事情撒手而去，我真的会气死的。再说了，你是无国界援助者，我是不干涉内政的立场，就算是反政府组织，就算是武装分子，对我们来说，那也是个病人。”

“那现在怎么办？”

他看了一眼肖砚，然后走上前两步用英文说道：“你们把我当人质吧。”

肖砚瞪大眼睛：“你疯了吧。”

他沉默良久，转过身来，定定地看着她：“这是现在能解决问题的最好办法了。”

“……”

“我去当人质，他们应该会很放心，而且也不能对我做什么。等病人恢复了，我也就能回来了。”

他说得越平静，越轻描淡写，她越是害怕。

灼目刺眼的无影灯白光下面，她神情很平静，但是她的嘴唇在颤动，眼睛里面积满了泪水，倔强地没有掉下来：“我不同意。”

他顿时手足无措：“哎……你好好说话啊，别哭啊，这是现在最好的大家都安全的方法。”

她嗓子里面憋得说不出完整的话：“我……不行……”

忽然那个壮汉手一指，叽叽咕咕地说了一大通。

翻译员道：“他们说要把另外一个受伤的人带走，让你们准备好药品，等病人情况好转之后，再交换；他们还说，不会带走那个中国人，惹怒中国部队就不好了，中国军人很厉害，而且他们对中国人没有恶意，不想伤害中国人；他们还要跟你们道歉，也很感谢你们。”

肖砚破涕而笑，腿一软，差点儿没站稳。

而他还心大地问肖砚：“识时务者为俊杰——这句话咋翻译？告诉他们，他们很聪明，敬他们是条汉子。”

肖砚捂着胸口：“少说两句，这些人喜怒无常。”

“好的，我闭嘴。”然后他不好意思地摸摸鼻子，讪笑，“运气太好了，这次是真的非常感谢祖国，我身后强大的后盾。”

明明还没到黄昏，天却暗下去了，阳光淡淡的，只剩下颗粒状，然后隐去不见了，厚厚的云层沉沉地压在天际。

围着医院的武装车队早就撤离了，那个受伤的当地医护人员因为麻醉的药效还没全醒，昏昏沉沉地被扔到车上。这些武装分子手端着枪，指着医院，慢慢地倒退回自己的车辆里面，不放松一丝警惕，安静地撤出。

车门刚关上，当地人对着车窗大喊道：“要活着！一定要活着！加油活着！”

中国伤员轻轻地颔首，然后车轱辘卷起黄土尘埃，渐渐远去。

几分钟的事情，肖砚像看了一整个世纪。

浑身放下警惕的那一瞬间，寒气从呼吸的、肌肤接触的空气一下子进入身体，激灵过后，酥麻过后，她脚一软，跌坐在地上，悬坠的心，一直像钟摆一样荡着的心，终于轰然坠落在胸腔里。

“没事吧？”他伸出手想拉她起来。

她只是把脸深深地埋在臂弯之中，似是平静，似有流不完的眼泪要消化。医院已经亮起了灯，橘色的光，柔和地照向地上这只瘫软的小兽。

他拉拉长裤蹲下来，然后伸出手，摸摸她的头发，他的声音在此刻听起来就像是一股来自低纬度的暖流：“没事了，没事了。”

不知道过了多久，街道上又响起车辆由远及近的轰鸣声。所有人迅速地躲在医院里，紧张地看着窗外。

来的是驻地的军人，在建医院的中国工作人员寻求使馆的帮助，使馆层层施压才派出驻地部队，寻找了周边几个医院之后才找到这里。

他站出来：“我没事，麻烦你们把我送回去。”

“绑架你的武装分子呢？”

他深深地看了一眼肖砚，相当镇定地道："他们早走了，那个人失血过多在路上就死了。他们把我丢在附近，我找不到回去的路，只好来医院寻求帮助。"

"知道了，请跟我们走吧，我们接到命令要把你安全地送回去。"

"那么再见了。"他挥挥手，紧蹙的眉舒展起来，他对着肖砚微微一笑，"再见了，有缘再见。"

他离开时，大雪突然而至。

黑色的夜幕下，这座城市，终于可以在暂时的安静与和平中，迎来今年的第一场雪——是掩盖一切罪恶和苦难的白雪，是千年来默默注视着这座饱经沧桑的古城的兴衰荣辱，不离不弃的白雪。

那夜下雪，肖砚静静地站在院子里。她看见了时间的形状，它有洁白得不太实在的羽毛，有着静默蚕食般的声音。

雪花是时间的另一种尘埃和叶片。

她回到手术室，那里已经被简单收拾过了。虽然墙面残破，地面坑洼，设备简陋，但是医护人员努力地保持着整洁和干净。他们还把一面墙刷成了薄荷绿色，清新可爱，充满生的希望。

麻醉师静静地坐在床边，等患者苏醒。

她走上前拍拍他的肩膀："干得好。"

小伙子腼腆地笑起来，然后从口袋里面掏出一串青金石手串递给肖砚："肖医生，这是你落下来的吗？刚才他们在担架床铺巾下面发现的。"

深蓝圆润的珠子穿在一起，色泽浓艳，细腻的珠子里面的金屑分散均匀，若众星丽于天，精光生辉。

阿富汗盛产青金石，但是这种极品手串即使在当地也要卖到很高的价钱。

"是那个医生落下的吧，我先收着吧。"

她忽然想起什么，轻轻地"啊"了一声："完了，我忘记问他的名字了。”

“又不是你的错，他也没问你的名字啊。”

她被逗笑了：“是的，都是他的错。”

雪越来越大，雪花像飞舞的白蝶一样，撞到玻璃窗上，然后粉身碎骨。

肖砚看着这样激烈的雪，粉身碎骨的壮烈，心中更加平静。

她点燃了一根蜡烛，融融的烛光下面，只能驱散它周围的一点寒，但是一切都是那么温暖，带着生动的热度。

“大雪姗姗来迟，却恰到好处，喀布尔低矮的建筑物在雪夜里安静和缓，雪花是这座城市的守护神，此刻谁也不愿意去亵渎这个美梦。

“我不是那种感性的人，也不是那种感同身受的人，因为那是诗人的矫情、歌者的虚伪，但是此时此刻，我忽然真实地感知到这片土地，感知到人类最基本、最朴素的情怀——生存。

“人类，不是两栖动物；土地，是这个族群赖以生存的地方。生于斯、死于斯是世代的宿命和轮回。

“我在等，等待希波克拉底，拯救生命，熨帖灵魂。”

03

肖砚随无国界组织在阿富汗喀布尔参加医疗救援任务，一年后回归美国麻省总医院 Trauma, Emergency Surgery and Critical Care①继续工作。

同年，肖砚的男朋友林志远在贾拉拉巴德医院遭受武装袭击，不幸身亡。

她在葬礼那天晚上写道：“每每回忆至此，就像是在看一部离别

① 中文译为“创伤急救外科和重症监护”。

的电影，但是那种锥心的痛楚已经忘却，留下的是苍白的躯壳，我知道每个人都将逝去。在我的世界里，歌停了，回忆也到此为止。

“等待希波克拉底，我已经等不到了。”

人们常说，黑夜使人恐惧，但当你的世界只剩下白光时，不也是另一种黑夜吗？

肖砚明白这个意思。

因为在无影灯的世界里，那种山雨欲来的压迫感，叫人无法动弹。

口罩斜斜地挂在耳边，柔顺的长发披散下来，她原本只是想在手术结束之后，在休息室稍稍休息一下，没想到靠着长椅就睡着了。

肖砚做了一个很浅很短的梦。

她走在一条尘土飞扬的乡间小道上，旁边似乎还有个男人，他对她说“咱们走吧”，她说“咱们不能”，他问“为什么不能”，她还没来得及回答，下一秒，耳边响起由远及近、尖锐的声音，划破宁静，然后她看到炮弹在她眼前爆炸，惊心动魄，但是没有痛感。

她惊醒了，一摸额头，一手的冷汗。

“你需要休息了，Sylvia。”同事金发小美女一脸担忧地看着她。

“我没事。”她声音沙哑，还有些低喘的心悸。

“真的没事吗？”

“放心，只是做了个不太愉快的梦。”

“告诉你一个秘密，我听说Wendell①医生有退休的计划了。”

“是吗？”

“曼哈顿中心区900平方米的综合门诊，年收入上千万，不知道能被他看中的幸运继承人是谁。”

肖砚站起来，声音已经恢复了平常：“反正跟我没关系。”

“那不一定，你难道没有兴趣吗？”

---

① 姓氏，音译为“温德尔”。

肖砚站起来拍拍她的肩膀，笑道：“我也告诉你一个小秘密。”

金发小美女疑惑地看着她：“秘密？”

“我辞职了，我要回国了。”

办完所有手续已经是七月底，这时候的波士顿弥漫着花草的清香和靡靡夏日的黏甜，天空总是湛蓝的，万里无云，毫无心事，懵懂可人。

这是她回国前最后一次坐在这所教堂里，旁边大楼玻璃反射过来的光芒落在她的身上，她身子微微往前倾，几缕发丝落在脸旁，平添了几分娇俏。

旁人都在上帝面前喃喃低语，也有些参观的游客举着相机旁若无人地拍。她用手轻轻摩挲着那本赫尔曼·黑塞的《悉达多》，她不信教，临行时，却觉得少点仪式性的告别。

她很喜欢在这种教徒化的场合静静地想着心事，每当祈祷仪式开始，管风琴便会响起，旋律会在整个教堂内回荡，她的思绪便被带得很远，灵魂似乎也轻飘飘地离开她的身躯。

“我要回去了。”她用中文自言自语。

而20年前，她还是一个孩子，语言不通，当被母亲牵着手第一次踏上繁华的纽约街头，她便认定这里成了这辈子的栖息之地。

她都没想过还能有回国的一天。

旁边的妇人眼瞅着放在她膝盖上的那本《悉达多》，试探地问道：“这是什么书？”

她用英文作答，妇人似乎不能理解：“上教堂为什么要带这本书？”

她不是去教堂带着，而是随身带着。

这是中文译本，是她捡到的，然后又从二手市场淘了一本送给林志远，那时候他打趣道：“为什么要送我这本书？你信佛吗？”

这是关于释迦牟尼一生的故事。

她翻了个白眼。

他举起这本书：“《彷徨少年时》《荒原狼》《玻璃球游戏》我都

读过，你很喜欢黑塞吗？”

她摇摇头：“我都没有注意过这个作者，只是很喜欢这本书。”

“为什么？”

“不知道，哎，我是理科生啊，你不要让我绞尽脑汁地描述自己的感受，好不好？很难的。”

她那时候讲不出来，是因为灵魂没有被触及，世界上所有人都是诗人，只不过明白得太迟、感触太浅而已。这本《悉达多》她反反复复地读，像把人生走了许多遍。

她在读医学院最后一年的时候，情绪极度糟糕。

每一个年轻医生都经历过情绪跌宕的时期，第一次亲眼见到病房里死亡的病人、抢救失败的病人；第一次手忙脚乱、意外犯错；第一次觉得自己是个废物。

医院的实习生身处炼狱，被上级骂、被同事指责是家常便饭，连自己身为华裔的身份认同感也无法在医院里建立，她变得敏感、消极、焦虑和逃避。

这是她第一次害怕无影灯下的世界。

那天她的主治医师在楼道里疯狂咒骂：“马上就要做手术了，该死的Sylvia人呢？”

而她正在查尔斯河[①]的水陆两用船上，看着澄蓝的河水，心里思忖着怎么提出辞职。其实那天天气很糟糕，似乎要下雨了，天灰得发白，更显得寥廓无边，淡色的阳光被灰蒙蒙的天空打散。

游客们都在兴高采烈地拍照，只有她静静地坐着，像是一叶孤舟在河面漂。

---

① 英文全称为Charles River，名称来自英格兰的查理一世。查尔斯河是美国马萨诸塞州东部的一条长约192千米的河流，源自霍普金顿，向东北方向流过23个镇、市后在波士顿注入大西洋，沿岸有哈佛大学、波士顿大学、布兰迪斯大学和麻省理工学院等著名大学。

下船的时候她是最后一个离开的，导游却递给她一本书问道："这是你丢的吗？"

她用中文念出了名字，然后摇摇头，导游咧嘴一笑："你看得懂就给你吧。"

她坐在河岸旁的咖啡馆，边看书边等雨停。

故事很短，雨也很短。

雨过天晴，太阳慢慢地从云层后钻出来，最后的夕阳渐渐地沉了下去，她伸出右手缓缓地递出，整个余晖就托在了她手里。

这是她人生的第一个救赎。

忽然一阵喧哗，她从回忆里醒来，才察觉到布道结束，人们纷纷站起来往外走去，只有她仍然安静地坐在凳子上，翻开一页纸轻轻地念道："当一个人能够如此单纯、如此觉醒、如此专注于当下，毫无疑虑地走过这个世界，生命真是一件赏心乐事。人只应服从自己内心的声音，不屈从于任何外力的驱使，并等待觉醒那一刻的到来；这才是善的和必要的行为，其他的一切均毫无意义。"

这是她离开波士顿前说的最后一句话。

第二章

你认错人了

Thank you doctor

01

“人家都是为了更高的造诣出国深造，你这是赶着回国钻研？你脑子还好吗？”

回国见的第一面，佟雪还是重复说着说了上万遍的话，还没等肖砚回答，两个圆滚滚的粉色小肉团冲进她的怀抱，奶声奶气地喊道：“Aunty[①]……”

“Aunty有没有想我们？”

她一手一个小团子，笑容也变得温柔：“当然有啦。”

“Aunty我也好想你啊。”

“Aunty我比大宝还想你，所以你要更想我。”

佟雪抗议：“你们两个太过分了，怎么能这样争宠呢？”

“妈妈又要伤心了，因为我们更爱aunty。”

“你们知不知道什么叫先来后到？我先认识了你们aunty，所以你们aunty应该最想我。”

佟雪上前一步，紧紧地抱住肖砚，感受到她的身体有一瞬间的僵硬，然后慢慢地放松下来。

“欢迎回国。”

佟雪从没想过能跟肖砚建立友情。

---

① 中文释义为“阿姨”。

当初跟着出国读博士的丈夫去波士顿，她读完了硕士，参加工作，之后怀上双胞胎。只是没想到产期提前，在电闪雷鸣、暴雨骤降的深夜里，绝望的佟雪敲开了隔壁的大门。

在此之前，她们都没有真正说过话。

佟雪搬家那天就遇上了这个五官艳丽、神情冷漠的女人，还没来得及用蹩脚的英语打招呼，这个女人就踏进电梯门，连个关注的眼神都没有给她。

她带着烤好的起司蛋糕去拜访，连续敲了几天门都没有人回应。和丈夫出发去纽约玩的前一天晚上，她把蛋糕装在冷藏箱里面，写了张卡片放在隔壁的门口。

丈夫抱怨："干吗多此一举？麻烦。"

"这是最起码的礼貌。"

"人家也不领情。"

"她不领情是她的事情，只要我不失礼就可以了。大家都是邻居，万一以后需要帮忙呢？"

他们从纽约回来之后，冷藏箱放在她家门口，佟雪打开一看，里面附着一张字条。

"谢谢你的蛋糕，很好吃。P.S. 好好学习英文，语法有错误。"

她恼羞地想砸门把蛋糕抢回来，但没过五分钟就消气了："人家说的是大实话，我不能玻璃心，既然来了美国就一定要好好学习英文，不能叫人家小看我。"

于是她又开心地烤点心，并隔三岔五地放到隔壁门口。

后来佟雪知道隔壁邻居叫肖砚，华裔，是麻省总医院的住院医师。

"她是不是很厉害？"

"当然咯，在美国学医的路很难、很难、很难走，可以说这群人是顶级聪明的。"

"这样啊。"

于是她偷偷地把大学资料塞到对面的门里，字条上面写："我想继续念书，能不能给我一点建议？谢谢顶级聪明的医生邻居。”

五天之后，那份资料原封不动地被退回来了，像是完全没有被动过的样子。佟雪既失望又难过，顺手翻了几页，却发现有一页纸上面贴着淡蓝色便笺纸。

“统计学。”

她去学了统计学，美国的数学对她来说毫无难度，很快就硕士毕业，工作非常顺利，而且年薪比做博士后的丈夫还高。尽管有时候两个人会爆发争吵，但她还是积极备孕，就在预产期前一周，丈夫飞去加州一家公司面试。

在这之前，他们就因为面试爆发了激烈的争吵。

“医生说我很快就要生产了，都到这个关键时刻了，你为什么不能放弃这场面试？”

“你不要那么紧张，预产期还没到呢，我问了几个朋友，第一次生孩子都会比预产期晚。”

“万一……”

“哎，你太矫情了吧，不要瞎想。你想想我也要工作啊，这份工作比我现在的工作薪水高，我有什么理由不去面试？”

“我们家不缺钱啊，我们现在的收入已经算很不错了。”

“那是你的收入高，又不是我的。”

她很委屈：“我们是一家人啊，我们的收入是家庭的收入，为什么要分你我呢？”

“因为这是我的人生，我想去哪里面试、想去哪里工作，是我的人生，不需要你管那么多！”

在宫缩的剧痛之下，佟雪敲开了隔壁的门。

医生的职业敏感让已经入睡的肖砚瞬间清醒，她什么都没说，冷静地拎起待产包，拿起车钥匙开车：“一般初次分娩的产妇生产时间比较长，宫缩时间也长，你要放松，保存体力，用呼吸法转移注意力，不要紧张，不会有问题的。”

她音色偏冷，说话也很少用带感情色彩的词语，声线也没什么起伏，但是莫名地叫人安定和信任。

顶着暴雨她们赶到了医院，然后被送进待产室。

来来往往的医生、护士中，有的认识肖砚，跟肖砚打招呼，然后用好奇的眼光看着她，肖砚无奈地解释："她是我的邻居。"

她这才明白，原来这群人把她当成肖砚的同性爱人了。

当时佟雪愤恨地想，肖砚可比她丈夫靠谱一万倍。

肖砚全程陪着她，熬过十个小时，顺利生下两个可爱的女孩子。

"就叫大宝、小宝。"

她这才发现，肖砚面对哭闹的婴儿的时候，整张脸带着说不出的柔情生动，像是冰雪消融的河水，泛着温柔水波。

肖砚小心翼翼地伸出手指，杵了杵她们的小拳头："每一个孩子都是上帝手牵手送到人间的天使，以后这两个小天使的手就要由我们牵着了。"

后来她忍不住把这次家庭争吵跟肖砚说了，然后问道："我是不是做错了？"

"你没有错，错的是他，扛不起家庭的责任就用人生做借口开脱，一个男人可怜又自私，抱歉我用了这样的词语，他配不上你。"

她微微张开嘴，哑然。

这个女人，见地那么一针见血，说话那么直接，中国人人际交往说话艺术里的婉转迂回丝毫没有，西方社会的那套交际方式倒是学得极好。

好扎心、好难过，但是她好喜欢。

最后婚姻破裂，佟雪带着两个孩子回国，统计学在国内刚起步，人才极其稀缺，她又赶上了最好的时候。

"你真的是我的福星。"她在机场跟肖砚告别，哭成泪人，"我希望我以后的运气都能转移给你，希望你拥有简单而美好的生活和安全的依靠。"

肖砚微微一笑："我结婚的时候，你会来吧？"

然而婚礼没有等到，肖砚等到了噩耗。

她们上了车，佟雪递给肖砚一盒点心。

"这是什么？"

"你不是要吃老大房的鲜肉月饼吗？在接你的路上顺便买的。"

两只小猢狲偏偏要拆台："才不是呢，妈妈一大早就去等铺子开门了，说是要买最新鲜的。"

"妈妈都不给我们先吃，说是一盒月饼，拿出两个分给我们，aunty的强迫症就要犯了。"

"强迫症是什么？"

"不知道，听上去很厉害还会要人命的一个东西。"

这两个小天使，被佟雪形容成两只小猢狲，她现在亲眼见了，明明就是说对口相声的好苗子。她被逗得哈哈大笑，打开盒子，温热的月饼摆得整整齐齐的。

她递到后座："吃吧。"

两个小天使一齐摇摇头："妈妈说过客人先吃。"

酥皮一碰就像雪片落在嘴里，肉馅肥瘦均匀，很丰腴又不油腻的口感，汁水鲜味十足。

"跟你记忆中的有差别吗？"

她摇摇头："我小时候没吃过。"

佟雪"哦"了一声："你偶尔说起这个鲜肉月饼，我还以为你是怀念当年的味道。"

"不过现在还没到中秋吧，怎么就卖月饼了？"

"现在哪儿有这么多讲究，一年四季吃大闸蟹，腊八粥当养生粥天天喝，很正常啦。"

她低低地道："这确实是怀念，谢谢你。"

车上了机场高速，紧随着前方的车流，从高架桥上看去，高楼鳞次栉比，车辆排成长线，这个城市拥挤得似乎没有多余的空间喘息，连夏日的阳光都没有缝隙进入地表，白光灼目布满整片天空。

“对我来说，真的是个完全陌生的城市。”她忍不住笑起来。

“嗯，我回国时都吓了一跳，变化也太大了吧。”

两个小天使已经在后座睡着了，连长久的红绿灯走走停停都没有叫醒她们。

“肖砚？”

“嗯？”

“能不能拜托你一件事情？”

“你说。”

“我有个好朋友，她是杂志社的编辑，她想采访你。”

“采访我？为什么？”

“她想做一栏无国界救援的专题，你不是去过阿富汗吗？她想了解……”

“等等，你搞错了，我没有去过阿富汗。”

她平静地打断，情绪没有变化，依然是那偏冷的音色，但是不似积雪梅花幽静，有种料峭冰凌的刺疼。

“欸？”

“我没有去过阿富汗。”

“可你不是说……”

“只有林志远去过阿富汗，他参加无国界组织去阿富汗进行医疗援助。”

佟雪恍然大悟：“啊，对不起，是我搞错了，对不起，对不起。”

“没事，都过去了。”

“这本书，你真的很喜欢。”佟雪的目光落在了她手上那本《悉达多》上。

她点点头：“嗯，很喜欢。”

空调风微微吹着，露出了最后一页白纸。

上面写着："每个人都有想要忘却的回忆，那些旧的人、事、物，那些过去的情、念、忆，血淋淋地折射着飘忽的灵魂，旧伤口历历在目，终将愈合，却一生留在肉体上无法抹去。如果想要遗忘，最好的办法就是不要睁开眼睛。"

白术中途醒了一次，睁开眼睛时手术室铺满了阳光，那些冰冷的机械都染上了温暖的金色，金属折射阳光照在他额头上，带着温度，有些痒痒的。

昨晚11点送来的患者是因车祸受了脑外伤，行去骨瓣减压手术，这已经是白术在ICU[①]的36个小时的第五台手术。做完手术后，他两腿僵直，眼神涣散，累得直接就躺在手术室里起不来了。

他的一助陈秩被吓得惊慌失措地喊道："白老师，白老师，你怎么了？"

他嘴唇艰难地动了两下："没事。"

小护士林小芝已经见惯不怪了："你这夸张得跟演电视剧一样。陈秩，你别管了，让白白老师睡会儿吧，他太累了。"

"可是白老师还是回休息室睡吧。"

"不……"

林小芝推了一把陈秩："听见没有，白老师叫你滚呢。"

"……我没有。"

闭上眼睛的瞬间，像是灵魂出窍，几乎是昏迷过去了，白术迷迷糊糊中，听到门打开又关上，林小芝跟陈秩说了什么，然后周遭又安静下来。

其实睡在手术室竟然叫人那么安心，没有护士喊门，没有按铃催魂的尖叫，也没有家属哭哭嚷嚷的声音。

① 即Intensive Care Unit，指重症加强护理病房。

当所有人默认他下一秒就要猝死在工作岗位上时，都相当默契地离得远远的。

不知道睡了多久，在神志飘忽的时候，耳膜里是茫然一片的空白，忽然高跟鞋的声音由近及远地被无限放大，一声一声，似乎敲在他的耳膜上，白术感觉到自己的心跳忽然快起来。

最后脚步声消失在走廊上。

下一秒手术室的对讲电话响起来了，唐画声音传进来："白老师，在吗？"

他睁开眼睛。

手术室里还有淡淡的血腥味和冰凉的药水味，地上已经被简单收拾过了，落在地上的一次性巾单和他的手术帽被空调吹在一起，搭在他腿上，他半个身子都隐在这片蓝色之中。

"在。"

"抱歉吵到你了，你手机不停地响，我帮你拿过来了，可能有什么急事找你。"

他抓抓乱七八糟的头发，站起来："知道了，谢谢你。"

白术换完衣服走出手术区的门却被吓到了。

唐画穿着欧根纱的白色连衣裙，轻薄又飘逸的质地，缎子面镶水钻的高跟鞋，像是要参加舞会的阵势。

她还没等他发问，就率先解释道："我这样穿是不是有点奇怪？我也觉得很别扭，我妈晚上给我安排了相亲，没办法，母命难违。"

小姑娘笑起来一脸的明艳和鲜亮，神情坦荡又自然。

他含混地"哦"了一声，点点头。

"您昨晚又通宵做手术了？"

"嗯。"

"那您还没吃早餐吧，我给您带了点吃的，放在您桌子上面。"

他略感头疼，谢绝的话在嘴边又咽了下去："……谢谢啊，多少钱？"

她微微翘起嘴角，拒绝："白老师，太客气了，不用给我钱了。"

然后转身就走。

“唐画。”他喊住她，满脸的疏离和冷漠，“以后不要这样了。”

“白老师，这是用上级对下级的命令口气跟我说话吗？”

“无所谓你怎么理解。”

小姑娘停下脚步，转过脸来，嫣然一笑：“在白老师眼里，我是不是很可怕？”

他抬起眼睛，然后又冷漠地垂下去。

“我刚才好像说了一句蠢话，因为跟陈秩比起来，白老师总是不把我放在眼里，为了让自己有点存在感，我只能拼命地做多余的事情博眼球了。”

这时候电话又响起来了，一道略清冷的女声传了出来：“请问是白术先生吗？”

为数不多的第一次就把他名字念成了“bái zhú”的人，他心下顿生好感。

“是我。”

“你好，我是肖砚，肖明山的孙女……”

他瞬间觉得脑子里有雷声阵阵，震得他脑瓜子疼。

完了，他居然把这么重要的事情忘了。

一个星期前，老院长肖明山把家里的备用钥匙交给他：“小白啊，我孙女要回国了，她回国那个星期我正好不在家，你把钥匙转交给她，麻烦你了。”

他满口答应了：“小事，不麻烦的。”

而他把这件事忘得一干二净。

于是他立马站起来，大步流星地往外走去。

秋老虎肆虐地席卷着入秋的午后，抬起头就是刺目得让人眩晕的阳光，看不到太阳的轮廓，阳光白热地笼罩整片天空。

整个家属区藏在茂密的榕树和木棉树中，像是被加了一层暗黄色的滤镜，陈旧肃穆。

前院长肖明山家附近的榕树下面，一个高瘦的女人穿着黑色T恤、黑色运动裤，戴着黑色的鸭舌帽，整个人都是暗黑神秘酷盖①的感觉，坐在硕大的行李箱上面。

她右手手指夹着一本书，手指柔软灵活，单手就能唰唰地翻页；她左手手腕上戴着黑色牛皮手环，上面坠着银质的骷髅，骷髅眼睛镶着红宝石，随着动作一闪一闪的。

于是他走近试探地喊了一声："肖砚？"

她转过头。

白术瞬间感到一缕细微的震荡蹿进心腔，然后在心房和心室间层层折返回响，他唇抿得紧紧的，呼吸短又快，半晌才道："是你？"

那个喀布尔的女医生，他们萍水相逢，过命之交。

她不动声色地躲开了他的目光，疑惑地问道："你认识我？"

他说话又急又快，词句分裂："你不认识我了吗？喀布尔？阿富汗、手术、我们一起，还有武装分子，他们还打伤了一个医护人员，我还跟你讲了好多好多话，我是被绑架的，你不记得吗？不可能吧？"

她看了他一会儿，然后摇摇头，语调直冷："你认错人了，我没有去过什么喀布尔阿富汗。"

他的声音和他的面容慢慢地僵住："是吗？"

"我有必要骗你吗？"

过了好久，他声线平平，恢复了往常的冷漠和疏离："没有，是我认错了。"

然后他从口袋里掏出钥匙，解下其中的一把："给你。"

"谢谢，麻烦你了。"肖砚微微一笑，把钥匙插进大门锁孔，拧开把手，"那我进去了。"

---

① 多见于网络，取自英文单词"cool guy"谐音，指看起来很酷、很帅的年轻人。

"哦。"他站着一动不动，脑子里还有其他的念想。

嘴上承认，不代表他心里承认。

她和喀布尔那个女医生看上去就是一个人。

她看上去30岁不到，身材高挑，周身线条有些男性化的硬朗，微卷的长发在她肩膀上轻柔荡漾，冷白皮肤配上淡樱色的薄唇。

但是她们也不像一个人。

因为她在不笑的时候，眉梢、眼睛都透着一股森然冷意，即使为了保持社交上的友好神情，她轻翘嘴角似笑非笑，也让人觉得她的笑容危险、别有深意。

而那个女人，笑起来是谦和的，带着些羞涩，还有悲怜世人的清愁。

那本书被倒扣着放在行李箱上，他看了一眼名字，黑塞的《悉达多》。

再看看她肩上的黑色双肩包，精巧锁头上的字母显示出不菲的价格，旅行箱也是广告里最贵的那款，更别提她脚上的那双鞋子。

旁人看是款普通的运动鞋，他要不是有徐一然这种追求潮牌的好朋友，也不会知道一双带着标签的鞋子，限量，价格上万。

这样全身上下写着"我很有钱"的女人，千里迢迢跑到阿富汗去拯救生命？太魔幻了吧？

一定是他认错了。

肖砚抬起头，自言自语："这里居然没什么变化。"

前院长住的是民国时期建造的两层小洋楼，小洋楼是单排的，每家院子里都种满了花草树木，白墙上红色的窗棂被经年的常春藤覆盖，绿色的叶子沉甸甸地绕着拱门柱子垂下来，远远看去有种"庭院深深深几许"的幽静。

肖砚打开门，院子里种满了争奇斗艳的花，从屋外看是绿色的海洋，而院子里是鲜花的盛宴，唯有一棵柿子树孤孤单单地站在角落里。

她走上前，轻轻地抚摩着厚实粗糙的树干，轻轻地道："老朋友，你还在这里啊。”

一阵风吹来，树叶沙沙地摆动，好似在回应她。

风也把她的长发卷起来，遮住脸，只留下一双清澈的眸子，那神情有些伤怀和感慨，高远辽阔的天空、炽热的阳光、绿树和女人。

白术忽然感觉这里的时间像是突然静止了一样。

她猛地转过头看着白术，深邃的眼眸像是可以容纳时光，她的长发飞扬，背后带着一片白色的阳光。

仿佛看到了如液体且不住流动的岁月，从青葱女孩到现在的模样，时间就像缓缓流动的水，略带伤感、漫不经心地滑过。

他又迷糊了，女人真是千变万化，那一瞬间，他似乎看到了那天看着大雪飘落的她。

他正在呆呆地想着呢，就听到肖砚问道：“还有事吗？”

“没了没了。”他退后一步。

“那你是准备来我家坐坐吗？继续寻找‘我究竟是谁’的证据吗？”

她又露出那种阴阴的、森冷的笑容，简直跟童话故事里穿戴着黑色的衣帽，举着毒苹果的巫婆一模一样，像一条蛇一样阴阴地笑着，潜回自己的巢穴。

思绪终于被拉回了现实，他连忙摆摆手：“不了，不了。”

“那不送了。”她准备关门。

“啊。”他终于想起来到底有什么事情了。

“肖院长让我每两天来浇一次水。”他指指那些花草，用公事公办的口吻道，“我浇完花就走。”

肖砚把行李箱拎到屋子里。

屋子里布置得跟她离开的时候一模一样，只不过那些老旧的家具都换成新的了，黄花梨的中式家具，色调暖暖的，客厅里唯一的旧件就是那具落地钟，钟摆还在不疾不徐地摆动。

回忆很奇妙，时而把她拉近到柔软温暖的旧宅，时而把她推离到另一个孤独的星球。

时间是一块易碎的玻璃，可以安安全全地映照人生的每一个阶段，也可以一不小心就突然碎裂，叫人大梦初醒。

她缓缓地坐在沙发的扶手上。

不知道过了多久，她站起来瞥见窗外的人影。

他把袖子挽起来，手里拿着水管，晶莹剔透的水珠从空中纷纷扬扬地落在花瓣和绿叶上，浇完再把水龙头关掉，用喷壶细细地喷那些叶子。

她不由得走过去，抱着手臂认真地看着。

看了半晌，她冷冷道："老头挺会使唤人嘛，家里没请家政吗？"

"肖院长请了个钟点工，每天做饭、打扫卫生，不过院子里的花花草草他不让阿姨碰，说阿姨不懂得欣赏、不懂珍惜。"

白术忽然想起什么趣事，未开口先笑起来："今年过年，院里组织慰问退休职工，乌泱泱的一大帮人来你家看肖院长，结果有个秘书处的小青年偷偷摘了一棵金橘树上的金橘被瞅见了，肖院长气得把所有人都撵出去了。"

肖砚虽然没笑，但是表情柔和了很多："然后呢？"

"后来江院长搬了一盆从广西空运来的金橘树赔给肖院长，肖院长瞅了一眼说'勉勉强强'，江院长心想'我这棵树老贵了你还嫌弃'。肖院长从自家树上摘了两颗金橘，说'你尝尝区别'，江院长一尝，果然好吃。他还私下说，应该叫人半夜翻墙把肖院长家金橘全偷了。"

她的嘴角终于微微翘起来，眉眼温和，看着这一方的花园。

"最后那三棵金橘树上的橘子都被摘下来做成金橘酒了，肖院长送了我一瓶，真的很好喝。"

她指着阴凉处一盆高大的植物道："这是什么树？长得好奇怪。"

"这不是树，是昙花，俗称'月下美人'。"

"哦，我记得昙花不长这样啊。"

"这昙花肖院长养了快20年，跟那些种在花盆里的不是一个量级的。那种开两三朵顶天了，这株昙花能开十几朵花，算算日子差不多在七夕那天晚上。”

“开花很漂亮吗？”

“很漂亮。”

“怎么漂亮？”

白术皱起眉头，无奈地说道：“就漂亮呗，还能怎么形容？我是理科生，形容这个太难了。”

他打开水龙头，捡起水管：“浇完我就回去了。”

她犹豫了一下还是把手伸出去：“让我试试。”

“叶片大，质地软，水分易蒸发，就应多浇些水；叶小有蜡质的花适量少浇。”

她怀疑：“夏天这么热的天气，不用浇多点吗？”

“明天台风要登陆了，会下整天暴雨，所以不用浇太多。”

“真麻烦。”

“用心就不麻烦。”

肖砚不由得多看了他一眼，心道，难怪老头跟这家伙相处得来，调调对了，就好相处。

白术离开后，肖砚看着那盆昙花，想到她第一次看到昙花开花。

“很漂亮、洁白无瑕的花瓣，在白色灯光下近乎透明又薄，像是蝉翼一样。更美的是它的花期，昙花一现，花开的时候是最快乐的，花谢的时候让人预尝一种死亡和熄灭的滋味，短短时间仿佛虚有所获。”

02

第二天暴雨如期而至，台风带来的大雨激荡而粗犷，从窗户看向屋外的时候，视线模糊，密密麻麻的雨帘，伴着大风，噼里啪啦地打向大地，留下粉身碎骨的水花。

大清早，办公室就蔓延着一股懒懒散散的灰色气氛。

“真羡慕这种台风天气不用回家的徐老师。”

徐一然愤然地跳起来：“我24小时都不用回家，你羡慕吗？你羡慕你上啊。

“你们这些说羡慕我的住院医师，我还有一个星期就要解脱了，再也不是你们的‘徐总’了，希望觊觎‘住院总’这个位置的朋友们得偿所愿。”

果然这句话如投入湖心的石子，激起了层层的涟漪。

“说到这个我就郁闷，我的文章都没来得及发，今年肯定要被卡死了，没戏了。”

“我也是，明年再战呗，今年陪跑吧。”

急诊ICU是从急诊独立的科室，住院医师基本上都是新人，站在统一起跑线上竞聘“住院总”相当公平。大家相处一年多，对每个人有几斤几两都了如指掌，七嘴八舌地议论完，不约而同地看了看唐画。

论学历、论资历、论文章，她是最有希望竞聘上“住院总”的。

“什么时候网站公示？”

“这周四。”

唐画胸有成竹：“我有个提议，这次住院总不管谁聘上了，都要请大伙吃饭。”

所有人都七嘴八舌地议论起来：“那我要吃和记小菜。”

“不行，不行，你给她省钱吗？起码要去江悦轩吃海鲜。”

“有没有人想吃日料啊？有没有人想吃日料啊？”

她站在窗口，看着窗外的雨和来来往往的行人，露出了隐隐笃定的微笑。

雨帘里，一个高瘦颀长的熟悉身影，像是电影里的慢镜头一样，缓缓地从她的眼底出现，继而渐渐消失。

她难以置信地揉揉眼，再往外看去的时候，什么也没看到。

肖旭左手撑着伞，头上戴着一副耳机，右手握着可乐罐，汩汩地冒着气泡。

清秀的脸，长卷睫毛下有双乌黑的眼眸，目光有些随性地涣散，书包开着小口，里面揣着教科书、笔和本子。

“爷爷，你什么时候回来？”

“下周吗？那我可以先搬过去跟姐姐住吗？”

“好，我知道了。爷爷你放心吧，我只是好久没见到她了，嗯，我不会给她添麻烦的，好，林志远的事情我绝对绝对不提一个字。

“我申请转科了，医院正好有科室主治去急诊ICU轮转的政策规定，不过，我现在不敢告诉爸爸，会被他揍死的。”

他挂完电话，然后露出个甜甜的笑容，顺手把手中的可乐罐准确地扔到了不远处的垃圾桶里。

就在这时候，离他五米之遥，一个撑着伞衣裳单薄的女孩子，突然脚下一个踉跄，撑着伞的手一松，整个人就直直地倒在了地上。

周围有人喊道：“救命啊！”

他把伞利落地一收，跑过去弯下腰把女孩子轻飘飘地抱了起来，然后一路小跑冲向急诊大楼。

晕倒的女生躺在担架床上，跟医生不好意思地说：“我没病，我就是好几天没吃饭了。”

“为什么没吃饭？”

她不敢跟人对视，嗫嚅道：“我减肥……”

女孩子浑身都被淋湿了，衣服上沾着泥泞，头发一缕缕地粘在脸颊上，跟水鬼一样。

“我就是血糖低，医生，你给我打个葡萄糖就行了。”

一系列检查之后，急诊的医生问道：“没有其他地方不舒服吗？”

“没有，就是头晕，四肢乏力湿冷。”

肖旭站在一旁，不由得带着好奇的目光打量她。

“你这主诉还挺专业的嘛。”

“我学医的。”

“咱们学校的吗？”

“嗯。”女孩子点点头，皱着眉头浑身轻轻地打着战，牙关也在哆嗦，“医生，你给我打个葡萄糖吧，我估计就是低血糖，我这么年轻，不可能有其他毛病的。”

医生看了她一眼，然后打开病历系统，在键盘上敲打起来：“那你也不能不做检查啊，生化肯定要做吧。”

女孩子颤抖着问道：“那个，医生，我能不能先出去一下？”

“怎么了？”

“我有点想吐，胃空空的，特别难受。”

“去吧，要帮忙找护士。”

“你女朋友啊？”

他摇摇头：“不是，不认识，路上她晕倒了，扶了一把。”

急诊医生很年轻，一边开检查单一边说：“唉，现在这些女孩子啊，天天就想着节食减肥，要么不吃低血糖，内分泌紊乱；要么吃完催吐，得了慢性胃炎，胆汁反流，得了暴食-催泻型神经性厌食症。嘿，明明也是个学医的，咋这点知识都不懂？”

他想了想说道：“做个心电图。”

医生猛地抬头：“啊？你说什么？”

“我说给她做个心电图。”

“为什么？你是认真的，还是开玩笑的？哈哈……你不会也是个医学生吧？”

话音刚落，就听到护士喊道：“有人昏厥了，医生抢救。”

肖旭并不慌张，快步走出去查看情况，然后说道：“是‘低血糖’那位学生，先做个生化急查和心电图。”

医生疑惑地看了一眼，然后立马去抢救了。

一长串的急查化验单，上面的数字叫人惊心动魄。心电图一拉出来，再熟悉不过的波形，医生脑子里就“嗡”地一响。

还好，还好小命保住了，他要是真的信了本人信誓旦旦的话按照低血糖来治，怕是待会儿就要卷铺盖滚回家种地了。

“心电图ST段抬高样，要么是心肌梗死，要么是急性重症心肌炎。”

肖旭有点近视，眯起眼睛，认真地看着心电图：“20岁心梗不多，重症心肌炎可能性比较大。查个病毒抗体滴度，问问有没有感冒史，不过年轻人也可能发生心梗，主要由川崎病[①]、SLE[②]、APS[③]引起，排查风湿免疫指标明确。”

“你学医的吧？”

“嗯，是啊。”

他刚说完，身后就有个熟悉的声音，迟疑道：“肖旭？”

唐画眼睛直勾勾地瞪着他：“你怎么在急诊？有会诊吗？”

“不是，路上看到这个姑娘晕倒了，帮了一把。”

“那谢谢你了。”

他微微一笑，仔细打量着唐画，目光落在她的胸卡上，有些惊讶：“你怎么在急诊ICU？你是在肿瘤外科吧？”

“你还记得我？”

“记得呀，怎么不记得。”

她礼貌地笑笑：“那我先去忙了。”

“嗯，再见。”

外面的雨还在下着，只是雨势变小了。他撑起伞走进雨里，颀长的身姿模糊在人群中。

---

① 黏膜皮肤淋巴结综合征，是一种以全身血管炎为主要病变的急性发热出疹性小儿疾病，高发人群为5岁以下婴幼儿。

② 系统性红斑狼疮（systemic lupus erythematosus），是一种多发于青年女性的累及多脏器的自身免疫性炎症性结缔组织病。

③ 抗磷脂综合征（antiphospholipid syndrome），是一种罕见的自身免疫性凝血病。

两年没见了，他的样子真的一点都没有变，五官清秀，男生女相，气质清雅至极，就是反射弧有点长，蠢萌蠢萌的。

他博士毕业规培第一年，在肿瘤外科轮转了一个月。

实习生都喊他“肖哥”，后来传来传去被迷妹喊出嗲嗲的“小哥哥”味道，脾气好得没话说，还总是给实习生们背锅。

比如患者低钾，静脉补钾，复查时不知道哪个蠢货在输液时对静脉采血送检，测出来高钾。主任知道后气炸了，关上办公室大发雷霆：“谁抽的血？站出来！”

在一群瑟瑟发抖的小鹌鹑中，肖旭站出来了。

主任气笑了：“你协和八年制的，犯这种低级错误？谁信呢。”然后就不了了之了。

比如女患者投诉他们问诊，带教老师听完就去说他们。

“谁啊？问个性生活都不会吗？直接问末次月经，再问下平时准不准，问下有没有怀孕的可能。我们是医生，直截了当，实在不行检查HCG[①]再说，是谁问人家病人‘有没有已经坦诚相对的异性朋友’‘有没有为爱鼓掌’，你们这些小孩，啊？是谁教你们的啊？”

众人异口同声：“肖哥哥。”

那段日子是最欢乐的时光了：科室里的垃圾桶不翼而飞了，那是肖旭扔了；点的外卖找不到了，那是肖旭偷吃了；全院的病历系统崩了，那是肖旭黑的。

诸如此类。

他就是科室里的吉祥物和背锅侠。

他跟每个人都处得很融洽，但是又保持着恰到好处的距离。

从带教老师到护士长到大主任，都很喜欢他，协和八年制的学神，神外泰斗的关门弟子，院长的嫡亲师弟，还有一位在隔壁医院当院长的爹。

---

① 人绒毛膜促性腺激素。

唐画拿着一沓检查单子和心电图放到徐一然面前。

他看了脸色一变："做个心脏彩超，转ICU监护，病毒性心肌炎可能性较大，随时都有猝死的可能。毕竟年轻，心率这么低还没有阿-斯综合征。唉，这个病人，必须与家属沟通交代清楚，随时可能猝死，不然到时候很容易发生医患纠纷。"

"知道了。"

"等等，这是咱们科收的病人吗？"

"不是。"

徐一然疑惑地看着她。

"请教您的。"后半句她只敢在心底小声地说道，"想知道他……的判断准不准。"

20岁的女孩子坐在走廊的担架床上，两只脚垂在半空中，漫不经心地晃着，潮湿的头发还在滴着水，她低着头玩着手机，脸上露出甜甜的笑容。

然后唐画看到她跳下担架床，把位置让给一个发着高烧的孩子，一脸轻松地跟道谢的家长道："不用谢，不用谢，我没事。"

她还单纯地以为自己晕倒是减肥引起的低血糖，唐画想，她从未预料过有这样致命的病能够将她的生命随意摆布。

一朵含苞待放的花朵，还没有沐浴过春天的阳光，就要被严冬的冰雪摧残。

唐画微微蹙起眉，走上前，严肃道："回去躺好。"

"我没事的。"

"听说你是学医的？"

"嗯，是呀。"

"那我要告诉你，医生从来不会单纯主观地判断疾病，我们要通过各种检查鉴别诊断，也不会固执己见或者盲目听从病人的主诉。"唐画垂下眼眸，低低地说道，"初诊病毒性心肌炎，现在要把你转去ICU监护，然后做进一步的诊断和治疗。"

过了半晌，那个女生的脸上血色慢慢地褪去："病毒性心肌炎？"

"前段时间有感冒史吗？"

她点点头。

"通知你的家长，你的情况很危险，让他们尽快赶来。"

肖旭去医院人事处办手续，出来时接到了唐画的电话。

她喊他的外号："小哥哥。"

肖旭轻笑一声："挂了，拜拜。"

"别别别。"

"有事吗？"

"我有个问题问你，是个病人。"

她那边传来鼠标点击的声音，还有纸张唰唰翻动的声音，然后她的声音清晰地传过来："刚才送来一个病人，男，45岁，术前右侧瞳孔散大，拟行右侧大骨瓣减压及脑内血肿清除术，我把CT图微信发给你。"

肖旭认真地看了看："左顶枕部头皮血肿，对冲伤右额颞脑挫裂伤，薄层硬膜下血肿，中线结构左偏，侧脑室环池受压，手术指征明确，你要问什么？"

"给点手术建议。"

他愣了一下，蹙眉："你在说笑吗？你们肿瘤外科从来没跟脑子打过交道的吧？不是我打击你，你要是对神外有兴趣现在回去重新念硕、博比较靠谱。"

"手术建议。"

他想了想认真地回答："几点建议：1. 术前开始预防性使用丙戊酸钠，尽早达到抗癫痫的药物浓度；2. 术后静脉使用丙戊酸钠，保持药物浓度达标；3. 术中动作轻柔，避免脑膜破损，一旦破损，要严密缝合；4. 尽量减少高频电刀的使用。"

"谢了，挂了，拜拜。"

肖旭哑然失笑。

他站在窗口，看着雨点结结实实地敲打在冰冷的台阶上，无数条弧度不同的水线，带着森然的回响，涌向更低的地面。

这里的场景太熟悉了，雨中，通往回忆和未来的路都在眼前铺开。

肖旭点开微信，发了信息："出来吃个饭吧。"

肖砚打开大门，还没反应过来，高大的影子就重重地压了过来。年轻男生独有的清爽薄荷样的气息扑面而来，给了她一个结结实实的拥抱，还有不小心倾斜的雨伞，灌了她一脖子水。

肖砚捂住脖子，哼唧两声，横眉慢慢变成了绽放的笑容："你怎么这么毛手毛脚？"

"哪儿有，只是太激动了而已。"他的手还攥着她的衣袖，不肯松手，非要一路这么牵着进屋。

"放手啦，我要换衣服了。"

他眼圈有些红红的："你回来都不让我去机场接你。"

她闷闷的声音从屋子里面传来："医生有多忙我又不是不知道，你还是住院医师吧？"

"不是。"

"住院总？"

"不是。"

"犯错误失业了？"

肖旭无奈："你在想什么啊？我是主治医师了。"

肖砚把门打开，一脸的惊讶："你才30岁不到，这速度太快了吧？"

"规培一年，住院医师一年，住院总半年，卡着最低年限的标准。"

"因为你是个天才。"

"才不是呢。"他有些恹恹的，"因为我有个当院长的爸爸。"

肖砚伸出手，把他软软的头发揉乱了，捏捏他的脸，笑道："才不是呢，我们家小朋友是个天才。"

第三章

等待黎明破晓

Thank you doctor

01

医院门口略有名气的本帮菜的连锁店，还是保留着几十年前的老口味，浓汤赤酱，黏香，浓香，闷闷的香。

肖旭边吃边问："爷爷什么时候回来？"

"下星期。"

"那你什么时候入职？"

"下周一。"

"医院那边给了什么职位？"

"主治医师。"

肖旭脸色沉下去："开玩笑吧？咱俩平级？怎么也得给副主任医师才说得过去啊。"

"爷爷说要低调，在国内凡事都要讲资历的。"

"哈佛医学院、麻省总医院，这种履历怎么低调得起来啊？这种履历拿回国，跟我说聘个主治医师？这是把所有学医的人的智商掏出来，放水在泥地上摩擦！"

直率又可爱的反应，肖砚很想继续逗逗他，但是不忍心："骗你的，是副主任医师。"

肖旭脸色缓和下来："那还差不多。"

"姐，"肖旭犹豫地问道，"能不能告诉我，你为什么要回国？美国不好吗？"

“这几天我读书，看到一句话：他想着自己曾经做过但不是真有意愿上的那些事情，是其他人想要或根本是因为别人在类似的情况下都这么做的关系，然而所有这些累积起来最后也能成为一种人生，那种他和所有人共同的人生，最后死了还是不知道要去活出他们真正想活的。”

“是因为你要寻找自己的人生吗？”

“不是，我想把这些累积起来最后成为共同的人生。”

他不能活下去的世界，不能体验的经历，我来帮他活着体验就好了。

高中时旅游登山看日出，他睡了过去，睁开眼睛的时候天已经大亮。

白术当时很遗憾：“错过了黎明破晓的瞬间。”

整个夜幕在眼前被撕开，天边闪出淡淡的橙黄色和白色，这些温柔的光芒像潮水一样涌进云中，万物被陆续唤醒。

后来他当了医生，日复一日值大夜班，皆是在黑夜中等待黎明破晓的阳光。

系统性红斑狼疮病人，下消化道失血性休克，他抢救了大半夜。

做手术成功的患者被推出手术室的时候，陈秩靠着墙慢慢地蹲下去，捂住脸，心有余悸道：“刚才真是吓死我了。”

麻醉师也长舒一口气：“血压跳崖式地掉，我还以为病人就这么交待在手术台上了呢。”

分离骶前间隙时大量血凝块涌出，血压瞬间狂掉，所有监护仪器都发出刺耳的蜂鸣声。

白术当机立断，将直肠远端封闭，近端造口，骶前间隙填满吸收性明胶海绵，然后关闭盆底，直肠残断同时填塞纱布止血，这才稳住了情况。

护士来收拾手术室，还开玩笑地问：“今天白老师要睡一会儿吗？”

他连忙摆手："不了，不了，总是给你们添麻烦。"

"大家都辛苦了。"

"辛苦啦。"

早上六点钟，白术推门出去，天上似乎还有模糊的星星，孤零零地在漆黑的天空中踽踽，周遭寂静无声，下一秒太阳缓缓地从天边的橙色中升腾而出，橘红色的，慢慢地把热度带给新一天的清晨。

他除了紧张，还有些兴奋，当生命离深渊悬崖只有咫尺之遥的时候，阳光降临了。

他去超市买了一包烟，伸出颤抖的手拆开塑料包装，却发现手抖到根本没办法拿稳一根烟。没想到心理上极度需要镇静剂，身体依旧排斥，他忽然轻声低笑，手臂一甩，头也不回地把那包烟准确地扔回货柜上："老板，不要了，送你了。"

不想回医院也不想回家，他不知不觉地转悠到了家属区。

狭窄的小道周围种满了茂密的树，这条路有个很好听的名字，叫"缘生道"。清晨露水白得发亮，就像是月光溶解在露水里，晶莹剔透，露珠吧嗒跌落在他的脸上，微凉。

他抬头看树、听蝉叫，却不知道不远处有人也在看他。

"你在干吗？"

白术转过脸，看见穿一身运动服的肖砚，头发高高地扎成马尾，隐隐地透着当年在喀布尔清丽的模样。她手上提着塑料袋，应该是买了早餐回来。

"随便走走。"

她掏出钥匙打开大门，然后一脚踏进去。

他忽然想起一件事情，急忙道："我来借一本书，平山惠造的《神经症候学》，医院资料库要影印，能不能麻烦你拿给我？"

她疑惑地看着他。

"抱歉，我才想起来，事太多了，总是忘记。"

白术坐在紫藤花架下的竹椅子上等她，蝉仍然在高叫，清晨一过，炽热的阳光就冲杀而至。在令人惊骇的热浪里，他竟然不知不觉地睡着了，从来没有这么安静过，没有梦、没有声响，毫无负担地睡着了。

醒来的时候，他发现石桌上摆着那本《神经症候学》。

他先把这本书送到医院的资料室。

管理员笑眯眯地跟他打招呼："白老师，早啊。"

"现在要喊白主任了。"办公室主任捧着一杯茶笑呵呵地看着他，"恭喜啊，白主任。"

离开资料室，走在回三号楼的路上，认识他的医生、护士纷纷和他打招呼。

"白主任，早上好。"

"白白老师，恭喜啊。"

"白术同志，戒骄戒躁，继续加油。"

他客套地应付着，整个人像是踩在云端，思维还停滞在将信将疑的迷惘里：睡前是主治医师，在花园中睡了一觉，便"看荣华眨眼般疾，更疾如南柯一梦"地升为副主任医师。

他回到办公室，打开电脑，视线在屏幕上来来回回看了很多遍，说道："我有点看不懂了。"

徐一然接话："我看得很懂，哈哈……"

"真不知道你有什么可高兴的。"

"真不知道你有什么不高兴的。"

他俩对视了一眼，然后又各怀心事地别过脸去。

徐一然说："你也别老是耿耿于怀了，老江对你还是不错的，明降暗升。"

他冷哼一声。

"再说了，你学历、临床、科研都没问题，谁规定不能卡着年限上？整形外科的白智潾和眼科的李沅路都是卡着年限上，再远一点的，老江他们哪个不是博士、主治医师、副主任无缝衔接？那些眼红的酸鸡有本事也来我们科室开荒啊。”

“说得我好像稀罕一样。”

“你还想回神外？”

“一个努力奋斗钻研有可能当名医的地方，一个每天都在重复急救措施和手术的地方。”

他的手慢慢地摩挲着桌沿，他的手指，如柳叶修长清癯，如梅枝瘦削，似带着锋棱。

他一字一音：“手钝了。”

徐一然搓搓手：“接下来看看我们的住院总……陈秩，欸？陈秩？”

白术点头：“完全OK。”

“年纪是挺OK的，能力完全不OK好吗？他连阑尾、疝气这种手术都不敢一个人做，能独当一面吗？”

“急诊ICU不是靠一个人撑下来的，他很认真踏实，不浮躁、不功利，这种心态很难得。”

“论临床操作，我看那个叫唐画的小姑娘比他强了很多啊。”

“那就不是你操心的事情了，医务处半年考核一次，行不行他们说了算。”

科室病例讨论，住院医师必须参加。

每每开场陆平安都要这样讲道：“急诊ICU可能是最为考验医生扎实的医学知识与应变能力的科室。在急诊ICU里会出现各个科室的疾病，更要面临许多突发情况，所以急诊ICU对医学知识要求的深度和广度都很高。希望大家好好研究讨论病例，认真学习，巩固知识。”

然后陆平安话锋一转：“先欢迎下我们的新同事——主治医师肖旭，根据今年院里的政策，他是从神外轮转来的。”

他站起来鞠躬示意，敷衍的掌声稀稀落落地响起来。

“要不要自我介绍一下？”

他摇摇头，坐回座位上：“不了，以后大家会慢慢了解我的。”

顿时议论声低低嗡嗡一片。

陆平安轻咳一声："还有恭喜陈秩同学，咱们新的住院总，以后要喊'陈总'了。"

陈秩连忙站起来羞涩地点头示意。

"好吧，那我们开始吧。"陆平安打开投影，"大家畅所欲言。"

没过一会儿，肖旭从口袋里面掏出激光笔道："广泛的胰腺坏死。胰腺组织坏死，合并感染，胰床见混合性脓肿，位于钩突下方右侧可见另一个腹膜后脓肿。"

其他人都疯了："我还没看出来这是什么，答案就出来了？"

"这是我经历过的最短时间的病例讨论了吧。"

"陆妈要怀疑人生了。"

"他不是神外的吗？为什么连重症胰腺炎的片子都会看啊？"

"我已经不想慢慢了解这位主治医师了，我想深入了解他，他是吃CT片子长大的吗？"

"吃CT长大的不可能长那么可爱，一定是吃可爱多的CT片子长大的。"

陈秩傻里傻气地轻轻鼓起掌："好厉害，他是天才吗？"

唐画忽然低头轻声一笑，十拿九稳的住院总，居然被旁边这个傻乎乎的家伙聘上了。她的自信在这场预期之外的狂风巨浪卷过来的时候，便摧枯拉朽般地崩塌。

凭什么？凭他跟着白术这个大腿就沾光吗？

从入科室第一天起，她就敏锐地觉察到了这里的生态链。

陆平安虽然是主任，但完全是搞行政和稀泥的态度；赵晓钦虽然是副主任医师，但是从急诊那边调过来的，习惯性把病人往外转，把急诊ICU当成导医台；而白术这个主治医师，虽然被嘲笑是"孤儿院院长"，但是态度就是——"不转，饿死那帮住院的""会诊，累死那帮住院的"。他把急诊重症握得死死的，气得那帮住院医师私下骂他"老狗×"。

明眼人都知道，急诊ICU实质上的话语权在白术身上。

她活儿没少干，也帮别的组做了很多事情，上上下下都夸她，唯独白术怎么也不把她放在眼里，能让他做完手术之后还在会议室指导技能操作的也只有陈秩这个傻子了。

凭什么？凭什么？

她不知不觉地握紧了拳，指甲陷进掌心里，刻出深深的红痕，而她几乎感觉不到疼痛。

此刻病例讨论中的患者正躺在病床上，广泛的胰腺坏死，高剂量抗生素，穿刺引流，病人依然高热昏迷，下了病危通知书，消化内科和普外科会诊，禁忌证太多，不符合手术指征。

病人家属就坐在走廊上，哭得肝肠寸断，看到医生就扑上去哭喊着要做手术。

白术看了头疼："我觉得可以做腹腔镜或者内镜。"

陆平安不同意："绝对不可以。"

"这不能做，那不能做，那你把他留在我们这里干什么？送去ICU啊，他们最喜欢这种典型病例了。"

"病人家属不同意。"

徐一然插嘴："嚯，又要做手术，又不要去ICU，这位病人家属哪儿那么多事？"

"病人家属是谁？为什么不同意？"

陈秩把病历找出来，递过去。

徐一然一看眉头微皱，然后递给白术："白白，是不是那个人？"

"好眼熟的名字。"

"是吧，我不可能记错的。"

"林秀，三年前，丈夫就是死于重症胰腺炎，现在是她的儿子患了重症胰腺炎躺在床上。"

"这不是重点，重点是她丈夫从ICU楼上跳下去，没摔死，送回去抢救，徘徊在生死线上抢救了一天两夜才死掉。"

"是不是很瘆人？"

“所以病人家属死活也不愿意把病人转ICU，大概也是因为曾经被ICU伤害过，造成了深深的心理阴影吧。”

白术用钢笔敲着桌子：“跟家属谈吧，两个选择，不对，没有选择，转ICU吧，毕竟我们是以急救重症为主的科室，监护室只有十张床位，又不是酒店、宾馆。”

“病人家属要做手术。”

“我也想啊，但是血小板指标这么低，一出血就完蛋，我敢吗？”

徐一然耸耸肩，拿起材料：“我去谈吧。”

五分钟后他去而复返：“找遍了病区，家属不在，陈秩打个电话给她。”

“徐老师，家属手机关机。”

白术两片薄唇向内抿，静默不语，那种作为一线医生的直觉和敏锐让他越来越感觉不对劲，大脑转了几转，内心的疑惑越来越深。

行政大楼大厅的接待处墙面上，LED大屏日复一日地放着医院的宣传片，从中华人民共和国成立前建院到艰难发展到腾飞辉煌的历史，反反复复，根本没有人愿意多看一眼，肖砚却被吸引住了。

屏幕上出现一张熟悉的脸，双立体荧光显微镜，墙上挂着三维CT血管造影，曲折的血管像是盘根错节的树根，而亮白的凸起就是已经形成血栓的动脉瘤。

显微操作的主刀医生白术穿着手术服，在镜头前露出了专业精英的姿态。

这是一例难度很高、具有创新意义的基底-小脑上动脉动脉瘤的手术。

大厅里来来往往的人，都有些好奇地看着她。

脚步声在背后停下，一个浑厚的男低音问她：“好看吗？”

“这部宣传片？对不起，没注意。”

“那你看什么？”

“看手术。”

短短一分钟的手术视频。

“这个手术是两年前做的，按照现在的思路，都算是很了不起的创新。”

“两年前？”

“主刀医生是我学生。”

她这才转过身认真打量这位中年人，花白的头发，精神矍铄，自上而下有种不怒自威的风范。

“你教了个好学生。”

“好学生从来不是教出来的，是悟出来的。因为医学是技术，也是艺术，技术可以教可以练，但是艺术就要凭个人的悟性了，而悟性是刻在基因里的。”他伸出手，“所以很高兴见到你，肖院长的孙女、肖院长的女儿，我是江仲景。”

她也伸出手，握了下，松开之后慢慢地说：“我们家的遗传病也是刻在基因里的。”

江仲景哈哈笑起来：“果然，脾气很像。”

然后他眼眸炯炯地看着她：“看到你，我就想到肖院长说过的话：医生需要有大局观，却从不遗漏微小之处；对病人充满怜悯和关怀，但不越界；能钻研治疗方案，但也能在突发情况中瞬间决断；相信医疗手段，同样相信病人的意志。

“希望我的学生和肖医生你相处愉快。”

她目送他乘着电梯离开，嘴角那抹社交性的笑容，慢慢地消失。

寥寥两句对话，她就被压到气场尽失，强势的人并不会让所有人俯首，软弱的人用泪水也打动不了所有人，刚柔并济的人才可怕。

老狐狸的学生，应该是只小狐狸，但是白术不光长相还是性格，都是一只憨憨的奶狗。

忽然这时候楼外有人惊呼道：“天哪，有人要跳楼。”

她转过身，视线穿过透明的绿色玻璃，虽然看不清楚，但是隐隐约约能辨识出急诊大楼的楼顶上有个羸弱的身影，在围栏边缘摇摇欲坠。

这时候她的手机响起来，白术语速飞快地问道："重症胰腺炎，广泛的胰腺坏死，经皮、经胃或者经肾内镜的引流清创术，可以做吗？"

她想了想："可以倒是可以。"

他长长地呼出一口气："每个人都骂我疯了，还好你没有。"

她又不傻，能听不出弦外之音吗？

病人肯定有禁忌证。

"血小板指标多少？有凝血功能障碍吗？你问我这种常识问题是在套我话吧？"

"呃，我已经安排输血了。"

肖砚懂了："你可想好了，出了事情没那么好收场的。"

"已经出事了。"他声音压得低低的，"病人家属绝望得要跳楼了，现在全院人大概都在看。"

"嗯，我也在看。"

"虽然会签一大堆免责知情书，但是上了手术台就是生死未卜，谁也不知道会发生什么意外，比起保守治疗可惊险刺激多了。病人家属说她不愿意看医生什么都不做就放弃她家人的生命，她说丈夫死了，儿子横竖都是死，一家人都死了就清净了。"

"不是一直在用抗生素，穿刺引流吗？"

"你不知道，有人就觉得不做手术就是什么都没做，解释也没用，非要看到病人推进手术室，身上留下刀口。真是很奇怪的想法。"他短促的轻笑声传来，"没事，责任我全担了，我不怕啊，我连阿富汗都去过，这次老江还能把我送到哪里呢？"

笑在她唇边迅速地绽放，又迅速地凋谢。

她是不是在梦中，梦见过让她听起来耳熟的话？

而他身上那种偏执的责任感也让她似曾相识，她轻轻地问："有把握吗？"

02

“你觉得人有运气这么一说吗？”

“为什么这么问？”

“因为这台手术想要成功，得有逆天的技术和那么一点点运气。”

她抬起眼睛，冷漠地看了白术一眼，没回答。

结果他皱起鼻子，双眉皱起来，努力把头伸到她眼前瞪着，活脱脱是一只发泄着不满的奶狗。

她让白术给看笑了，嘴角微翘：“运气和命运常常分辨不清，叫人难以捉摸。”

“听上去，很有道理。”

“不是我说的，简·奥斯汀说的。”

这是一台悄然无声的手术，又是惊心动魄的手术。

她是一件独特的人声乐器，每一个停顿与呼吸都是她当下最直接的感受，白术不得不承认有些人的手术是有灵魂的。

就像她的缝合，是带着时间的灵性的。

就像她的穿刺，更换导丝，置入扩张管，放置支撑鞘管，伸入肾镜，抓取坏死组织，每一步都像是敲在人心上的鼓点。

她的手像一把游标卡尺，能把推力的尺度精确到厘米、毫米那样，在坏死的组织间隙游刃有余，潇洒自由，但是每个细节都细腻得恰到好处，这就是所谓逆天的技术。

她把引流管重新置入，手缓缓地松开，抬头看了屏幕，语气轻松许多：“没有出血。

“继续用生理盐水冲洗。”

他戴着口罩和帽子，依稀可以看见高挑的眉毛和弯弯的唇角：“你知道吗？我不相信运气了，我觉得这是命运的安排。”

“是吗？那剩下都交给命运了。”

做完手术，他们回到科室就听见办公室里面起哄的声音：“请客，请客，陈总请客。”

这是科室一贯的传统。

白术被提醒了：“谢谢你，请你吃饭吧。”

她想了几秒：“为什么要谢我？这是我的工作，医院给了我薪水。”

“是跟你借的好运。”

肖砚琢磨了一下，点头，虽然理由牵强附会，但是有那么一点戳中了她的心。

“我还没去过医院食堂呢。”

“那我们去食堂吧，正好他们中午要去外面吃饭，科室不能没有人。”他脸上有笑，语气有笑，带着一点点狡黠，“但这不是我请你吃的饭，在食堂请，不叫请吃饭。”

“那叫什么？”

“叫帮刷饭卡。”

中午食堂人很多，人来人往熙熙攘攘的，好不热闹。

肖砚下意识地往后退了一步。

白术看出来她的不习惯，解释道：“食堂平时人挺多的，如果有手术来不及吃饭可以订手术餐，跟护士说一声就行了，还可以叫外卖，不过建议吃水饺或者粥这种保平安的东西。”

“为什么？”

他神秘兮兮的：“这是急诊的玄学。”

“馨博楼还有教授餐厅，不过现在没有卡，要是有卡我们去吃自助餐。”

“有时候科室也会管饭的，以前是看我的心情，现在要看你的心情了。”他弯下腰，指着窗口的那些菜，“想吃什么？”

今天食堂做了桂花糖藕，她伸出两根手指，对着食堂大妈笑道：“打两份，两份。”

罕见她露出像小姑娘一样娇憨专注的神情，白术想，原来甜食才是可以叫人卖萌和撒娇的玄学。

他们刚坐下来就有熟人、同事投来各种异样的眼光。

早上公布的人事任命已经叫整院震荡，“一山不容二虎”，好事人纷纷猜测是不是因为如陆平安、赵晓钦都压不住白术，所以聘了肖砚来权衡压制白术。

现在看来，两个“天魔星”居然很有一起祸害人间的架势。

肖砚面容偏冷，30多载的岁月雕琢，更赋予了其锐冷的气质。

白术原本也是被称为“孤美人”一样的气质，但离肖砚近了，就像是霜跟雪比，绽放的是雪，谢落的是霜。

一桌子迷妹已经开始议论纷纷了：“我觉得现在白老师看起来都有些温柔可爱了。”

“这么一比，白老师那种冷，是生人勿近；而肖老师的冷，是冷于红尘。”

“其实挺有CP感的是不是？”

“哈哈哈哈……流川枫和绫波丽吗？”

“啊啊啊啊……快看啊，小哥哥来了！”

“啪”的一声，餐盘重重地被放在桌子上，肖旭一脸不爽地坐下来。

“吃饭为什么不喊我？”

肖砚没说话，挑起桂花藕，放到嘴边，筷子转一圈就没了。白术第一次看这种吃法，觉得新奇。

白术说：“我请她吃饭。”

肖旭眼角抽了两下：“白老师，你请客就来食堂这么寒碜的地方啊？”

“所以不算啊，有空我们可以去荣记吃最新鲜的时令菜。”

顺杆爬挺利索的啊，肖旭气得翻白眼。

快吃完的时候，有个中年女老师过来跟白术说话：“我家老郑从日本带回来的吃的叫你去拿，跟你说了几次都记不住。”

他不好意思地摸摸鼻子：“阿姨，我记性不太好。”

“知道你记性不好，晚上我叫小洁送你科室去。”

肖砚抬起头看着他略微窘迫的样子，这么一看，这家伙更蠢上几分了，奶狗都是蠢乎乎的。

肖旭吃瘪的气还没顺，这回寻到机会了：“当医生记性不好？”

“当医生的时候记性都还不错，手术、床位、病人从来没搞错过，当自己的时候记性就不太好。”

肖旭又无话可说了。

肖砚听两个幼稚鬼拌嘴觉得无聊，站起来说：“我请你们喝东西吧。”

肖旭说：“美式。”

白术说：“谢谢你啊，那就柠檬茶吧。”

两人显然更无话可聊，明明是神外出来的，却跟陌生人一样，气氛微妙而尴尬。

忽然肖旭问道：“手术顺利吗？”

他点点头。

肖旭脸上浮出得意的笑容：“我听说是我姐做的，你做了啥？”

“啥也没做。”

“啥也没做？”肖旭脑袋上的鸡冠子又抖起来了，“白副主任，德不配位啊。”

白术放下筷子，慢条斯理地擦擦嘴：“你行你上啊。对了，你是姚老的关门弟子、老江的嫡亲师弟，这么说我还得喊你一声‘小师叔’，是不是？

“‘小师叔’以后还得诸事多麻烦你。”

肖旭只能无辜地眨眨眼睛，好气啊，无力反驳啊。

过了一会儿肖砚回来了，看到一个风轻云淡地玩着手机，另一个一脸黑地捣着一坨米饭，就知道这二位又内斗了一回，她把饮料递给他们：“走吧，不早了，我还要写手术记录呢。”

肖旭灌了一大口美式，问道：“你写？”

“不然呢？”

“我们医院的系统你会用吗？”

“总要学着用的。”

“院里手术记录和病历都有格式要求的，还有你会用中文写吗？”

“中文好像有点难……”

白术扑哧笑了出来：“我跟你一起写吧，我把这套流程教给你熟悉下，以后你有什么都可以问我。”

“麻烦你了。”

肖旭那句“我帮你写”只能卡在喉咙口，气得又灌了一大口美式。

他们回到科室，发现住院医师们并没有去聚餐，而是眼巴巴地等着外卖。

白术问：“你们怎么没去吃饭？”

“我没让他们去，给他们叫了外卖。”

徐一然听到了，眉毛一挑：“可以啊，当了陈总就开始发号施令了。”

陈秩好似没听到他话里的戏谑，说：“急救中心给我们打电话，说有病人要送来，让我们做好接收准备。”

“现在什么情况？”

“这个情况，他们也说不清楚。”

患者从救护车的担架床上被抬下来的时候，精神得很，光着身子，腹部裹着纱布，虽然透着血，但是出血量很少，生命体征都很稳定。老头儿还不停地跟急救人员唠嗑炫耀刚才钓鱼的成果，一点性命垂危、需要抢救的紧迫感都没有。

“单纯的腹部外伤？”

白术简单地检查了一下：“全身情况良好，生命体征稳定，腹部检查腹软，无明显压痛。”

肖砚看多了外伤，敏锐地觉察到，问：“这个伤口，不是刀这种钝器造成的，是什么造成的？”

老头儿也觉得奇怪：“我们生着火呢，忽然就听‘啪’的一声，然后我肚子上面就一摊血，是不是真的有什么武侠高手会用暗器啊？”

这话把那群规培逗乐了：“您当是看武侠剧呢啊？”

CT照出来右侧的腹部穿透伤，血流动力学监测稳定，但是因为有脓毒症风险，所以准备剖腹探查。

她并不急于发表自己的意见，带着神定气闲的悠然，手中的笔，一下一下轻轻地敲着病历簿，嘴角忽然翘了一下，又不是真心实意的笑意，只是发出某种特殊的信息。

“怎么了？”白术问。

“老年患者的胸腹联合伤非常少见。”

所有人都点点头。

“手术，必然承担风险。”

白术有点拿不准她要说什么，但还是从善如流地点点头。

“其实我不想冒这个风险，但是我真的很好奇什么玩意儿炸进去了。”

她搞得一群人都不知道怎么接话了，随后竟然兴奋地讨论起来。

陆平安紧张得不行：“这种话，在咱们科室里面说说就行了，这毕竟是患者的无妄之灾，让家属听到又得想多了，做手术的根本是为了患者的生命健康。”

瞬间会议室里的气氛冷下去了。

肖砚月下冰霜一样的眼神打量着陆平安，然后转头唰唰地在纸上写道：“科主任这么胆小？”

白术一看，乐了，但是努力控制住脸上冷淡的表情：“他胆囊结石切除了，没胆。”

她的目光变得柔和了一点，继续写道：“就这样？”

肖砚没明着说，但是完全明白她的意思。

急诊难做，急诊ICU更难做，能不能做好要看医生的水平，也要看科主任强不强势，急诊ICU跟其他科室关系都很微妙，能说得上话又强势的科主任很重要。

他一笔一画地认真写着：“现在不能这样了。”

这边联系着手术室和麻醉师，那边120又送来一个患者。

担架床被推下来时，有学生看了一眼之后立马移开目光，“嗞”地冷抽一口气。

出车祸的患者，从现场接回来，呈半昏迷状态，气息游离，鲜红的血液不断地从口腔涌出来，血氧30%。

肖旭在神外，手电筒一照瞳孔就能判断有颅脑损伤，上去熟练地接手：“打电话给麻醉医生来插管。”

除了白术，几乎所有人都看着他，好像他说了什么好笑的话一样。

“‘小师叔’，我们早就不用叫麻醉医生，都是自己插管了。”

白术拍拍肖旭的肩膀，示意他让道，口气凉凉的：“气管插管是急诊医生院前急救、院内抢救最为重要的实用技术，‘小师叔’会吗？不会那可就糟糕了，德不配位啊。”

肖旭又想杀人了。他仔细查看了患者的口腔：“啧，这个有难度了，全是血，估计什么都看不到了。”

“要做气管切开吗？”

“不做，吸引。”

血不断地从口中涌出，吸引器开着都来不及吸干净，别人看着紧张得捏把冷汗，而白术还是那么淡定。

肖旭看着这一切，也被感染得有些紧张：“真的不要喊麻醉医生吗？”

陈秩淡定地说：“麻醉医生，算了吧。他们可绝了，打个电话过去，要么派过来规培进修的，要么十分钟左右才慢吞吞地过来，等他们做好准备，黄花菜都凉了；再说了，白老师技术比他们好，上次也是个看不清声门的，麻醉医生搞半天插不进去，还是白老师插进去的，求人不如求己，我们不用看麻醉医生脸色，很爽的。”

“你会吗？”

“会啊，我们住院医师都在麻醉科学了三个月，不过我比较笨，成功率80%~90%吧，这种特别困难。”——看不清，气管扭曲，呼吸急促，很难插入导管，不过白术还是顺利地完成了。

所有人都认为是顺理成章的事情，只有肖旭默默地轻轻拍了两下手掌。

麻醉医生大多是在病人肌松状况下插管，没有对抗，声门容易暴露，当然也没有家属，天时、地利、人和都具备；可是急救时，时间紧、任务重、压力大，一旦插管失败，面临的是呼吸、心搏骤停，还有家属的诘难，医生心理素质一定要好，关键时刻要淡定，稳住。

白术抬起头，看着肖旭低眉顺目的样子，有点想笑，问："'小师叔'，跟我上手术台吗？"

"嗯。"他发出的声音有点飘，然后轻咳一声回答，"上啊，白老师。"

可以啊，学乖了。

今天也不知道撞什么邪了，到晚上科室疯狂收了俩胆囊炎患者——一个疑似动脉夹层，另一个阑尾炎；一个赵晓钦接手了，另一个徐一然找了心内会诊。阑尾炎的白细胞两万，右下腹腹部刺激征明显，糖尿病，考虑坏疽可能，陈秩果断决定做手术。

他自己不敢做，扭捏半天去喊肖砚。

肖砚做完手术，又进手术室，刚准备踢开感应门，白术从隔壁手术室出来了。

"是什么？"

她微微愣了一下，然后罕见地露出些许愉悦的笑意："是沙丁胺醇气雾剂。"

白术一怔。

"患者放在上衣口袋的沙丁胺醇气雾剂掉到火堆里爆炸了，穿入肝脏和膈肌之间，右侧第八肋间距胸骨十厘米。"

"真是完全意料不到。"他摘下口罩揉成团握在手心，然后蹙眉，"你又要做手术？"

"嗯，阑尾炎，考虑坏疽。"

“谁？”

“嗯？”

他已经有了隐隐的怒气：“谁喊你的？”

“陈秩。”

白术大步流星地往外面走，她不明所以就进了手术室，刚想说什么，对讲电话就响起来了。

“拿证了，简单的阑尾手术都不敢自己做？你马上就快考主治医师了，居然还不能独立完成更多或更复杂的手术？

“你是住院总，别的科室的住院总是什么样的，你睁开眼睛看看。神外的方瑞明、普外的程晓晓、妇产的刘晴，你拿什么资格跟人家说你也是住院总？”

全屋子的人都看着陈秩，他露在口罩外面的脸已经红得要滴血了。

“肖老师，指导他，让他做这台阑尾手术，拜托了。”

“好。”

然后他发出一声恨铁不成钢的惆怅的叹息声，才挂断了。

手术结束后，肖砚说：“完成得很好，为什么不敢独立完成呢？”

他看着肖砚，双手好像有着静电流穿过的刺痛：“对不起，肖老师。”

“为什么要跟我道歉？”

“我想说很久了，我可能不适合当医生。”

“你要知道，被诘问、被斥责、被责难，这是每个医生所必经的阵痛。这种痛苦一代代地承继下来，已经成为一种试金，一种参不透的氛围，包含了痛苦、缄默、恼羞、愤怒，对于自尊和自信难堪的弃绝，你不用太看重这份痛苦，我也一样经历过。”

他猛地抬起头，微微张开嘴。

“很惊讶吗？”

“不是，只是有点惊讶肖老师的中文居然那么好。”

“……”

第四章

生 命 的 延 续

Thank you doctor

01

肖砚做完手术已经快八点了，回到办公室一看空空荡荡的，没人。

不一会儿，一大堆人吵吵嚷嚷地回来了，白大褂全挂在手肘上，蓝色的ICU洗手服全汗湿了，额头上的汗水像瀑布一样滴下来，每个人都气喘吁吁地瘫坐在椅子上。

“怎么了？”

“是运动神经元病患者，终末期，应该是累及呼吸肌了，在救护车上已经一条直线了，到医院后家属不表态，只好抢救，吸氧，付肾，除颤，按压。我们每个人轮着上15分钟，折腾了一个小时，家属才说放弃。”

肖砚很不解：“抢救一个不可能生还的人，浪费人力、物力，万一出现其他要抢救的人呢？”

白术拉着凳子坐在空调下面吹风：“你这话要是让陆妈听见，他要心梗了。”

“他……”肖砚冷笑。

“他会说，你们没有提供家属人文关怀，此时抢救体现的是人道救助。

“说得不好听，这时候做心肺复苏就是表演。”

他漫不经心地哼了两句调子：“该配合你演出的我演视而不见……表演也得演，如果家属没有表示放弃，抢救30分钟；如果家属仍不放弃，换实习生们继续抢救，然后做家属工作，直到他们接受现状为止。”

肖砚握着笔，似乎在想什么，被白术打断了。

“我不是早就跟你说过了吗？好好待在美国不要回来。”

她微微愣了一下，然后眼睛里流露出迷惘深思的迟疑。他紧紧地锁着眉头，目光似乎要把她的眼睛穿透。

认真诚实的性格，所以会说真实的话，有真实的反应。

“我不记得了，有吗？”

他皱着眉笑出了声音，然后把口袋里的手机拿出来：“吃饭吧，我叫外卖，吃点吉利的玩意儿吧，不然送病人频率真的吃不消了。”

“水饺和粥我都点了，桂花糖粥吃吗？”

肖砚飞快地点头。

白术看着肖旭：“你吃了吗？”

肖旭摇摇头，然后不声不响地扔了几本书在书包里，拉链一拉，背在身后，头也不回地大步往外走：“有事直接打我电话，我就在医院里。”

肖砚问：“你去看书？”

没人回答，肖旭一溜烟就不见了。

白术抚着额头想了好一会儿，然后从抽屉里面拿出一沓材料。

“值班表、科室的管理制度、各种表格签字，你可以熟悉下；各科室的联系方式，这个你用不着；还有一些乱七八糟的，我想起来再给你吧。”

她点点头。

“工卡。”

他拿过她的工卡，在电脑的刷卡器上刷了一下：“这样就可以登录系统了，这个系统还是挺傻瓜的，看界面就很简单，你先用用看。”

她的目光落在他手边的词典上。

“你这干吗？这是什么？”

“你不是要写中文手术记录吗？因为我英语不太好，怕跟不上你。”他乖巧地坐在转椅上面，身子微微向前倾，一本超级厚的词典放在膝盖上，“有备无患。”

有没有见过狗做算术呢？

她想起小时候去马戏团看表演，憨憨的大金毛乖巧地蹲在地上，湿漉漉的大眼睛机灵地转着，看着黑板上的数字，汪汪地叫着——就像他现在这样。

“这里要翻译成，在C臂X光透视监视下……abdominal viscera，腹部脏器……嗯，差不多就是这个意思。”他站起来走到资料柜前，“我们科室有个医生写手术记录和病历很规范，我找给你参考下。”

他把资料夹递给她。

她一看乐了：“陈秩？”

白术不好意思地摸摸鼻子：“别看我今天冲着他发脾气，阑尾手术都不敢做，不争气的样子，他做事还是踏实的，他写的手术记录和病历基本上挑不出毛病。”

麻醉科跟手术室在同一层，肖旭乘着电梯慢慢地升到了15层，麻醉科办公室一群人聚在一起吃泡面。

郑雅洁看到他推门进来，指着会议室桌子上的泡面和比萨：“哎哎哎，小哥哥，你要不要吃？泡多了，帮忙消灭一下，面烂了就只能扔掉了。”

“你们这是什么新吃法啊？红烧牛肉泡面配意大利烙饼吗？”

虽然这么吐槽，但他还是诚实地坐下来了。

麻醉科女生还是不少的，资历年长一点的基本上都跟肖旭搭做过手术，说话也很随意。

“你怎么还没吃饭？”

“有事找老关。”

“什么事？”

郑雅洁说：“他要学气管插管。”

她刚说完，几个妹子激动地叫起来：“我来教啊，小哥哥选我！插管哪家技术强，15层找麻醉科，插管成功率98%以上，包教包会。”

“谢啦，我还是让你们关老师教吧。”

“关师兄最近在门诊的疼痛病房，很少回来。”

“秦总呢？”

“秦总回学校实验室搞论文去了，所以现在我是郑总了。”郑雅洁笑道，“我教你吧，反正你们急诊ICU来培训时都是住院总教的。”

他们一边吃一边聊天，肖旭俨然成了话题中心。

“你们今天几台手术啊？我看来来回回的全是你们的人。”

“七八台吧。”

“可以啊，这样保持下去，别的科室真的要给你们截得没饭吃了。对了，我今天中午还看到你姐跟白白老师吃饭。”

“对对对，你、你姐、白白老师，新的魔鬼大三角。”

他听不懂这种黑话：“什么大三角？你们好无聊啊。”

“肖旭，你知不知道小洁说你啥啊？”

“她肯定不说好话。”

“她说，以前喊肖旭叫‘小哥哥’，现在肖姐姐来了，喊肖旭应该叫肖姐姐的弟弟了，所以应该叫‘小弟弟’了。”

“你……喊得出口我就服你。”

“小（xiāo）弟（dī）弟（dí）。”

所有人哄堂大笑，学医的都是荤素不忌的，但是这个脸皮薄的肖旭还是个例外，他的脸就像是一根被点燃的火柴，唰地红了。他的眼睛亮成两条波光潋滟的河，看得其他迷妹脸也红了。

他用筷子虚画了一圈她的脸：“郑雅洁，你死定了。”

“怎么了？怎么了？！”

他压低嗓音道：“你再疯疯癫癫的，估计你在白老师那里的印象分就变成负数了。”

“我这叫活泼可爱、生动有哏，好不好？”

“你再有哏，白老师也不吃你那套疯疯癫癫的人设。”

“你听过一句话吗？”

“什么？”

“我知道我伸出手他不会跟我走，于是我伸出脚把他绊倒了，他果然站起来追着我跑，于是我发现深情不留人，总是套路得人心。”

“得了吧，你有什么套路？”

吃完泡面，郑雅洁带他来到PACU[①]旁边的示教室。

她一边收拾一边说道：“当时我还是个单纯幼稚的小萝莉，刚进科室啥都不会，被骂得要死。我的亲师兄不管我，我只好自己摸索，气管插管提镜子时没劲，最后还是白老师对我说拿喉镜的时候手握的位置可以靠下一些，提会厌的时候用小鱼际肌的力量往上顶。”

肖旭懂了：“雏鸟情结。”

“还有白术长得帅啊，不管是做手术还是抢救的时候都帅得要命，紫霞仙子说‘我的意中人是个盖世英雄，有一天他会踩着七彩祥云来娶我’，那白术就是个盖世英雄，踩着五彩祥云来拯救人命。”

“那你应该喜欢急诊的所有男医生啊。”

“我一直是个胆小鬼，神经敏感，手脚欠协调，怕痛又怕死，要不是我爸妈都是医生，我根本不可能学医的，就我这样一个人被派到急诊能干什么呢？插管都插不进去，我当场难过得掉眼泪。那时候白术跟我说：‘认识你时间不算短，虽然你大部分时间活在自己的世界里，但是也勇敢地活了20多年，为什么不能相信一次自己呢？’”

“很难想象啊，白术他话这么多？”

“他没跟我讲过很多话，连玩笑都没开过，每次都很一本正经。”郑雅洁轻轻叹气，“他要是再话痨一点我就不喜欢他了，偏偏这种似有若无的关注最致命啊，就好像他这个人什么都不放在眼里，唯有你是那么一点点例外。”

---

① 麻醉后监测治疗室。

肖旭抚了抚额头："好了好了，抒情能不能结束？郑总我们能不能开始了？"

她把模拟人放在台子上，仔细地检查了一遍："我把当年我祖传御用的道具给你用，好好学，学不会别说是我教的，丢人。"

郑雅洁坐在椅子上，拿了一本书卷起来，敲着手心："其实用模拟人练技术是最简单的，你练两天就会了，剩下的你可以先来手术室看我们全麻病人插管。作为麻醉医生，我们最重要的、最基本的原则是要尽力避免Lost airway[①]，也就是说不管气管插管能否成功，都要尽力保证气道在控制之下。

"气管插管之前的准备工作在有限时间内尽量做充分，不要因为急就觉得可以胡来，一切须按部就班，首先要对患者的全身状况有基本判断；然后要对病人的气道快速评估，好插不好插，基本上看一眼就明白，觉得有困难一定不要逞能，再厉害的人也有失手的时候。"

"那你说白术也会失手吗？"

郑雅洁很无奈："你有毒吧？问这种问题，如果问你姐会不会失手，你大概就要打死我了。"

"这倒是。"

"我倒是想所有医生一辈子都不会失手，但是可能吗？你有没有干过什么蠢事？"

肖旭一边操作一边说："看你说是当医生做手术还是别的了。"

"都可以。"

"我干过最蠢的事情就是骗过了我爸。"

"嗯？"

"我姐上初中时我才上小学，那时候我特别喜欢打游戏，偷了我爸的钱想买一台掌机，然后被发现了，我骗他说这是我姐叫我拿的。

---

① 指未能成功开放气道。

后来我姐被我爸打了一顿，接着很快她妈就接她去美国读书了。”

郑雅洁愣了一下：“就这样？”

他站直了身体，目光穿过玻璃，默然地望着窗外大楼的荧荧灯火：“就这样，我爸一点没有怀疑我，他对我和我姐的感情简单粗暴，一个溺爱，一个厌恶。我总是想如果我当时承认了，也许我姐就会一直在国内，但是似乎在国外她过得非常好。我到现在也不敢再提起这件事情，整件事情就像蝴蝶的翅膀微微一动，就引起了一场风暴，这是我干过最蠢的事情了吧。

“你呢？”

郑雅洁哈哈大笑：“有一次我喝多了给我前男友发微信让他给我打电话，他打过来了，然后我骂了他一个小时的渣男，后来我才知道白术在我们隔壁桌听了全程。这还不是最精彩的，最精彩的是我喝断片了，从宿舍床上摔下来，被送到急诊，白术还给我推了纳洛酮。

“你说我这个故事要是再戏剧点，是不是可以当师妹、师兄的剧情来发展了？”

“你想多了，虽然我不是白术这类人，但男人是有通性的。”

“什么是男人的通性？”

“喜欢的女人会去追。”

“那如果有女人喜欢他去追呢？”

他没回答，而是接起了电话，听完电话背上书包：“那你就去试试啊，走吧。”

深夜送来的车祸患者，呼吸困难，循环不稳，拟腹腔出血急诊剖腹探查。

白术一进手术室就看见了郑雅洁。

其实在手术室里，无菌服一穿，口罩、帽子一戴，根本分不清谁是谁。郑雅洁左耳耳垂上有一颗痣，特别像戴了耳钉，靠这个分辨百分之百正确。

“郑总速度这么快？”

她一怔，然后翘起嘴唇笑道：“老被你们吐槽麻醉科大牌，总要不断改进争取早下黑名单吧。”

“老张呢？”

“张老师还在隔壁手术室呢。”

他犹豫了一下，然后说道：“那行吧，开始吧。”

“等等。”

白术取手术刀的手悬在空中，肖旭也抬起头看着郑雅洁。

“怎么了？”

她蹙着眉道：“我有个问题，血氧饱和度太低了。我刚才就注意了，插管之后是94%，现在70%，出血性休克，血氧饱和度是不太会下降的，这个下降得也太快了吧？”

白术疑惑地“嗯”了一声：“你这么一说，确实。”

肖旭也觉得很奇怪：“刚才做了超声，有心包积液但是量不大，心脏跳动尚可。”

“等等，这是什么情况？”郑雅洁蹲下来，从她的视线看去，患者的上半身隐隐的青紫，好像颜色越来越深。

“上腔静脉回流障碍？”

白术当机立断：“从剑突下探查切口，高度怀疑有心包压塞。”

上进心包，立刻有血凝块被吸出，患者血压立刻回升。

“果然。”

所有人都松了一口气，不由得多看了郑雅洁一眼，白术也微微地颔首。

“继续吸引。”

忽然吸引的血液颜色逐渐变红，且源源不断，血压又骤降。

白术深吸一口气，微微紧张地宣布：“是心脏破裂！”

停止吸引，堵住心包切口，延长切口，进胸，果然上腔至右房近房间隔处有两处破口，鲜红色的血液像泉水一般源源不断地涌出，用

“命悬一线”形容一点都不夸张。

医生进行缝合修补，很快患者的情况稳定下来了。

肖旭松了一口气：“还好郑总多看了一眼。”

白术抬起头对上郑雅洁的目光，说道：“郑总挺厉害啊，这水平不仅仅是个麻醉医生了。”

她极力地抿着嘴，控制住上扬的笑容。

手术结束时，她跟着白术走出手术室。

白术摘下口罩、帽子揉成一团扔进垃圾桶里，然后抓抓头发，蓬松的头发顿时变得像稻草一样滑稽。

他站着不动，没说话，似乎在想些什么。

靠近白术的时候，郑雅洁忽然感觉一种疲惫从他的灵魂里渗透出来。

“白老师？”

“嗯？”

“你要多多休息，不然会早早秃头的。”

他没回答，而是话锋一转：“郑总，少安排点住院，多跟我们急诊。”

郑雅洁惊讶地看着他。

“今天你不仅仅是个麻醉医生，不要小瞧自己，麻醉医生也要有一定的诊断能力，不能盯着一般的临床手术的麻醉，多跟跟我们急诊。”

她笑起来，但是不知道为什么，她的眼角好像在刹那间有些模糊。

他真的就是这样的人，那些喜欢好像就是这么顺理成章地形成的，没什么比得到他的肯定更有意义了。

但这也是一场交易，她的头脑很清醒。

“好呀。”

02

影院上映了一部电影，叫《我不是药神》。

陈秩拿着手机翻着影评：“讲格列卫的故事啊，我知道的，看上去就很丧的样子，我们急诊ICU已经很丧了，不想雪上加霜了。”

“你说得很有道理，我们科室的故事就可以拍部电影了。”

“我看评价很好呢，正打算去看。”唐画对着其他人喊道，“有没有人一起啊？”

“有啊，算我一个。”

“我，我，我！”

她问肖旭：“你去不去？”

“不去，没空。”

徐一然大手一拍：“还没请你们吃饭呢，不过真没时间，那就请你们看电影吧，每人一个电影券套餐，选好场次发给我。”

全部人欢呼起来：“哦，好的，谢谢徐老师。”

肖旭微微仰起下巴：“那你折成现金发个红包给我，谢谢啊。”

徐一然一巴掌拍上去：“你这臭小子，陪我去看。”

“要去也是陪我姐啊，陪你几个意思啊？”肖旭无意识地回头，“找白老师啊。”

此刻白术合眼沉沉地昏睡在会议室的小沙发上，那张沙发只有两个座位，他只能蜷缩着身子，一条腿勉强地弯着，另一条腿干脆就挂在沙发扶手上耷拉到地上去。

深蓝色的小盖毯遮着他的脸，他听到嘈杂的声音会忍不住往深处钻一钻，然后又一动不动。

“大半夜又抢救了？”

肖旭指指桌子上的资料：“11岁的小女孩，肝硬化继发全身器官衰竭，没救过来。”

徐一然被那张图吸引住了：“这是什么？”

像是葵黄色的猫眼石，宝石在强光照射下，表面出现一条细窄明亮的猫眼活光，这条反光把眼球和黑色的瞳孔分为两块。

“这是KF环。”

肖砚的声音从背后传来，徐一然吓了一跳：“吓死人了啊，你走路怎么没声音？"

"肝豆状核变性造成的肝硬化？"

肖旭点点头。

肖砚张开手指，把资料铺开，一眼扫过去，问道："才11岁，为什么不做肝移植呢？"

"怎么做肝移植？"

盖毯被粗暴地扯下来，怒气冲冲又烦躁的白术直起身子，睁开眼睛对上肖砚冷漠淡然的眼睛，下一秒只剩愕然地看向她，眼眸里只有深邃透亮。

"是你？不是，你听我说。"脸上那股清冷的白中隐隐染上了薄红，他皱紧眉头思索了一会儿，走过来说道，"先要在器官移植等待者预约名单系统里登记排队，预付10万元押金，才有资格变成长长的等待名单中的一个。肝移植的手术要60万，心脏也要60万，肾脏要30万，后续还有高额的服药费用，这不是一个普通家庭能够承担的。"

"所以没有钱的家庭，只能这样。"他狠狠地按了按太阳穴，皱着鼻子说道，"这片子太丧了，看都不要看了，穷病是这部电影最大的痛点，戳中这个痛点，把这个痛点赤裸裸地展现给老百姓看，谁都受不了。"

一上午，科室里的气氛都怪怪的。

唐画从陈秩位置旁边经过的时候多看了一眼："欸，你在干吗？"

"没、没干吗。"

她不依不饶，点开最小化的浏览器，看着屏幕，然后再看看他："你登记了？"

网页上赫然是"中国人体器官捐献管理中心"的网上登记系统。

陈秩点点头："你呢？"

唐画扯扯嘴角："还没想好。"

"你是医生，需要考虑那么多吗？"

"你想过这些器官的去处吗？这本身是一件无偿奉献和牺牲的事

情，你只想过有人的生命会因此而延续，但是活着的那些又真的燃起生的希望了吗？他们真的感激你了吗？当然你已经死了，什么都不会知道了。”

他茫然地看着唐画，她堪堪地垂下眼睑，微不可察地皱了一下眉头：“算了，瞧你这傻乎乎的样子，说了你也不会懂，真发生了你也不会懂的。”

下午一点整，滨江大道上发生了一起严重车祸，重伤者立刻被送往最近的医院。

肖砚立刻诊断：“脑干多处损伤，脑部弥漫性肿胀，中枢性呼吸循环衰竭，无法自主呼吸，是脑死亡。”

肖旭点点头。

她脸上却浮现出深沉又偏执的表情，眼睛里更是燃烧着火苗，仿佛瞬间就可以燎原。

“脑死亡。”她又固执地重复了一遍，“通知家属，我要跟家属谈器官捐献的事情。”

肖旭大惊失色。

这时候跟家属说这样的话题，不被打就不错了。

不要说很多人根深蒂固的观念，生时讨论后事这种对死亡的忌讳，就说此刻，在惨剧降临的时候，家属脑子一片糊涂，思维完全混乱，只知道号啕大哭。

在家属最难过、最伤心的时候，谈器官捐献，无异于往他们伤口上再捅上一刀。

大多数悲伤的家属会生硬或委婉地拒绝，或是尖锐地质疑。

“别，别。”

“为什么？”

他无法正面回答。

因为中国人生来忌讳死亡，不理解活着时身体只不过是灵魂借用的一副皮囊，死了化成灰回归土地，再无他用；因为这些人不是医学生，从没有向尸柜里的尸体老师鞠躬，感谢他们为医学事业做出的奉献。

与肖砚对视片刻，他稳了稳心神，转身跑远了："我去找白老师谈谈。"

跟感情的亲近毫无关系，这个人是医生，她身上偏执狂般的责任感，让他无法拒绝。

很快车祸伤者家属就来了，一个孱弱的年轻女孩扶着一个妇女。中年妇女看到病床上插着呼吸机的病人，人如触电般惊立，腿顿时就软了，扑通跪在地上，汗顺着脸颊往下淌，瞬间面色惨白，然后号啕大哭起来。

女孩子双手死死地抠着床沿，整张脸白得像一张纸，眼泪大颗大颗地掉下来："哥，你怎么了？哥，你醒醒啊。"

她面对惊慌失措的家属时那种无措到冷酷的感觉又涌上来。

肖砚伸出手，却在半路被挡了一下。

"你什么都不要说。"

白术挡在她的面前，挺直腰板，她惊异地发现他们之间的身高差。

他的背影能完全遮住她的视线。

他鲜少只穿蓝色洗手服，通常爱在外面穿一件白大褂，但是此刻只穿了蓝色的洗手服，看来是刚从手术室匆匆赶来的。他肩膀宽厚，后背的各种沟壑和线条流畅又成熟稳重。

"让我们来谈。"

他转过脸，看着肖砚，那一瞬间，他感觉从昨夜开始累积的寒冰般的悲恸"咔嚓"一声破裂了。

"你的期望也是我的想法，所以你现在考虑的是，重新评估他的器官。"

陆平安来了，徐一然来了，医务科的陈主任也来了，白术带着家属进了会议室。

会议室的门被紧紧地关上，时不时地传来崩溃的哭声和死寂样的沉默。

“姐，紧张吗？”

她抽出入导管的手微微一滞，然后认真地盯着屏幕报道：“右心导管检查正常。紧张什么？”

“能不能说服家属的事情。”

“不紧张，但是会遗憾。”

“你知道吗？我念书的时候就登记了器官捐献，然后认真地跟我爸说了这件事，我爸这个当了半辈子医生的居然说我脑子发热，不清醒。

“然后我问他，你是个医生，你难道不知道那些正在等待器官捐献的人的绝望吗？我爸说，当然知道，所以他也登记器官捐献了，并且死后会把遗体捐给学校。”

肖砚扯了扯嘴角，露出个无奈的笑容：“所以面对骨血挚爱的时候，人都不能冷静啊。”

那你呢？你遭遇了那等痛失挚爱的事情之后，为什么从葬礼到现在还能那么冷静？

他咬咬牙再要张口，会议室的门忽然被打开了。

白术走到她面前，说：“拔管，然后准备摘除器官。”

她点点头。

“还有，这件事可能会由媒体宣传报道。”

“媒体？”

他似是头疼地揉揉眉间，教育她：“就是演，请你摆出一副观音菩萨普度众生的表情，而不是现在看到的冷冰冰的讨债脸。”

器官移植，眼角膜捐给15岁失明患者，肾脏捐给两名尿毒症患者，肝脏捐给肝硬化晚期患者，而心脏捐给晚期充血性心力衰竭患者。

她不是第一次参与器官摘除手术，但是每一次都比前一次更加震撼。

宽敞的手术室因为来了很多人变得拥挤起来，这一次的默哀时间比以往她记忆中的感觉更长、更慢、更缓、更加哀伤。

手术开始，全身肝素化，大动脉阻断，心脏摘除。

“对该患者进行经胸超声心动图及心导管检查，未发现心脏挫伤迹象。因此，我认为该名患者的心脏适合作为供体心脏。”

一切都很顺利，却在取出心脏供体的时候，发现在分叉下方肺动脉干的后壁有一处破裂，她不假思索道：“将该段肺动脉干从心脏上切除。”

“左肺动脉瓣的尖端有个水平的裂缝。”

“这怎么办？”心脏供体组的主刀医生停下了手问她，“这样的心脏还能做供体吗？”

脑死亡后的一系列病理生理变化会对心肌造成损害，从而影响供体的质量以及移植术后患者的生存率，而现在供体心脏又出现了预料之外的损伤。

她是全权评估这颗心脏的状况能否作为供体的负责人，她决定了移植受体病人的生存率。

一瞬间，所有人的眼睛都在打量着她。

肖砚没想到这场战役如此艰险，感到一阵兴奋来袭的眩晕和激动。

“修复。”

同组医生怀疑地看了一眼肖砚：“修复？”

“嗯，没错。我曾经经历过的心脏移植手术里，也有过类似的情况，事实证明，受伤的心脏未必不适合做供体。”

墙上的钟在一分一秒地走着，而手术台上的倒计时钟也在一分一秒地倒退。

她的手，终于能够感受到直接的温度，血液、心脏的温度，那颗搏动的心跟自己的心率是那么一致，一瞬间她都恍惚以为自己在捧着自己的心脏。

这是从捐献者生命中截下来的一小段光，暗下去的是他的生命，亮起来的是他生命的延续。

蓝白相间的盒子，她双手托着、双臂夹紧，走出手术室。

肖砚看见白术站在走廊上，他抿着薄唇，绷紧着淡漠脸，唯在见到她的一瞬间，百般无奈般轻声询问："坐过直升机吗？"

她摇摇头。

"别紧张，除了噪声很大，没什么好紧张的。"

她这才恍然，这场声势浩大的器官捐献不仅需要精湛的医术，还需要闪光灯和世人的关注。

她搭乘电梯来到顶楼，电梯门打开的瞬间，咔嚓的快门声音响成一片。

晴天是夏季最后的牢狱，面对初秋向死而生。

午后阳光笼罩着整片天空，死气沉沉的压抑感无止境地蔓延扩散，螺旋桨的急速转动带动着奄奄一息的风，把她的衣服都吹乱了。

国内医院在楼顶设有停机坪非常少见，巨大的绿色地面上标记着显眼的白色十字，红白相间的直升机悬停在上面，发出巨大的轰鸣声。

她只能听到江仲景的声音断断续续地传来。

"器官移植，毫无疑问速度越快越好，我们是在跟时间赛跑，如果用汽车，需要两三个小时，用直升机，40分钟左右就能到。

"这次车祸脑死亡的患者，心脏也遭受了一定程度的损伤。但我们评估后，认为即使'千疮百孔'的心脏依然可以作为移植的供体，也是给器官移植、心脏移植打开新的思路。"

多么激励、多么专业，一抹笑在她唇边转瞬即逝。

耳边响起了震耳欲聋的螺旋桨击碎空气产生的巨大噪声，即使戴着隔音耳机也能感受到空气的碎片裹着高空的压强一起钻进耳朵。

肖砚低头就看见白术站在人群最后，从来没见过他这样笑，像是一朵绽开的无声的礼花，然后渐渐地视线远了，一切变得渺小又模糊。

她从来没有俯视过这一切，每个城市在离得足够远后都能显示出平静的美。时间仿佛静止，她觉得自己像天空中的一片云，有一股无声的力量牵引着她走向日出处的道路。

她紧张到震撼，心脏飞速地跳动，人生第一次体会到这种复杂的感情，无法宣泄。

直升机停在医院的停机坪上，肖砚抱着盒子跳下来，立刻跟受体团队接洽。

“受体是个54岁晚期心衰的患者，目前各项指标良好。”

肖砚点点头：“肺动脉瓣环上面四厘米有处裂缝，已经修复，但是不排除其他损伤。”

“‘千疮百孔’的心，哈哈……这是个挑战，我们要干得漂亮点。”

手术在如火如荼地进行，果然在心脏的房间隔发现了撕裂，缝合后确认了无其他损伤，手术按照心脏移植手术的流程，顺利完成。

在心脏缺血197分钟后，对其进行再灌注，心脏功能恢复正常，病人在心脏移植六小时后移除插管。

肖砚回到医院的时候已经是晚上了，白术从窗口看到她静静地走在路灯下，昏黄的光拉长了她清瘦的影子。

“会不会觉得不公平？你铺了道路，她却收获了好处。”

他转过头看着徐一然，很平静地说道：“你就是不知道什么时候不必认真、不必计较。”

徐一然讪讪地笑，努努嘴：“招财猫回来了。”

肖砚站在门口，这一整天情绪与理智对撞，火花还留有余温，持续高压和紧张之后。所有情绪被压缩在浓浓的深夜里无处释放，她忽然不知道说什么。

“顺利吗？”

她点点头。

“饿了吗？吃过了吗？”

她点点头。

他觉得好笑：“究竟是饿了，还是吃过了？”

她仍然点点头，她根本不想说话，也不知道怎么说话。

半晌，他忽然低头轻笑一声："走吧，我们去看电影。"

她没点头也没摇头。

"那我呢？"徐一然不知死活地在后面喊道。

"跟小师叔去看，或者网盘，随便你。"

她没想到这是一部几乎满场的电影，黑暗里，大银幕上的场景不断地变换，几段人生、几段生死悲欢演绎着。

程勇赶到医院得知黄毛没救，大声地冲着曹警官咆哮"他才20岁，他只是想活着，他有什么罪"的时候，她淡漠且温和地听着周围人的啜泣声，好像那些复杂情绪，被稀释了那么点，她能感受到寒冷的悲伤和温暖的慈悲。

她的注意力只在电影上，等电影结束时，她才发现白术早就睡着了。

靠着她肩膀的脑袋，很重，空调的冷风吹得她浑身冰凉，唯有相靠之处是暖的、烫的，肖砚不排斥和他的这种接触。因为年纪小，他任何时候的举动在她眼里都像只奶狗，周身有甜淡的奶味，毫无攻击力，唯有今日拦在她面前的那个他，散发着成熟男人的气息。

灯亮之后是全场的静默和淡淡的惆怅。

他的眼睛终于睁开，目光涣散地看着她，她的眼睛里面反射着洁白的光，像是有星星闪耀。

"我睡着了。"他毫无愧疚地说道。

她却开口："这部电影拍得很好，你看过余华的《活着》吗？都是用冰冷无奈的死，呼唤真实的生。"

"我知道电影很好，但是我不想看。"

"为什么？"

"钱不能治愈疾病，但是疾病的治愈一定需要钱。我看过很多次，病人抱着诊断书大声哭喊道'怎么办？！去哪儿弄那么多钱啊'。他们的哭声尖锐得像一把刀，劈开他们的身体，也撕裂我的心。我讲不出一句安慰的话，我很早就知道，如果这个世界只有一种病，那就是穷病。

“现实中我已经看了无数遍，还要花钱再看一遍电影受这个罪，冤不冤？”

肖砚笑起来了。

她的情绪竟然被这样救赎了，语言功能终于能够找到合理的逻辑，她说：“你们早就知道，心脏移植的受体是个亿万富豪，因为有钱有势，才能支使得动两大医院帮他创造最好的医疗条件，才能动用直升机以最快速度运输，才能用各渠道的媒体造势。他捐了1000万给医院，还向家属捐了100万，这是这个困难家庭一辈子都赚不到的钱。其实说白了，他花100万买了一颗心脏，只不过是合情合理且合法的，所以你说生命是不是也是有价格的呢？”

“如果生命有价格，你愿意你值多少钱呢？”

她认真地想了想，回答：“我看过一句话：时空给了我们无限可能，我们的思维如宇宙般广袤，而山川河流任何形态都是美的，我们都将化为一粒尘埃，所以时空中我是无价的，地理上我是一文不值的。”

他唇角浮起一丝笑意：“好狡猾的答案。”又抬眼，一刹那眼色深沉又温柔，“那么愿我们虽生而平凡，却不忘创造更好的世界。”

第五章

一针见血

Thank you doctor

01

他们走出电影院，夜有些深了，天边飘着些淡薄的云，不见星月的踪影，夏末的夜沾了几分初秋的凉意，风吹来，带着点山雨欲来的透彻凉爽。

肖砚看了看手表，用询问的眼神看着白术。

他装作没看到，问：“吃过了吗？”

“医院里提供了手术餐，我吃了一点。”

“好吃吗？”

肖砚诚实地回答：“当时好像太累了，五感迟钝，吃不出什么味道。”

“那你还饿吗？”

她摇摇头：“不知道。”

“走吧。”白术没按原路返回，带着她越走越偏远。

偏远到医院的标志在视线里有些模糊了，眼前只有十里长街，橘色的街灯一盏又一盏，点连成线，线结成网，温柔的光切割整座城市，把整片天空都照得一片亮色。

那些高楼变成了剔透的水晶建筑物，散发着梦幻的光芒。

风把江岸上的水汽也吹来了，两岸横亘着的大桥倒映在深色的水面上，炫彩的灯光幽幽地潜入荡漾的江水中，一半是江水，一半是火焰。

她没说话，慢慢地走着、看着，几乎忘了旁边的人和时间的流逝，不知道何时，他也刻意放慢了步伐。

不知道走了多久，忽然白术开口："你在这里等我一下。"

然后他跑进一栋老式洋房里的甜品店铺，出来的时候手里举着两个甜甜圈。

"喜欢吗？"

肖砚点点头，接过来，慢慢地咬了一口，意外的是，没有那种甜到发腻的糖浆味道，巧克力带着浓重的奶味，蓬蓬松松的甜甜圈上出现了一角缺口。

"大脑唯一的能量来源就是葡萄糖了。"

她仰起头，接住了他含笑的视线。

白术说："其实我不喜欢吃太甜的食物，但是有时候身体会突然极度需要甜的东西，是一种本能的需求。"

"我喜欢吃甜的。"

"这个甜甜圈好吃吗？"

"其实我更喜欢美国的甜甜圈，因为成吨成吨的糖掺进去，虽然发胖又油腻，但全是实实在在的甜。"

他挡住一部分前行的灯光，伸出手道："还回来。"

他怎么那么幼稚？

她笑起来，气音居然变得软软的："但是这个甜甜圈，是今天最好吃的食物了。"

"谢谢你。"

他们回去的时候，突降大雨。

夜雨模糊了车窗，只留下一帧帧朦胧的光晕。公交车里的冷气缓缓地送着，碰到了身体潮湿的热度，现出白色的水汽。

"今天坐直升机什么感受？"

她伸出手，虚虚一指窗外的天空："第一次坐直升机，视线慢慢远离，就像是电影里的慢镜头，感觉噪声很大，但是似乎耳边一片寂静，有那么一瞬间，我有惊恐失重的感觉，你呢？”

“我面对过两次直升机救援。

“第一次是春节时的G318国道，50多岁的男人，急性心梗。我刚上直升机，既紧张又兴奋，耳边都是螺旋桨的声音，心脏都要跳出来了，整个人都快呼吸不过来了。那是我第--次在空中看到蜿蜒成长龙的车辆，还不停地用‘还好春节时候要值班不用经历大堵车’这种想法来转移自己焦躁的心情，现在想起来真的蛮好笑的。

“第二次是个80多岁的老人，不慎从高处跌落，脊椎骨折。那次飞的是夜航，夜晚的城市离得远了，真的美，只剩下璀璨的灯火，好像是星辰颠倒了一样。”他抿一下唇，笑意从眉峰扩散到嘴角，“那种静谧的美，安静到你恍惚觉得自己是站在两个时间里面，一个飞速转动，一个静止沉睡，当时有股冲动，特别想包下那架直升机，带着我绕这座城市飞一晚上。”

肖砚听着，微微笑着。

他轻叹一口气：“国内医疗直升机救援的费用约十万人民币，这两个患者都是有钱人，我总是想，不知道什么时候我们才能真正实现直升机救援。”

肖旭把做完手术的病人送去ICU回来之后问道：“怎么下雨了？我姐做手术还没回来吗？”

“看电影去了。”

他差点儿呼吸不上来，半晌才反应过来道：“什么？看电影？跟谁看电影？”

“跟白术。”

肖旭立马拉开抽屉，哗哗地撕着糖纸，绵绵不绝的哗哗啦啦的声音搅得徐一然浑身难受。

“你吃啥呢？”

“巧克力。”

徐一然抬起头一看，桌子上的糖纸已经铺满了键盘，他无奈道：“适可而止啊，年纪轻轻的就这么残忍地对待你的胰腺，合适吗？”

肖旭还在撕。

“要不我俩也去看电影吧？”

一颗巧克力被砸了过去，肖旭怒道：“看电影，看电影，就知道看电影。”

正巧郑雅洁推门进来：“咦，你们谁要看电影？最近是不是有部电影《我不是药神》很火爆？”

肖旭冷冷地拒绝了：“不看。”

徐一然摊手：“郑总就是来约电影的吗？”

“当然不是。”她狡黠地笑起来，“我从老张那边弄了个课题——急诊手术麻醉应激对机体产生的社会学影响及其神经环路基础，这下可以暂时留在你们科室了。”

徐一然感叹：“真有你的啊！佩服你的行动力，但是我感觉你的动机十分不纯。”

“没事，就是很不纯，随便说。为了暂时留在你们科室，我把剧本都写好了，就算竹篮打水也不是一场空，没有爱情也会收获事业的。白老师呢？我得把这个课题跟他说一下。”

肖旭仰靠在椅背上，闭着眼睛说道：“看电影去了。”

“白老师会去电影院看电影？”

他睁开眼睛瞪着郑雅洁：“跟我姐。”

郑雅洁被噎了一下，坐下来跟肖旭两个人面对面地撕着巧克力的糖纸，半晌问道：“你姐有男朋友吗？”

去世的当然也算的，他这样想，于是干脆地回答道：“有。”

她微微松了口气，接着问道：“你姐长得好看吗？”

他指指自己的脸：“长相祖传的，复刻都是这个款，你说呢？”

然后他耳朵动了动，眼睛一亮：“回来了。”话音还没落，几人就听见空旷的走廊上传来两道打喷嚏的声音，然后说话声和脚步声由远及近。

肖砚一贯冷冷的声音传出来："早点回家休息。"

"明天早上八点交完班，哦，不行，明天早上还有全院疑难病例大讨论。"

"要参加吗？"

"随便吧，你想去就去，不想去就不去。反正每次别的科室吵不出个结果都要骂我们科室水平差，耳朵都要听出老茧了，跟他们吵吧没意思，不吵吧又欺人太甚。"

肖砚推门进来，没怎么被雨淋着，一只手插在裤子口袋里，带着点颓废的帅气，眼睛里那种独特的、煊赫的锋芒又回来了："明天谁去讨论会？"

肖旭和徐一然对视一眼："我去。"

郑雅洁犹豫地举手示意一下："我也去。"

肖砚微微颔首，然后转身走了。

白术把伞收起放在走廊上，然后走进办公室，看到郑雅洁，问道："找我有事？"

"对，有个课题，张主任想跟您商量下合作的事情。"她看着半个身子都淋湿的白术，雨水还滴滴答答地从他的发尖滴到脖颈后，犹豫道，"要不您先去洗个澡吧，我就在办公室等着。"

他抽了几张纸巾胡乱地擦了擦脸，顺手打开电脑："等会儿，不急，你先把课题给我看看，看完你早点回去。"

这个深夜特别安静，连一场急救都没有，隔着薄薄的门板，竟然一丝一毫的声音都传不到耳朵里。但是白术感觉到脸上、耳根、身上都热得难受，可是寒意不受控制地一次一次地袭过来，浑身血脉不通，麻麻痒痒也痛也酸。

半夜他醒来一次，喉咙似乎有火在燎，干哑又疼，喝了凉水又昏昏沉沉地睡过去了。

一觉醒来，他的烧退了，头还有些昏昏沉沉，但是嗓子彻底哑掉了。

讨论会还没开始，陆陆续续就有人跟白术打招呼。

“白主任，早啊。”

他礼貌地点点头。

“那是你们科室新人啊？”

他也点点头。

相熟的同事开玩笑：“那就是你们老陆找来的外援？看上去年纪不大啊，昨天下午朋友圈都被照片刷爆了，直升机美女医生，哇！真人比照片好看多了，结婚了没？有男朋友没？微信号给一个。”

他张开嘴，还没发声，气流先狠狠割裂着咽喉，他只能狠狠地瞪着眼睛。

肖砚走到他旁边拉着椅子坐下来，问道：“感冒了？”

他抿了抿唇，然后指指喉结，摆摆手。

她想了想，还没说话自己就先笑起来了：“One guy goes to a doctor and says, ‘Doctor, my wife has lost her voice. What should I do to help her get it back?’ The doctor replies, ‘Try to come home at 3 in the morning.’”

白术皱着眉，莫名其妙地看着她。

“不好笑吗？”

她缓缓眨了下眼睛：“一个人去看医生，说他老婆失声了，怎样才能好，医生告诉他让他凌晨三点回去。”

他还是用那种莫名其妙的眼神看着她。

肖砚使劲抿起嘴，压住要暴怒的气场：“还不懂吗？就是说凌晨三点才回家，他老婆肯定要骂他，就能说话了。”

他手背反撑着下巴，一脸冷淡，拽过白纸写道：“你从哪儿找来的笑话？冷得要死。”

肖旭忍了两下没忍住，软软地笑出声：“真的好冷啊，而且这个笑话好老派，啊哈哈……”

肖砚暗自决定把这两个不懂幽默的人先冷一下。

疑难病例讨论会开始后，肖砚才明白什么叫“吵吵吵，闹哄哄；骂骂骂，没结果”。

“考虑感染，一般细菌感染引起肝功能损害不会特别严重，除非肝脏本身感染，肝损害可引起CRP、PC[①]升高，建议血培养，肝床旁影像学检查。病毒感染会引起肝脏严重损害，建议病毒系列检查，包括流出病毒抗体等。”

立马就有呼吸科的跳出来反对：“不不不，我觉得需完善胸部CT检查，血及痰培养，军团菌抗体及尿军团菌抗原等检测，诊断考虑重症社区获得性军团菌肺炎。”

“中毒呢？询问具体药物使用情况，特别是中药，要排除原因不明的肝损害中毒。”

几个中医科的嗤之以鼻：“又是中药？你们下次能不能换个说法黑中医？没中医你祖宗是怎么活下来的？”

“一些特殊疾病如TTP，嗜血细胞综合征等。”

肖旭直摇头：“这水平还是回家种地吧。”

忽然有个人道：“当初急诊ICU以患者昏厥来院，入院后发作一次，心电监护提示室速收入院，转心内科。但是炎性指标显著升高，感染指标8.39L高，PLT减少，乳酸性酸中毒，显而易见应该先转呼吸科。”

“患者血清转氨酶异常升高，特别是AST[②]升高更明显，达到了4704U/L，提示是爆发性肝功能衰竭，为什么当初不转肝病感染科？”

有人试图转移话题：“要考虑的是肝功能衰竭的原因是什么，从

---

① 肝损害可引起各种炎症指标的升高。

② 谷草转氨酶。

患者发病情况来看，首先考虑的是病毒感染，可能伴随巨细胞病毒或EB病毒感染，肝功能衰竭才引起了全身感染。”

话题总算又被强行拽回正轨来。

白术冷着脸，撑着下巴的手，不停地指尖摩挲着，另一只手握着笔，不耐烦地一点一点地用力敲着本子。

他很想反驳，但是什么也说不出来。

肖旭也不是第一次看到全院医生统一口径地说急诊ICU水平差，但是当自己变成了其中一员，随意的指责变成尖锐的匕首扎进自己心里的时候，让他愤怒的情绪中夹杂着一种无法抵抗的痛楚：“急诊ICU是替罪羊吗？”

此话一出，全场鸦雀无声。

肖砚嗤笑一声：“急诊ICU是导医台吗？”

然后她的笑也跟着冷淡下去，垂眉落眼之后，抬头看着所有人，从内向外滔袭着那种强者的压迫感和冷锐的气场。

“呼吸科说，把一个心衰的病人转到呼吸科了，其实，这个病人是慢阻肺、肺心病，进展为心功能不全的。

“消化科说，把一个神志模糊的患者转到他们科了，一个消化道出血的患者，失血过多，存在缺血性脑病，神志模糊是应该的吧？

“人体是个整体，很多病人是存在多种疾病的，病程是发展的。首诊负责制，不会没有人不知道吧？认为我们转错了科室，你可以请会诊转科。如果没转，就别说我错。如果转了，那又如何？我们要在最短的时间内做出最有可能的诊断。做医生的，谁能保证百分之百的正确呢？”

全场寂然。

她侧脸背着投射来的鲜活的阳光，细薄的唇紧紧地抿了一下，血色重新涌了回去：“我们从来不会可笑地把患者身上的其他科室的疾病都排除，再送去你们的科室，我们自己就可以处理。”

肖旭微微张开嘴巴，倒抽一口冷气，看看肖砚，看看周围人脸上也是惊讶或者难以置信的表情。

白术绷紧着那张冷漠的脸，目光始终落在她倾斜的影子上，然后似是头疼地揉揉眉间，在双臂的遮掩之下，嘴角那抹微笑掩盖在阴影中，竟然含有一丝真心实意的开心。

他现在很清楚肖砚的性格了，简单粗暴，仗才行凶，不会刻意隐藏自己的想法，也不会扭捏地表达自己的观点，还护短，带着一种合理公正仲裁感的护短。

她挑了挑眉，声线依然冷淡且直："最后问一句，除了急诊ICU，有多少人会胸外按压、独立气管插管、电除颤，对抢救药如数家珍？"

所有人都开始议论纷纷。

白术是真的坏，坏到暗戳戳地冒着酸水的那种。他从来不会跟任何科室起正面冲突，无非冷着一张脸，背地里截下病人，或者催命一样打会诊电话搞得住院部人仰马翻。

肖砚是真的狠，白刀子进、红刀子出的那种直接。她不需要维护虚假和平，敢直接给这些科室厉害瞧。

讨论会开到这个份儿上已经没有了再继续讨论下去的学术气氛，草草结束。

肖砚站起来，根本无视落在她身上的那些目光，问道："你还不回去？还是要给你挂个呼吸内科的号，去吃点药？"

白术一笔一画地在纸上写道："被你一说中二魂爆发了，无心休息只想工作怎么办？"

"什么叫中二？"

肖旭接话："初中二年级的病，幻想拯救世界的热血白痴。"

她真的认真思考了一下，摇摇头："我觉得他不会有这种病的，就算初中二年级也不会得。"

"为什么？"他写道。

"能得这种病的人不会想当医生，当医生首先就得懂得，有时候连病人都救不了，怎么可能拯救世界？"

白术动了动笔，然后把那张纸撕下来揉成一团，划出一道抛物线落进了垃圾桶。

好吧，虽然不是这个逻辑，但是结论完全正确。

回到科室，肖砚发现桌子上多了一封信。

她打开信认真地读下去，才明白是唐画想要进她的组，看出来唐画事先做了很多功课，想得很周到，感情也很真挚。

唐画在这封信的最后写道："我一直相信一句话，如果我的人生起点不高，不曾有人为我走过人生百步中的任何一步，没关系，我尽管努力，多出来的步数不会被浪费掉，总有我用得着的地方，总会达到我的目标。"

肖砚捏着那封信，反反复复看这句话，然后露出个神秘莫测的微笑。

唐画这么有野心吗？但是这种天生自怜的情绪，又与她极其不相称啊。

怪不得老人常说，聪明反被聪明误。

02

白术休了一天假，重新上班的时候，觉得气氛有些怪怪的。

嗓子还没好，气流冲出喉咙的时候声带喉腔像跟着撕裂，他只能发出微弱又沙哑的声音，有时候连完整的音符都发不出来，只能变成梦呓一样的气声。

"白老师，穿刺不回血。"

6岁的孩子，烧伤休克。他看了一眼，艰难地开口："针头回缩，向内微偏五度。"结果"五度"这个词偏偏被吞音了。

"啊？"陈秩一脸迷惘。

他刚准备接手，郑雅洁干脆利落地挤开陈秩："你跟白老师也有一年多了，能不能有点默契？连我都听出来是……”

她手指一捏，果断退针回扎，暗红色的血一下子涌了出来：“偏五度。”

“嗯，OK，不错。”

她眼睛亮了，笑盈盈的，还有点“恃夸而骄”的得意：“住院总的基本操作。”

居民楼失火，消防员救出的母亲和孩子，母亲的体表烧伤面积高达70%，昏迷休克急性肾损伤，而被她紧紧护在怀里的孩子只有右腿烧伤，高热脱水休克。

唐画站在肖砚旁边，看着她淡定地指挥和行云流水般的动作。

“高烧42摄氏度，直接气管切开。”

她鼓起勇气道：“肖老师，要补液吧？”

“嗯，按瑞金公式补。”

唐画“哦”了一声，脑子里拼命地思索瑞金公式，然后紧张地咽了一下口水。周围人都在忙，那本救命的笔记本上面记着，但是她真的没有勇气翻开多看一眼。

她第一天就砸锅了吗？

前一天她还自信满满，信誓旦旦、花团锦簇又无比真挚的说辞，让肖砚点头进组，成为科室里人人艳羡的对象。

老板是美籍华人，医院特聘专家，如果能从肖砚手里拿到推荐信，她以前从来不敢奢望的USMLE（美国执业医师资格考试）也有了希望，能进肖砚组比成为住院总的价值还要大。

但是，她连简简单单的事情都做不好，偏偏这时候心电监护仪剧烈地响起来，屏幕上显示心率260次/分——“室颤”。

“ATP 20mg静推。”

静推下去，屏幕上显示心率急剧下降，唐画看得都屏住了呼吸，肖砚淡定地对着病人的胸外心脏按压了几下，屏幕上的数字又恢复了室颤前的正常心率。

曾经他们抢救一个急性心梗的老人，电击次数——43，创下了急诊ICU抢救过程中电击除颤次数的纪录。

最后患者的室颤发作次数逐渐减少并停止，度过了危险期，当时他们激动得都要哭了，只有白术淡淡地说：“进行这么多次电除颤，是医生知识量不够的表现，我们不要出去炫耀，如果知识量足够，这段时间内就可以用药物搞定了。”

这句话无异于泼了一盆冷水，她还不服气，现在只能心服口服。

“深静脉穿刺置管。”

护士把穿刺包递过去，唐画没有接。

肖砚淡淡地看她一眼：“不会吗？”

她摇摇头：“我没有自己做过。”

肖砚只说了一个字，看不出什么态度：“学。”

她已经冷汗涔涔，呼吸几近无声，双臂好像被无形的压力裹着，抬不起来，忽然手边有轻微的触感，只一瞬间，几乎无人觉察，一张纸被塞到她手里，然后陈秩推着担架床出去。

那张纸上用潦草的字写道：“m × w × 1.5+ 水 2500ml，8h 胶晶 1:1，水 /3。”

瑞金公式，救命指南，她差点儿哭出来。

直到两个患者处理完送进ICU，白术才抽出空问道：“你是什么时候同意唐画进组的？”

“昨天。”

“她不是在找能教她的老师，她是在找靠山。”

破铜锣一样的嗓子，发出的锯木头一样干涩的声音好好笑。每个声调都能挠到她的笑点，虽然耻笑别人感冒后遗症有点落井下石的嫌疑。

她用手背托着下巴，忽然想起，她第一次见他，他气喘吁吁地跑来，脸上并无平日淡定冷漠的神色，颜值逊色不少，也不是她偏好的那款，但是他的声音很抓耳。

小女生会偏爱低沉成熟的嗓音，充满诱惑的，她自始至终都独爱小清新的声音，清晰温和，充满诗意气质的嗓音，刻意压低时有种朦胧稍带冷漠的味道。

如果这家伙的嗓子毁了，那她可能真的就要有点嫌弃了。

想到这里她就咻咻地笑出来，看得白术心里发毛。

“你有没有在听啊？”

她终于收住笑容：“So what? 当靠山也需要资本啊，说明她眼光很好，怎么，你不服了吗？”

得，没什么好说的，但是面对肖砚，他怎么也无法停止劝说。

“她专业是肿瘤外科。”

“所以？”

白术皱了皱眉，摸着脖颈说道：“我当时不明白她为什么报考我们科室，留在肿瘤外科学以致用不好吗？现在我有点想明白了，新科室竞争压力小，好出头，新科室崭新的人员组成，能迅速建立亲疏关系。她入科的第一天就想进我的组，那时候我不过是个主治医师，但是她第一天就能敏锐地感觉到这里的金字塔，她很聪明，但是这个聪明充满功利。”

说完，他静静地看着肖砚。

“一般人害怕这种功利心，无非怕被超越吧，但是她这个本事、这个资质，算了吧。”肖砚轻描淡写地说道，“白老师没有功利心吗？不能吧。具有创新意义的基底－小脑上动脉动脉瘤手术，也是一种炫技的功利心吧。”

她把钢笔横在眼前，拔出，然后猛地又插进去。

“有鞘的功利心，伤不了人。

“还有，白老师为什么会让陈秩进组呢？我猜并不是他的某个特质打动了你，而是，他的背景叫你不得不答应。”

他蹙起眉：“你怎么知道？”

“我不是个爱到处打听八卦的人，纯粹就是猜的。”

唐画是个聪明的女孩子，肖砚比她还聪明，怎么能看不出“如果我的人生起点不高，不曾有人为我走过人生百步中的任何一步”这句话的意思。

她不是第一次用这种月下冰霜般的目光打量人，眼神里还有些嘲弄的神色：“说白了，功利心这个东西，你才是最没资格说的，你想回神外吧？”

肖砚是个明察人心的厉害人物，还不知道轻重，什么叫一针见血、杀人诛心？刀口朝着别人的时候，他还能笑得开心，朝着自己的时候就觉得不意外但猝不及防。

护短无非护了自己，合理公正仲裁感也是他情绪激动肾上腺素作祟产生的错觉。

她强势和凌厉的气场给了他短暂的新鲜感，她的经历和才华能叫他变得很宽厚，但是这些新鲜感过去之后，他的控制欲只会变本加厉地反弹。

老江只敢旁敲侧击，她敢诛心见血。

很好，好得很。

他向来也是说一不二的性格，逆鳞还没人敢碰，冷漠习惯了，偶尔展现的温柔耐心不过是团队协作需要的虚假面具。

爱咋咋的，他这样想。

白术拂袖而去。

白术这两天运气真是不那么好，救护车送来一个病人，徐一然看一眼之后就丢给了白术：“我肯定不行，你接手吧。俗话说，‘病友一线牵，珍惜这段缘’。”然后溜得比被猎犬追的兔子还快。

他拿过病历簿一看，就知道为啥徐一然把这个烫手山芋丢给自己了——老熟人——梁爱军，男，86岁，高血压，糖尿病史十年，五年前脑梗死，被治愈后出院，之后多次因双侧肢体无力来就诊，现在又是脑梗。

他记忆犹新。

这个抢救室，有两种人会叫人格外记忆深刻：孩子和老人。

一种最叫人难以放弃，另一种最叫人轻易接受。

白术见过很多被抢救的老人，有脑梗心梗，有癌症晚期，有手术后并发症，也有多器官衰竭。他深深地感到岁月在人身上刻下衰老的痕迹，而病痛更是用残酷的手段折磨这些饱经沧桑的肉体和意志。

他们耳朵听不清，眼睛看不清，大脑也无法清楚冷静地思考，对于医生提出的治疗方案，也一无所知。他们只能躺在病床上，咿咿呀呀毫无意义地呻吟，不知道是存了活下去的意志，还是被折磨得想要结束。

而他们的儿女们就变成站在法律和道德行刑架前进行选择的人。

他对着脑CT发愁。

“从脑CT看是脑干梗死。先心梗脑缺血缺氧加重，造成脑干梗死，中枢性引起呼吸衰竭，昏迷，不宜溶栓，预后不佳。”

旁边的肖旭也凑过来看，半晌叹气：“白老师，家属怎么说？”

“救。”

如果可能，白术一辈子都不想跟家属打交道。

衣着邋遢、一副黑社会流氓样子的老大，叫嚣着“救不活就把你们这里全砸了”；而老二贼眉鼠眼，举止粗俗，手脚不干净，因为故障换下来放在护士站的呼叫器都被他顺手牵羊拿走了。

徐一然满脸黑线地推门进来：“靠！气管插管家属不签字。你快去看看吧，郑雅洁这小姑娘哪是这种小流氓的对手啊。”

白术本来就心情不好，听了这话已经到爆发的临界点，摔门而出。

徐一然被吓到了：“话说这位怎么了，心情这么差？”

肖旭面无表情地摇摇头：“大概是不可说的日子到了吧。”

白术远远地就看见老大叉着腰在抢救室骂骂咧咧，使劲地拍着床沿：“你们主任呢？我爸都这样了，几个实习生抢救像话吗？这什么玩意儿？不签！”

他手一挥，重重地打在郑雅洁的手腕上。她蹙眉“啊”地惊叫，然后手里的知情同意书被蛮横地夺了过去，抛向空中。

抢救室里的空气都有些凝滞了。

陈秩暗暗地挡在她们前面，此时心里也没底，紧张地咽了下口水，却不知道说什么。

郑雅洁退后几步，咬咬唇，眼神复杂地看着地上的纸。

“你不是要救吗？救就签字，要签字就自己把纸捡起来。”

白术站定，挡着梁家老大的视线，他冷面的时候特别叫人胆寒，更不要说在全院医患矛盾的历史上，独独他有过痛揍闹事家属的黑历史。

“那、那给我。”

“自己捡。”

他岿然不动，一点都没有退让的意思，声音里却是说不出的冷：“不是要救你爸吗？你打什么算盘我不知道吗？你可以试试激怒我的后果。”

猥琐的男人耸耸肩，露出个强硬的表情，然后老老实实地蹲下来捡起知情同意书，飞快地签字，然后头也不回地溜走了。

“插管吧。”白术对郑雅洁说。

“嗯，好的。”

“你没事吧？”

她飞快地摇摇头：“没事，没事。”

“以后遇到这种难对付的家属，第一时间告诉我。”

他走后，郑雅洁一边插管一边感叹：“生活终于对我这只弱小又无辜的小猫咪下手了。”

陈秩被逗笑了：“所以你来图啥？”

“我原来还挺清楚自己的目的，现在反而糊涂了。”

“为啥？”

“因为白老师，刚才，真是，苏、炸、了！我刚才差一点点，就不喜欢他了，但是现在，我更喜欢他了。”

03

不能溶栓，只能用扩血管药，不一会儿，患者的血糖开始控制不住，用盐水和胰岛素降血糖，降到14之后忽然又飙升到28，很快，血压和心率持续下降。

“血压太低，补液，多巴胺联合去甲肾上腺素升压。”白术示意，“心电图。”

“怎么回事？”陈秩好奇地问。

“不知道，我们一直在脱水降颅压，不可能是脑水肿或者脑疝啊？”肖旭也觉得有些奇怪，“心电图上心梗并不明显。”

“急查D-二聚体。”两个人的声音同时响起，一男一女。

肖砚平静地看着白术，而白术脸色阴沉地看着肖砚，空气中弥漫着一种沉默而诡异的气氛。

“有事？”

她对他使用命令的口吻：“车祸，两个颅脑损伤的患者，你快点处理完这边，准备做手术。”

“急查D-二聚体，通知病人家属。”他忽然轻笑了一声，没有笑容，只有笑的气音，“做手术？没空。”

她面无表情，转头就走。肖旭跟着走到白术身后，双手一摊，眼睛瞪大，对着所有人做了个“自求多福”的暗示。

家属慢吞吞地才来。

“病人考虑肺栓塞，情况很危险。”

梁家老二脸色一沉：“老头子什么时候死我不管，反正今晚不能死，要死也得12点钟之后。”

陈秩难以置信地看着他。

“反正今晚不能死，你们那套什么对我没用，赶紧抢救，不然我找律师告你们。”

"家属是怎么说的？"

"抢救。"陈秩艰难地开口，"病人还说不管怎么样，都要抢救到明天。"

"那抢救吧。"白术冷静地下达指令。

实习生把检查结果拿来，白术一看，紧紧地皱起眉头："D-二聚体5.8，肺栓塞，静注尿激酶100万U。"

陈秩很疑惑："为什么要抢救到明天？"

郑雅洁说："患者是老干部，按照政策规定，过了今晚，退休金可以拿一年的份。"

众人表情各异。

白术拿出笔式手电筒照了照："双侧瞳孔不等大，对光反射消失，别傻站着了，先出病危通知单吧。"

肖旭摸摸下巴："一个去骨瓣减压，一个蛛网膜下腔出血，我只能做一台，要不我去给薛云师兄打电话吧。"

肖砚没说话。

"你们吵架了？"

她迅速地拉开抽屉，哗哗撕着糖纸，绵绵不绝的哗哗啦啦的声音让肖旭听了简直通体舒畅。

"不问对错，我永远站在你这边。"

"乖。"一颗巧克力被扔出去了。

他很是得意："那我去叫薛云师兄开一台了。"

她慢悠悠地道："明明有能开脑子的，还要去请别的科室医生；明明救不回来了，还要把一切能利用的资源用在不可能救活的人身上。"

"你说白老师？"肖旭眨眨眼睛，"我觉得他没做错。"

"我有个问题想问你。"

"什么？"

"一场事故，或者连环车祸，或者爆炸，或者火灾，或者地震，大批受伤的人被送往医院，这些都是大规模伤害事件，你是去选择抢救受伤最严重的那个人，还是要抢救更多的人呢？”

肖旭愣住了。

肖砚轻笑一声：“这么难吗？”

“不难，但是我不知道该怎么回答。”

“很简单，你要学会评估，但是准确的评估是建立在丰富经验的基础上。为什么我问你这个问题，是因为白术有了准确的评估能力，却没有评估，也没有权衡。”

“白老师需要评估和权衡吗？他是个医生，做他觉得该做的事情就好了。姐，你不要把自己的价值观强加在别人身上，你想干啥啊？玩养成吗？”

“刚才还说不问对错，你最好给我滚远点。”

肖旭摸摸鼻子，想笑却不敢笑：“好的，遵命，我滚去手术室了。”

“别忘了谢谢你师兄。”

“知道了，我请他吃夜宵。”

“把自己的价值观强加在别人身上……吗？”

她正想着呢，徐一然推门进来，看到她便问：“你怎么没去抢救？”

“为什么？”

他轻轻地磨了磨牙，挑衅道：“我倒是很想见识下美国执业医师的高超的医疗水平。”

肖砚并没被激怒，面色沉静淡定道：“美国执业医师跟高超的医疗水平没有任何绝对的联系，你自己也是长着漂亮的脑子，却说着脑残的话。”

情况很不乐观，没过一会儿，心电监护仪急剧地响起来。

白术当机立断：“准备除颤，200J。”

一次除颤，警报声还在持续地响着。

“200J，再一次。”

警报声还在持续不停地响。

“300J，再一次。”

“1mg肾上腺素静推。300J，再一次。”

只一下，嘀嘀的声音瞬间就消失了，心电监护仪上显示出正常心率，所有人都松了一口气，只有他还是一脸凝重：“情况不太好，随时准备CPR[①]。”

陈秩骑跨在病床上，做胸外心肺复苏。背后已经湿透了，两眼发昏，他感觉所有力气按在老人瘦骨嶙峋的胸腔上，都是软绵绵的，那些劲，不知道是使了，还是平白就散了。

“换人。”

他从病床上爬下来，郑雅洁爬上去，陈秩靠着墙壁喘得上气不接下气，只有家属冷漠地看着这一切，观察室里的气氛异常死寂，就听“咔嚓”一声，肋骨又断了一根。

“肋骨已经断了三根。”郑雅洁压低声音喘着气说，“换了两轮，我从来没干过这种活儿，生活对我这只弱小又无助的小猫咪举起了刀子。”

陈秩把她往后推：“你休息一会儿，下一轮我来。”

这时候，墙上的钟的指针指着11点43分。

“如果胸外心脏按压维持不了心率，那还做开胸心脏按压吗？”白术问道。

“我不管你做什么狗屁东西，老头子必须撑过12点。”

这时候，心电图上的波又变得低矮，心电监护仪响了起来。

白术看了一眼：“准备开胸。”

他将手伸入切口，进行心脏按压。这时候，心电图上的波又高起来了，心电监护仪又平复了，可是没有一个人面露喜色。

因为所有人都知道，能够支持生命的只有外力，一旦撤出，心跳

① 指C-反应蛋白。

就会立刻停止。

这时候，钟的指针指着11点55分。

“还有五分钟。”家属冷漠地看着一切。

陈秩拳头攥得紧紧的，然后瞪着他们。他的呼吸有些剧烈，直到郑雅洁拉拉他的手，摇摇头，半晌，他沉着脸转身走了出去。

心电图上的波又微微地降下来，白术摇摇头：“不能自动恢复心跳。”

在场的人除了白术都看着钟的指针慢慢地往前走，最后无声无息地通过最后的门槛，所有的指针都会合到了一起。

12点整。

终于，家属冷漠地说：“行了，行了。”

白术的目光从屏幕转到中年男子的脸上：“如果放弃，请签署家属知情书。抢救是医生的责任，而放弃抢救是家属的选择。”

“怎么那么麻烦啊？死个人还那么麻烦。”

郑雅洁长舒一口浊气：“白老师，我去拿。”

白术没出声，只是盯着心电监护仪，手中不停。

过了一会儿，郑雅洁拿着知情书进来了：“白老师，家属签了。”

他点点头，然后想了想把手拿出来，手套上全是血。

而心电图的波慢慢地走平了，心电监护仪的警报一直在响，很快，脑电图的波也走平了。

“不用了，关了吧。”

他抬起手，看着手表，表情肃穆庄重，仿佛刚才发生的一切人性之恶的事情对他毫无影响：“死亡时间，12点08分。陈秩帮忙缝合。”

第六章

请开始你的表演

Thank you doctor

01

这一切终于在午夜画上了句号。

他感到很疲惫，夜色沉沉的凌晨，时间走得很慢很慢，慢到他的思维也慢慢地停滞了。

他想畅快淋漓地洗个澡，用干净的水冲去浑身的血腥味，或者去楼下的便利店买热乎乎的便当，用温暖的食物填满身体空虚的一角，或者收拾东西回家好好睡一觉，但这是个紧张并且让人痛心的夜晚，如果回家，只有惨白的灯光陪着自己。

他还不如坐在走廊上，听着整齐划一的脚步声，就像还有温度的心跳声。

那声音令他觉得温暖，似那颗搏动的心从动到静止的衰弱的律动。

白术抬起手，攥紧了又轻轻放下，长长地叹了一口气，然后就听见有人站在他身边，长长的影子遮住了他的视线，让他的脸变得模糊不清。

铝罐碰撞瓷砖的声音在他身边响起来："肖旭做手术，要去看看吗？"

他抬起头看到肖砚，自己身边的椅子上放着一罐白桃汽水。

她终于收敛住那种瘆人的冰冷眼光："去看看吗？"

"不了，我有些累，状态不是很好，而且小师叔很靠谱，你要相信他。"

她听到"小师叔"时露出了无可奈何的笑容，然后又正色道："抢救了两个小时，确实。”

他不说话，她的口吻里是否有挑衅和嘲弄，他也分辨不出来。

“无效的抢救过程，消耗大量的人力和医疗资源，你不会不明白吧？”

“这是病人家属的要求。

“医生的存在，就是可以越过一些愚蠢的家属，做正确的决定。这些家属越是自私狭隘，越容易暴露出自己的恶毒、自己最丑陋的嘴脸。

“但是很多时候，我希望病人和家属都毫无遗憾。不管他们的动机如何，毕竟生是一线希望，能抓住就再好不过了，如果不能，也不要留任何遗憾。

“你说，这是一种功利心吗？”

很好，非常好，学会反将一军。

肖砚嘴角的笑容僵在那里，然后冷哼一声，拂袖而去。

他却笑起来，拿起那罐白桃汽水，“啪”地打开，鼻子里瞬间充满着白桃的清甜味，然后凉凉的气泡水充满了口腔，跳动着奇妙的欢愉感。

他举起罐子，对着空无一人的走廊道：“谢了。”

“出了，出了！”

第二天大早上，徐一然第一时间冲到白术面前，举起手机：“公众号出了，全网推送。

“接受心脏捐赠的张先生感激地表示，医学又给了他一次生的希望，虽然医生说这是颗千疮百孔的心脏，但是现在他整个人状态非常好，充满了活力和精神，感觉重生了一般。

“出名了啊。

“招财猫啊。

“1000万啊。”

白术被吵得脑瓜子疼：“你写诗呢啊？有完没完？”

徐一然拍着桌子：“你居然撑我？”

“我哪天不撑你？”

“你帮她说话，我跟你才是统一战线的战友，好不好？”

“我从来没跟你统一战线。”白术看看时间，“你不是等下要跟你大老板去新院区考察吗，还有心思管这种事情？”

“因为她骂我。”

白术被逗笑了：“骂你什么？”

“说我有着漂亮的脑子却说着脑残的话。”

“精辟。”

徐一然轻笑一声，用手肘轻轻地碰碰他：“所以你不讨厌她咯？我当初还以为一山不容二虎呢，没想到还算和谐嘛。”

讨厌吗？不讨厌，她有叫人讨厌不起来的傲人资本，也有叫人不能认同的观点，也有无形的掌控欲和强迫症，也有叫人想温柔相待的沉默和伶仃。

“井水不犯河水罢了。”

02

“投票啊！投票啊！走过路过不要忘了投票啊！”

“请投血液科顾峰医生！”

“脑外薛云了解下！”

“请投我们妇产科的黄丽慧小姐姐！”

一大早教工食堂就有人喊话，更别提各微信群，纷纷发着红包拉票。

不知道怎的，肖砚早上起来就感到有些倦怠，懒洋洋地看着周遭：“这是在干什么？”

肖旭抱着手机聊得热火朝天，勺子叼在嘴里，反应慢了半拍：“哦，投票啊，投票，就是投医院的‘杰出青年医生奖’。”

“投个票还这么声势浩大吗？”

“以前只有‘杰出医生贡献奖’，今年医师节第一次设‘杰出青年医生奖’，就好比奥斯卡奖颁来颁去都是那群中老年戏骨，很无聊的。如果新设立了‘青年奥斯卡’就不一样了，那一定是血雨腥风。”

她懂了：“有你吗？”

肖旭飞快地摇摇头：“我？算了吧，提名我都不敢应的，我跟‘杰出’有半个字沾边吗？”

他软软地趴在桌子上，手指在屏幕上来回滑动：“有薛云师兄，还有白老师，啊啊啊……选择困难症。”

她微低着头：“还有白术？”

他讨好地笑道：“那不投了。”

肖砚还是那副冷淡的口吻：“随便你，跟我没关系。”

他们回到科室，隔着墙就能听到吵吵嚷嚷的声音，果然所有人都在讨论这件事。

郑雅洁拿着手机，拍拍桌子：“实时报票，四大神兽：麒、麟、白、鹭，你追我赶，场面激烈，票数不分上下。”

肖旭伸了脑袋进来：“给朕再探再报。”

她抓起一本书扔了过去，怒笑道：“滚啊！”

唐画也笑道：“你们不觉得咱们医院搞这种投票完全是选门面吗？”

陈秩听不懂：“门面是什么？”

“门面，外表，帅。”

“四大神兽都是门面？”

郑雅洁解释道：“普外的顾宗琪、整形外的白智潾、急诊的白术、眼科的李沅路，简称‘麒、麟、白、鹭’，四大神兽，咱们医院的门面担当，粉丝特别多。不过顾老师结婚了，白智潾有梁姐姐了，李沅路这一年在新院区根本都见不到人，只剩下咱们白白老师了。”

她豪气地把一条腿搭在板凳上，举起手机，喊道：“白老师，冲啊！”

“喊我干啥？”

白术推门进来，眯着眼睛，睫毛在眼睛下面投射出浅淡的阴影，一看就是熬夜抢救患者的疲态。

他看到郑雅洁这副豪迈的样子，无奈地捏捏眉心：“你们一大早的疯什么疯啊？郑总，你稍微注意点形象，说好了麻醉科的门面担当呢？”

她傻笑：“明明是技术担当啊，您穿个裙子、戴个假发都比我像门面。”

他无奈，只好拍拍手：“行了行了，别贫了，待会儿可能院里有领导行政查房，你们别再疯疯癫癫了，做事说话稳重点。”

过了两个小时，郑雅洁捧着本《米勒麻醉学》，转着笔，幽幽道：“我都保持这个姿势一个上午了，无聊死了，领导什么时候来查房？”

唐画正在写手术记录，随手滑开了手机：“满足你的无聊，现在是白老师跟李沅路领先，投票基本上断层了。”

“都是颜粉。”

肖旭嗤之以鼻：“我薛云师兄哪里差了？有技术、有文章，人也好，就是长得不满足你们的审美，凭啥啊？这选的是‘杰出青年医生’，又不是选几个帅的让他们组团出道当偶像的。”

陈秩很赞同：“就是，就是啊。”

郑雅洁没接话，转头对唐画笑道：“长得好看就是很有用啊，是吧？”

“当然咯，算不上开挂的人生，偶尔也会有些小恩小惠。”

“对啊，对啊。”

肖旭冷笑：“更好看的皮囊觉得你们丑，贼有趣的灵魂觉得你们俗，慢慢地你们就变得又丑又俗。”

唐画自觉可没本事跟肖旭较劲，郑雅洁不一样了，她不怒反笑：“小哥哥，你长得那么好看，居然觉得好看的脸没有用？我帮你回忆下啊，咱们食堂大妈，见你帕金森秒好，都是给你实打实的一勺红烧肉，不小心给你的碗里撒了点儿香菜居然帮你挑出来还不收你钱，我仿佛看到了靠脸刷卡的‘无耻’两个字是怎么写的。”

他脸黑下来，刚要反驳，就看见白术推开门，沉着声音说道：“救护车十分钟后到，你们得有心理准备。”

“能有多差？不会特别重口味吧？”

“不能吧，还能挑战我的心理下限吗？”

十分钟后，救护车呼啸着从大门驶到急诊门口。

担架床上躺着一个年轻的男人，与其说是人，不如说是一座巨型“肉山”，担架床只能承担住他的半个身体，另一半悬空着，厚厚的脂肪层叠垒在骨架上，随着担架床的推动像是水波一样前后震荡。

更骇人的是他的腹部和侧腹均有大片坏死性皮肤病损，暗红色的边缘包裹着大片黑色的甲片一样的病损，似乎轻轻碰一下就会流出灰黄色腐烂的组织碎片和恶臭的体液。他虚弱地躺在床上，似乎已经陷入昏迷。

一股难闻刺鼻的腐臭迎面扑来。

所有人看到之后都倒吸一口凉气，屏住呼吸，连白术都不由得抽了抽眼角。

陈秩感叹：“我还是太年轻啊。”

肖旭无奈道：“我不得不承认，长得好看还是有点用的。”

倒是郑雅洁看到病人愣了一下，然后惊呼道：“这是柯睿，这是柯睿啊，这是柯睿啊。”

“柯睿？”

“你们怎么都不知道啊？我的天哪，你们平时都在干吗啊？急诊ICU又不叫隔离ICU。”郑雅洁迅速掏出手机点开微博递给白术他们，“在网上很有名的啊，不对，你们怎么都不上网啊？毒舌二次元宅男同时又是身家上亿的创业富二代，你们看这张照片，是不是就是本人？”

确实是柯睿本人。

要说柯睿这个人，实在是挺有趣的，有钱任性，日本庆应私塾毕业，沉迷二次元，一手建立了从视频到出版再到周边的二次元文化帝国。

他的灵魂是妥妥的男神配置，这副皮囊却是个200多斤的肥宅。

他毒舌无比，特别喜欢跟网友骂战，三观奇正，有时候引经据典，有时候又尖酸刻薄——

总之看上去是个洒脱随性的人。

网友骂不过他就会攻击他“胖如猪”，他要么洒脱地回复“胖怎么了，吃你家大米了吗”，要么不要脸地回复“我比你胖，也比你有钱啊”，要么沉痛地反驳“不要侮辱猪，我比猪胖还丑”。

总之他毫不介意别人拿他胖说事，喜欢在微博上放上各种美食图，还时不时混迹在如花似玉的网红中间，被花团锦簇、骨瘦如柴的Coser拥在其中，笑得一脸坦荡。

他的置顶微博是——“我建议小姐姐们多吃点，这样才能抢镜，你看我一个人就能霸屏，你们服不服？”

公开自嘲，坦坦荡荡。

就是这样一个表面上完全不介意自己身材的人，竟然会偷偷抽脂减肥。

郑雅洁感叹：“原来表面上不在乎自己身材的人，其实也是很在乎的，在乎到要冒这么大风险去抽脂减肥，人设崩了啊，完全崩了。”

唐画叹气：“我竟然觉得他有那么一点点可怜。”

“是挺可怜的，我都开始怀疑网上和现实中的他是两个人，人设太颠覆了。”

“说到这个，我读本科时候有个室友，长得很瘦，每次吃饭都很能吃，说自己是吃货吃不胖，结果吃完就立马去催吐，最后得了神经性厌食症，休学一年。”

郑雅洁叹气：“人啊，表面一套，背后一套，真的会孽力回馈的。”

只有肖旭摸着下巴，琢磨：“我想知道把这个消息卖到媒体那边，会赚多少钱？”

“你最好不要有这种危险的想法！”

“会尸骨无存吧！”

陈秩翻阅着病历簿，念道：“患者，男，27岁，在某整形医院施行腹部抽脂术24小时后送到下级医院，几个小时后，出现了严重、弥漫性、持久性的腹痛。高剂量的非甾体类抗炎药无效，后转院。”

“莆田系整容医院？”

唐画认真查看了，摇摇头：“不是的，也算是有资质、有口碑的私立整形医院。”

白术纳闷了：“那是怎么回事？如果按照标准操作的话，不会发生这种意外的，打个电话给整形外科。”

很快，白智潾就来了。

他看上去是那种温润动人的男人，有种自顾自怜让人一见钟情的柔弱感。

如果白术是霜，白智潾就是霜花，轻薄易伤。

全科室女生都疯了，偷偷地藏着手机拍。

白智潾看完说：“他一共抽了五次，前三次是在我们院抽的，每次留院观察两天，没有任何不良反应。前段时间他又来了，但是科室医生以抽脂时间间隔太短拒绝了他的要求，所以他应该去了私立医院做了剩下两次，不仅频繁还量大。要知道抽脂手术次数频繁，时间间隔太短，一次抽脂量太多，都会造成严重的并发症。”

他补充道：“抽脂手术是会上瘾的，并且产生强大的心理依赖感，越来越频繁的次数和一次大量抽脂说明他有焦躁感和渴望感，但是他没有去做胃束带手术，这有点奇怪，这说明他只想单纯地减轻体重，但是并不想控制食欲，所以建议他治疗好之后去看看心理医生。”

白术点点头：“谢谢。”

“不用谢，这个情况很严重，我几年前遇到一例抢救无效，尽快安排会诊吧。”

白智潾刚走，郑雅洁就哭丧着脸进来了：“白老师，完蛋，插管插不进去。”

“怎么回事？”

“人胖脖子短，气道直接呈直角，我什么办法都想过了，插不进去，他已经给我的职业生涯造成了不可估量的阴影，我不想再试了。”

白术叹气：“你不行，我估计也没辙，打电话叫你们主任来吧。”

最后麻醉科的主任来了，用特殊喉镜才过了这道难关。

监测血压时要进行穿刺，面对米其林轮胎一样圆滚滚的大腿，股动脉穿刺根本无法实现，最后还是在足背动脉进行了穿刺。

柯睿的意识一会儿清醒，一会儿模糊，清醒的时候多是眯起眼睛，看着绕着他忙碌的医护人员，因为气管插管不能说话，只能用手拍打着床沿。

谁也不知道他要表达什么，然后没过几分钟他就又昏迷过去了。

陈秩把CT片子递给白术，连白术看了都皱眉头。

“剑突下腹壁广泛性皮下积气，腹膜腔有游离气体囊和炎症，双肺多发片状实变影。请感染、呼吸和普外会诊吧，尽快通知病人家属。”

虽然都清楚柯睿的家庭背景，但是他的妈妈孙女士出现的时候，众人还是纷纷发出“这才是土豪”的感叹。

第一次有私人直升机，而不是医疗救援直升机降在楼顶的停机坪。

郑雅洁瞅着那架直升机，眼珠子滴溜溜地转：“我有个剧本你们要不要听？”

“听。”

“‘白医生，我给你十个亿，你负责治好我儿子’，白老师严肃地说，‘你对我的职业理解错了，你不给我一分钱，我的责任也是把你儿子治好’，然后肖旭声情并茂地喊了声‘妈妈’。”

顿时爆笑声四起，肖旭第一次爆粗：“死开啊你。”

“谁能把她儿子治好，我喊他一声妈。”白术冷着脸站在门口，抱着双臂，“庙小容不下大佛，郑总还是回麻醉科吧。”

“不不不，我错了，再也不乱开玩笑了。”郑雅洁拔腿就跑，“我先去联系层流病房，待会儿见啊。”

结果她一头撞上了肖砚。

“对、对、对不起，肖老师，先走了。”

白术看着肖砚，感觉好久没有跟她说话了，从那天开始他俩就陷入一种毫无互动的沉默中，如果是要比谁先低头的话，那也是他。

于是他问道：“会诊去吗？”

她抿紧了唇线，然后微微地翘起来：“不了，我刚做完手术有些累，你不是很靠谱吗？不相信你自己吗？”

很好，非常好，一个多星期了，她还记得当时他说的话。

记仇不是吗？那就继续冷下去吧，反正左右不过是同事。

白术以前看过这样一句话——

“如果你试图真正认清一个人，就应当从了解他的本性开始，剥开他的皮肉，进入他的内里，扯掉他脸上或悲或喜的虚伪面具，然后沿着骨骼一寸寸地探寻。”

肖砚这个人，展现出来的是真的吗？那些零星的温柔和伶仃，他都有些迷惑了。

03

这样一个身家过千亿的女人，有着类似钢筋混凝土一样坚硬的骨架，即使面露疲态也习惯性地把脊背挺得笔直。她的手上戴着一颗巨钻，随着急促呼吸的起伏折射着刺眼的光芒。

看出来她很焦急，但是并不难过和悲伤。

副院长，呼吸、普外、感染的主任和他都坐在会议桌的另一边。就算隔着一米多的距离，白术仍然可以感觉到那种强势的气场排山倒海地让他没顶。

好像看到了20年后的肖砚，白术想，真是可怕。

“孙女士，这是柯睿的医生……”

话还没说完，就被打断了。

“现在我儿子情况怎么样？”孙女士看着白术，口气强硬无比，“不要跟我说那些冠冕的客套话，我需要知道最坏的情况。”

他按部就班地回答：“目前病情进展为吸入性肺炎，体温38摄氏度，尚在能控制的范围内，如果控制不住病情的进展最坏的情况就是发高烧，呼吸衰竭，消化道出血，急性肾衰，休克，全器官衰竭。”

她不说话，怀疑的目光一并扫过那些主任。

普外主任毕竟是见过大风大浪的人：“这是我们会诊的结果。”

“你们能不能治？能不能治好？不能我就立刻联系北京方面的医院。”孙女士态度强硬，语气很不友善，“说句很难听的话，我本人非常怀疑你们的水平。”

白术脸色一凝：“您说得没错。”

“哦？”

“我们医院的水平跟301、协和比，确实差距太大了。”

他这句话一讲出来，副院长脸上立刻就挂不住了：“我们医院有雄厚的医疗资源和非常有经验的医生专家，是华东地区数一数二的医院。”

“我不需要你们在这里卖弄能力，我只需要我儿子万无一失。”

白术点点头，从善如流：“那我建议您立刻把您儿子转去北京。”

在场所有的专家主任都惊讶地看着白术，副院长只能长叹一声，默默地擦了擦汗，而坐在旁边的肖旭更是一脸蒙。

坏得阴险，坏得冒酸水，又暗自狂妄的白术，竟然会讲这种话？

谁也不知道他要干什么。

孙女士冷哼一声：“张秘书，联系北京方面，现在转院。”

而他微微颔首，严肃地说：“抽脂手术造成的肠穿孔，有外科、有感染、有重症、有呼吸。北京有很多医院，但是您需要谨慎选择，因为每个医院的强势学科都不尽相同。每个科室的专家都济济一堂会诊，还是需要不少时间的，急救，时间就是一切，一分钟、十分钟、一百分钟，都会是不同的结局。”

听出了白术话里展现的挑衅的态度，但是他有无可辩驳的理由，她有些恼怒地看着白术，很快那副刚硬的肩膀微微地软了下去。

就这么安静了半分钟，白术缓缓开口：“我可以理解您为人母的焦急心情，希望您也有耐心听取下您儿子的病情进展，然后再决定治疗方案。急救，时间就是一切，他的病情变化是进展性的，每分每秒都在向预期和不可预期发展。”

他把病历簿推给普外的主任：“那么麻烦您了。”

肖旭在一旁大大地松了口气，然后唰唰地在纸上写道：“你怎么知道这样能说服她？”

“理智但自负，把她想象成20年后的肖砚。”

肖旭紧紧地抿住嘴，手掌架在鼻子上掩饰住那一点点翘起的嘴角：“你死定了。”

“不过20年后的肖砚，应该比她要难对付。”

他们正在讨论着，忽然走廊上传来急促的脚步声，然后门被推开，陈秩气喘吁吁地走到白术旁边，皱着眉头低声道：“患者……患者肌肉与皮肤间出现大量流脓。”

他点点头，猛地推开椅子站起来：“现在也没那么多时间让您转院了。”

这句话如同惊雷，孙女士立刻站起来，瞪大眼睛惊恐地看着白术，即便如此，脸上的表情还是没有丝毫惊讶和悲痛。

“出病危通知单吧。”

就算是重症病危，柯睿的意识还是清醒的。看到孙女士的一瞬间，他浑浊暗淡的眼睛像是被点亮了，刹那间眼泪就流了出来。

世界上哪有那么多后悔的眼泪可以流。

孙女士也是泪水盈眶，眼泪止不住地掉下来，偏偏还要做出一副微笑坚强的样子：“别怕，妈妈陪着你。别怕，不会有事的，妈妈不会让你有事的。”

他想伸出手攥住自己妈妈的手，却被戴着手套的白术拦住了：“为了防止感染，我们需要把你转到层流病房。”

那双眼睛可怜、绝望又带着乞求地看着孙女士。

她擦擦眼泪：“妈妈会在外面一直陪着你的。”

他焦急地拍着床沿，眼睛一直看着摆在一旁的手机。

“琳琳还不知道，我不告诉琳琳，我不告诉她。如果她问起来，我就说你有事出国了，好吗？”

他终于得到了允诺，神情轻松自然地舒展开，这一放松就昏迷了过去。

“小师叔。”

白术穿着厚重的手术服，坐在病床边，拿起一根针，对着脓肿穿刺进去，然后拿起手术刀切开附近的皮肤。

肖旭冷哼一声：“又讽刺我？”

“你觉得长得好看有用吗？”

他把止血钳递给白术，说道：“今天早上我还在说，薛云师兄人好、文章好，技术也好，就是长得不好，没人给他投票，所以我觉得长得好看是有用的。”

“你是说因为我长得好看，所以大家都冲着我这张脸投票的吗？”

“跟薛云师兄比确实啊。”

“纱布。”白术轻轻一笑，“那我的技术比他差吗？文章比他差吗？不要忘了，你薛云师兄是在我走了之后才能崭露头角的，以前只配当我的一助。”

肖旭不说话了。

“所以长得好看有什么用呢？别人也只会盯着这张脸看。

“我很早就认识顾宗琪，很多普外手术都是跟他上台的，学到了很多，他至今还是普外第一把刀，从未有人超越他。有人说他背靠他老婆这座大山才一路畅通的，这种说法很好笑是不是？

“再看看白智潾，因为长得好看，有人说他是整容整成这样的，也有人说白智潾是靠这张脸留住那些富太太大客户的，更有人说梁姐姐跟他在一起也是图那张脸，但是没人知道白智潾是做鼻综合、做创新性内镜辅助的大佬，他跟梁姐姐的故事要是只图脸就简单多了。

“李沅路，我们都喊他‘三元’，从眼科方院士团队千军万马中杀出来的悍将，复杂视网膜脱离微创手术就是他的招牌。他长得帅啊，连我也觉得帅，但是帅能动手术吗？”

肖旭不说话了。

“你姐姐长得也很好看。”

肖旭“咝”地倒吸了一口冷气：“你这话什么意思？”

白术眼里有笑意：“没什么，只是单纯地说一下客观事实。”

一个小时前，佟雪给肖砚打电话：“我收到了一份来自美国的包裹，是不是你寄的？”

从前肖砚在美国，给家人买东西都会往佟雪的地址寄过去，最后回国时多余的行李也是先寄到了佟雪家里。

她觉得有些奇怪：“我清点过我的东西，并没有差什么，是什么东西？”

“我也不知道，待会儿我要带大宝、小宝去打疫苗，我顺便带给你吧。”

“嗯。”

这是半个月前从美国寄出的包裹，寄件人是林志远的挚友。她完全没有头绪，来不及跟佟雪多说几句就急匆匆地回到了办公室。

她拆开包裹，一个知更鸟蛋蓝的小盒子四方平整地躺在里面，而盒子里面，一枚钻戒发出温柔华美的光泽。

这是由查尔斯·路易斯·蒂芙尼于130年前推向世人，是世界上最具标志意义的求婚钻戒，精湛无瑕的工艺将2.5克拉的钻石高高承托于六爪爪镶之上。

她呼吸一滞，感觉到自己的心怦怦地剧烈跳动起来，有无数的可能性和无数的设想从脑子里浮现，被压在盒子下面的信，却打碎了她所有的幻想——很简短，很像是林志远的一贯风格。

“如果能回来，我将会给你亲手奉上；如果我再也不能回来，就把这枚戒指当成纪念物。世界上最美的钻石，跟你的光芒比都逊色万分。”

她的喉间瞬间被万千情绪堵了个严严实实。

为什么？为什么在她要淡忘的时候，在这一天，在他葬礼的两年后的这一天，有枚钻戒清清楚楚又嚣张地告诉她，“你不能忘，我要你永远记得我”？

她的身体从早上开始就处于痛苦和疲倦的状态，她无意中看了下日历，这个日子带着点模模糊糊的大事件的意味，却没人提醒她。

她以为自己已经好了。

好累。

“累”这种情绪过去两年不断地侵蚀着她的身体，不仅是周遭世界强加给她的七零八落的压力，还有自己的身体，不断地抵抗着这些莫名的混沌，进而渗出疲乏的汁液。

有很长时间，她都在恍惚和清醒里分不清，沼泽般的泥潭里伸出魔鬼的手，拽着她坠入令人窒息的空白里。

如果强行回忆，那些血染的往事已经崩塌了，似乎是一个真实的梦。

如果是梦多好啊。

如果不是命运多好啊。

她不知道枯坐了多久，坐到窗外的天暗沉沉地压下来，狂风敲打着玻璃窗，哐哐作响。

这是个风雨欲来的傍晚。

忽然听到钥匙咔嚓的声音，她抬起头，木然地看着白术站在门口，而那股沉重的疲态和悲痛，无能为力，收敛不回。

他冷淡的脸上，看着她的时候终于露出一丝丝惊异的裂痕。

“抱歉。”

他退出去，“咔嗒”一声，门被反锁。

这间屋子像是个安全的堡垒，完全密闭的空间，窗外是暗沉沉的灰云，低低地压在天际，闷雷声低沉喑哑，屋子里没开灯，忽而窗外一亮，把她的脸映得惨白。

倾盆大雨不期而至，狂烈的，毫无章法的，呼啸的气流带着硕大的雨点盘旋着冲开最后的禁锢。

她的眼泪终于掉了下来。

04

突如其来的暴雨给人们带来措手不及的麻烦，在环城大道上，一辆超速行驶的奔驰撞上了路边的防护带。司机也算是命大的人，救护车到达的时候，半边脸已经被血染红了，血和水一滴滴地从发梢滴在身上，但神志还算是清醒。

“我整过容，隆过胸。”这是年轻女司机昏迷前的唯一一句话。

急救人员转述给肖砚的时候，还憋着笑：“生存欲很强啊，大概是怕医生不知道吧。”

虽然哭过一场平静了下来，但她还是有些心不在焉：“知道了。”

白术跟在她后面，颇有些紧张的意思。

“干吗？”

“没什么。”

肖砚目光淡淡，盯了他片刻，忽然轻笑一声：“想看美女是吧？那你慢慢看。”

她退后两步，故意让他的视线毫无遮挡。

好，很好，这么快就好了，玩笑都开起来了。

他就不该低估这个女人的自愈能力，这类型的女人，泰山崩于前而色不变，好比孙女士，就算是至亲命悬一线，也能擦干眼泪，借一间会议室叫秘书处理公司事务。

平常人几滴眼泪把伪装的坚强捅成几处裂隙，一旦无法控制便溃不成军，她的几滴眼泪却能把真实的坚强紧紧地筑牢。

他看都没看，一个眼神都没给，转身而去。

肖砚只得露出无可奈何的表情："挺好看的，他居然不看？"

唐画不知道怎么回答。

眼前这个林晓漂亮得有些假，双眼皮是割的，垫过耳软骨鼻尖，鼻子有一点点小驼峰也被磨过了，而下颌骨也磨过了，所以下巴平滑得没有一点转角，漂亮精致，挑不出一点毛病，但是毫无生动的美感。

科室里的女人纷纷议论"整成这样太假了"，倒是没见过世面的宅男们嗷嗷地叫唤"有生之年终于亲眼见到了网红女神，太美了"。

连在新院区跟着医务科主任考察开会的徐一然都被惊动了，嚷着要偷偷溜回来一睹真人。

"听护士说她是个有点名气的网红呢，她们把她的微博都找到了。"他觉得奇怪，"怎么人人都争着当网红？天天上网就能红了？"

"林晓是个美妆博主，就是教人化妆的那种。现在她们这些网红整个容，在微博上放几张精修图，拍个视频，开个网络直播，营销美容护肤产品，积攒人气就可以赚很多钱。"

"真的吗？怎么会有人为这么假的美买单呢？"

唐画露出个讪诮的笑容："大概……这样的美不是人人都可以拥有的，就算是假，也是一种美，不是吗？"

肖砚平和地看了她一眼，什么都没说。

CT片子上，林晓那个看似完美的胸型，分成了两部分，外部是黑色的包裹层，有丝丝缕缕的高亮放射线规则地散布在其中，而内侧的是原本的胸，小且扁平。

"啊啊啊，扁面条征[①]。"凑热闹的肖旭兴奋地叫起来，"假体破

---

① 意大利扁面条征，指乳房植入物、硅胶囊壁破裂。

裂了。”

“是硅胶假体包膜外破裂。”她看了一眼肖旭，“你来干吗？”

“我听说这里有热闹就来了，结果一看，这张整容脸也算美女？瞎了吧！咱们科室男人的审美水平太差了。”

肖砚指着别的CT片子说道：“左顶枕部头皮血肿，右额颞脑挫裂伤，薄层硬膜下血肿，让白术做手术吧。”

“我不行吗？”

“你白老师更喜欢美女，毕竟手术嘛，要做得身心愉悦。”

无影灯下，林晓的一缕缕秀发悄然地飘落在地上，陆陆续续堆成一大团。

陈秩艰难地咽了下口水，看着她锃亮光滑的半颗脑袋说道：“这妹子半个脑袋的头发都没了，太惨了，要是她醒来看到了估计很崩溃。”

唐画冷哼一声：“命都要没了，还头发呢。”

“当然是保命要紧。”

唐画不依不饶：“妹子长得漂亮就觉得剃头残忍，长得丑的就活该被剃头，你是这么想的吧？”

“我根本不是这个意思，你干吗那么敏感？”

“那你咋不去同情柯睿？”

白术说：“其实这种想法很正常，当人们看到美人和丑人一起流泪，都会觉得美人哭起来楚楚动人，无助又可怜；而丑人哭起来更丑了，真是丑人多作怪。面对同样的陌生人，你的心在第一时间就发生了倾斜，这种倾斜不自觉地就影响了你的判断。

“比如不认识我的人，被朋友拜托去公众号帮我投票。看到我的照片，就觉得此人眉清目秀，看上去是个好医生；他们看到薛云就觉得，五大三粗，比起医生更像屠夫。

“长得好看啊，真是个复杂的命题呢。”

“所以白老师如果谈恋爱，会很介意女生整容吗？”

“应该会。”

“为什么？”

“因为我喜欢一个人最原始的状态，不要假象，不要伪装，脸上的美和缺陷，情绪上的喜怒哀乐，真实的就好了。”

唐画点点头：“陈秩，你呢？”

“我也会介意吧，因为我觉得整容得来的美，容易得到，也容易失去。”

手术结束已经很晚了，白术回到办公室，办公室的灯还亮着。

肖砚还没回去，但只是抬起头看了一眼白术，什么话也没说。

“手术很顺利。”

她轻轻地“嗯”了一声。

他抱着双臂，斜斜地靠在墙上，腰杆笔直，但是语气柔和带着一丝不满：“你不让肖旭做手术我可以理解，这个病人情况有些复杂，但是麻烦你解释下‘你白老师更喜欢美女，毕竟手术嘛，要做得身心愉悦’这个理由。”

她轻笑一声，转过头去看着电脑。

白术长长地呼出一口气，转身就要走，忽然听到肖砚道：“谢谢。”

窗外的雨还在哗哗地下着，灯光被雨点打乱，像是金线银丝交织在一起，有些暧昧的暖。

不知道是哪种谢。

不过淡淡两个字，他觉得就够了。

“不用谢。”

他离开办公室，经过监护室的时候，看到一个身材姣好的女生，踩着十厘米高跟鞋，穿着黑色短纱裙，背着金闪闪的大牌包，伸着头往里张望。

白术走上前问道：“有事？”

在那个女生转头的瞬间，白术仿佛看到这张完美无瑕的整容脸和刚才做手术的那张脸完整地重叠在一起了。

惨了，他分不清啊。

他又开始佩服白智潾了。

“林晓在哪儿？”

“你是林晓的家属吗？”

大美女轻轻地撩了一下头发，娇柔地笑道：“不是啊，我是她的债主，她把我的车撞报废了，我要讨债呢。”

“那你等她出院后约在法院见吧。”白术转身就走。

“哎哎哎哎，我开玩笑的。”大美女红唇一翘，“我是林晓的小姐妹。医生，你叫什么名字？”

“美女都是成群出现的。”

郑雅洁摆摆手指：“No，No，No，整容的美女都是成群出现的。”

“我觉得……”肖旭慢吞吞地开口，“有人看上我的‘大师侄子’了？”

郑雅洁眼睛一亮：“谁？”

“林晓的小姐妹，叫什么，温瑾瑾的？”

唐画恍然：“是的是的，她从刚才就一直跟在白老师身后问这问那的，她那小姐妹还躺在监护室等麻醉药效退呢，人家一眼都没看小姐妹，眼珠子都落在白老师身上了。”

郑雅洁仰天长啸：“哎哟我的天，前有虎后有狼的，生活终于对我这只柔弱又无助的小猫咪的男神下手了。”

唐画完全不在意：“白老师的正常操作。”

“什么叫正常操作？”

“还记得你们麻醉科的徐波老师吗？”

“啊，就是跟利康医疗大小姐结婚的那个吧，结婚之后就辞职了，印象很深啊，徐波老师也算是长得还可以吧。”

“那个大小姐，之前追过白老师半年。”唐画站起来拍拍郑雅洁的肩膀，“你放心吧，追过白老师的富二代没戏，他自己亲口说的介意女朋友整容。你看你两个都不沾边，还是有点希望的。”

“为啥对比一下，我感觉我这日子过得有点惨呢？”

这时候一个清冷的声音问道：“这么晚了，怎么还不回去？”

“肖老师啊。”

郑雅洁指指监护室方向：“我还有个病人要管呢。”

“没事，今天我值班，你们早点回去吧。”

“肖老师值班那我就放心了。”

夜深了，肖砚坐在病床旁边的椅子上，垂着头，抱着双臂，闭着眼睛，陷入沉思。

麻醉药效渐渐地退去，林晓第一眼看到的就是雪白的天花板，耳边响着监护器有节奏的声音。

她用尽全部力气歪头，想发出一丝一毫的声响，但是周围依然安静无声。

忽然一阵高跟鞋声音款款地传来，在这个寂静的夜里，在监护室里，显得那么不合时宜，带着点旖旎的风情。

肖砚一动不动，然后悄悄地睁开一只眼睛看着来人。

“哟，醒了呀？”嗲嗲的口音里带着嘲弄的意味，“听说你为了一个劈腿的男人在高速上飙车，真可笑啊，现在撞得七零八落的，是不是觉得自己蠢透了？”

温瑾瑾伸出纤纤玉指：“脑袋，半个脑袋头发剃了，腿骨折了，你的胸，嘻嘻，也破了。

“后悔也来不及了，等出院了慢慢回炉重造吧。”

林晓看着温瑾瑾那得意的姿态，忽然很想哭，又有种解脱似的笑意。

温瑾瑾举着手机放到她眼前，微微笑道：“你这撞得挺值的啊！意外之喜啊。”

“给你做手术的医生很帅。”温瑾瑾一张张照片翻过去，“我偷拍的，不好意思啊，我就是个见色忘友的人。顺便说一句，你那劈腿的男朋友，还追过我。”

林晓狠狠地瞪着温瑾瑾。

“不值得，那种人陪他逢场作戏、游戏人间也就算了，你怎么还那么真情实感呢？要是想谈恋爱结婚啊，还得找老实人。

“当然要长得帅的，不然怎么配得上咱们漂亮的脸呢？”

温瑾瑾把白术的照片放大数倍。

“就这样的男人，急诊ICU的副主任医师，长得帅，学历高，有地位，钱嘛，是一辈子不缺的，医生都是越老越值钱。你要是想谈恋爱结婚，跟我学着点，看男人眼光要准，早早认清楚自己没嫁富豪的命，就不要操宫斗的心，这种长得帅的普通男人，最适合了。在金字塔待得久了，人单纯又好骗，欲擒故纵几下就上钩了，再说了，凭我这张脸，那也是轻松搞定的事情。

“姐姐给你示范一下，怎么追到好男人。”

肖砚眼皮跳了两下，仍然一动不动，心中暗道：行吧，那就请开始你的表演。

第七章

缺陷也很美

Thank you doctor

01

早上，白术在自己的桌子上发现了一个蛋糕盒子，打开之后有淡淡的蜜桃清香，粉色的桃肉被冻在果冻上，有种晶莹剔透的质感，浓浓的奶香味和白桃乌龙茶味混在一起，叫人忍不住食欲大开。

他顺手就扔到了冰箱里。

肖砚昨晚没睡好，精神不振，木木地走到茶水桌前打开柜门，拿出一包咖啡，转头问他："要不要咖啡？"

"谢谢。"

"这款咖啡咖啡因含量很高，超提神。"她熟练地把咖啡粉放进咖啡机里，然后按下按钮，"棉花糖要不要？"

"什么棉花糖？"

她打开冰箱门，一眼就看到了那个蛋糕盒子，指着笑道："这是什么？"

"不知道谁送的蛋糕。"

"你不吃吗？"

"不敢。"白术一本正经地说道，"我仇家太多了，谁知道里面放的是蜜糖还是砒霜。"

"那你不扔了吗？"

"没事，找个嘴馋的试试毒就行了。"

肖砚拿出一个精巧的盒子，用烘焙夹子取出一粒棉花糖，然后放到咖啡杯里递给他。

他愣了一下："这有点可爱啊。"

猫咪肉垫形状的棉花糖漂在褐色的咖啡上，散发着甜蜜而诱人的香气。

"快点找人试毒啊。"她露出颗小尖牙，"我还挺想吃这个蛋糕的。"

他只好拿了蛋糕去隔壁办公室，问道："谁送来的？"

"温瑾瑾，她一大早就来了。"

想起那张毫无记忆点的脸，完全不在一个频道上的沟通方式，白术似是头疼地揉揉眉间："怎么又来了？"

陈秩咽了咽口水："所以又有好吃的了吗？"

"你不怕吃出毒药？"

陈秩憨憨地摇摇头："不怕，反正在医院，抢救也很快。"

唐画尝了一口："哇，是白桃乌龙蛋糕，我只听说过这是今年的网红款，一直没时间去买。"

"真香啊，哇，这个奶油好好吃，一点都不甜腻。"

白术拿起刀，大刀阔斧地切了一大半，端着盘子就走了。

他们举着勺子，窃窃私语："白老师从来不吃别人的东西，这次难道是蛋糕太好吃了，还是因为妹子太好看了真的有情况？"

郑雅洁扁着嘴，把盘子里的蛋糕戳得稀烂，愤愤然："这个男人怎么那么肤浅啊！给吃的就跟着走？那我还不如去开个蛋糕店呢。"

白术从办公室里出来，就看到温瑾瑾坐在走廊的椅子上。

跟昨天穿得花枝招展不同，她今天穿了一件普通的棉质T恤，短裙，黑长直发柔顺地垂在肩膀上，清纯可爱的样子。

她举着手机正在说着什么。

他走近了才听到她那甜腻的声音："……买点甜点时不时送给他，虽说大多数男人不爱吃甜的，但是他们会分给同事吃，也会尝那么一小块，慢慢地这种局面就打开了。这时候就可以再适当送一些饮料和外卖，这次我选的是芝芝糖家的白桃乌龙蛋糕，很好吃，关注我的小仙女也可以关注下我们萌萌哒的店长。”

“现在不是家属的探视时间。”他双手插袋，认真地道，“麻烦你不要在医院开直播。”

温瑾瑾把手机倒扣在包上，看着白术露出个甜美的笑容：“白医生喜欢白桃蛋糕吗？”

“不喜欢。

“微信给我一下。”

温瑾瑾忽然心跳加快一拍，白皙的脸上泛出微红，语气里微微透出紧张：“干什么？”

她从包里拿出另一部手机，递过去。

他脸上还是那副淡漠的表情，但是此刻看上去有种写意的温柔。她感到喉舌有些干涩，不自觉地舔了舔嘴唇。

过了一会儿，他收起手机，直面她：“转了你五百块钱，以后不要送这些东西。”

好像有一盆冷水泼下来，温瑾瑾惊讶地看着他：“白医生这么做，有点伤人啊。”

他没说话，伸出手揉揉眉心，转身就走。

一瞬间她又恢复那副娇俏可人的笑脸：“那么下午见，白医生。”

下午，温瑾瑾又出现在监护室旁边，递给白术一张电影票。

“能不能约白医生看一场电影？”

“不能。”

她穷追不舍，响亮的高跟鞋敲打在大理石的地面上：“那吃饭呢？”

“不能。”

“那白医生告诉我什么是能的？”

“能让开吗？”

全科室的人早就认识她了，连院里都传得沸沸扬扬的，颇有些风流韵事的味道。

陈秩有点担忧："白老师还不出手把这个妹子灭了吗？给院里领导知道，估计又要挨骂了，在评'杰出青年医生奖'的节骨眼儿上，不光是投票，上级的意见也很重要啊。"

唐画摇头："白老师不是那种人，当初大小姐追他，他冷着人家冷了半年，我琢磨白老师除了冷处理也不会其他招式了。"

肖旭认真想了想："没辙，除了冷处理我也不会其他招式，帮不了他。"

"要是徐老师在就好了。"

郑雅洁嗤笑："可算了吧，估计徐老师那魂都被勾到九霄云外了，他就是看热闹不嫌事大的人，不添乱就不错了。"

"唉，这种人啊，软硬不吃，真不知道谁能让她放弃。"

换上厚重的防护服进入层流病房的时候，肖旭忍不住仰天长叹一声："如果柯睿学了医，绝对不可能变成这样的胖子。"

护士都笑起来，他又长叹一声："我以前在神外，绝对没有这样的运动量，急诊ICU要搬得重，要跑得快，要使得上劲。我觉得用不了半年，就算是我这身材也能给练出厚实的肩膀、瘦削的胯骨和清晰性感的人鱼线。"

他用手臂勾住白术的肩膀，手掌重重地拍了两下，然后羡慕道："白老师身材真是标准啊。"

"是吗？那就祝你在我们科室多待几年吧。"

柯睿的血压和呼吸都稳定了，人已经醒了，他几乎不说话，跟网上那个毒舌话痨判若两人，五官早就被肉挤得变形了，也看不出什么表情。

"剪刀，敷料。"

肖旭递给白术，然后欲言又止地打量着他。

"'小师叔'，有话就说。"

他轻笑一声："刚才我们看到了温瑾瑾的微博，最新的一条是直播追男神，然后我们点开一看，发现观众居然有好几万人。”

白术挑眉：“这里是医院，不是演戏的片场，她要玩闹也得适可而止。”

“弹幕里可热闹了，有人说温瑾瑾被打脸了，有人骂她搞噱头，有人说你对温瑾瑾这种大美女无动于衷，不是已婚就是弯的，所以我一直有个问题想知道。”

“嗯？”

“为啥你没女朋友？”

连柯睿都微微地直起身子看着白术。

他转过身看着主机的触摸屏，飞速地在触摸屏上设置着参数和压力，然后面无表情地道：“没时间，我一天工作19.2小时，连睡觉都不够，还谈情说爱？”

“那不会连这种想法都没有吧？”

“还真是一点想法都没有。”

忽然柯睿幽幽地开口：“白医生长得帅，身材好，却不谈情说爱，真是浪费了这样好的皮囊。”

“柯先生这副皮囊，也是白白浪费了那么有趣的灵魂。”

这是柯睿入院之后第一次笑起来，动作牵动着他的伤口有些撕裂地疼，他忍住痛说道：“其实我心里都清楚，我这么胖都是因为贪吃，所以没有可什么生气的，骂我胖我也可以心平气和地接受。”

“可以接受别人攻击你的体重，却接受不了自己的体重，这种想法有点奇怪。”

“说起来，我对食物有些上瘾，如果不多吃一点，身体某个部分就特别空虚，得不到满足，越是焦虑的时候越要多吃，越吃越失去控制。”

白术有条不紊地给他流脓的创面换下敷料，再盖上新的，抬起眼认真地看着他：“你对吃有依赖，是跟个人遭遇有关系吗？”

“这是心理疾病吗？我都从来没想过这方面的问题。”柯睿喘着气，慢慢吞吞地说道，“我小时候爸妈特别忙，保姆做了一桌子菜，我从晚上六点等到十点，他们还没回来，渐渐地我就不在家里吃饭了，放学之后请朋友吃各种垃圾食品、下馆子，非要气氛变得热热闹闹的才有食欲。现在也是，我特别喜欢聚餐，我自己创办的公司，伙食特别好，各种菜色各种花样随便吃，只要有部门开会，会后必定有聚餐。”

肖旭跟白术交换了个眼神，白智潾预计得八九不离十了。

肖旭很是羡慕：“这么好的待遇，我现在跳槽还来得及吗？虽然专业不那么对口，好像也没那么热爱二次元世界。”

柯睿真诚地道：“欢迎欢迎，我们公司有医务室。”

白术问：“咱们又回到了原来的悖论上，所以你为什么要去抽脂呢？”

柯睿垂下眼，闷闷地说道：“太胖了。”

“嗯，但是太胖可以靠运动慢慢减下来，也可以慢慢地抽脂，你那么急于瘦下来的原因嘛，都说一个人突然开始在意外表，是因为有喜欢的人了。”

柯睿脸色一变，整个人原本是瘫躺在病床上，忽然那些肉山微微像水波一样地晃动起来，牵扯到了伤口，疼得他龇牙咧嘴。

肖旭一转头，看见一个漂亮的女生抱着一束白山茶站在门口——说漂亮其实不尽然，她头发盘起来绾成一个髻，丹凤眼柳叶眉，鼻子有些大，高颧骨，皮肤也不那么白皙，可就是美得像是从古画上走下来的，气质无与伦比，如诗一样。

“看来我说对了。”

白术按下床边的通话按钮：“这里是层流病房，不能进去，但是你可以通过电话说。”

柯睿为难地看着他们。

“让她等一会儿好了，我们很快就结束了。”

处理好了创面，他们走出病房，那个漂亮的女生微微地向他们鞠躬颔首。

“谢谢医生，辛苦您了。”

最是那一低头的温柔，像一朵水莲花，不胜凉风地娇羞，肖旭难得脸都红了：“不用谢。”

“走吧。”白术好笑地催促着肖旭。

“这才是美女啊。”肖旭回到办公室，抚了抚心口，“五官有缺陷，但是缺陷也很美啊。”

“你听过这样一句话吗？缺陷只有在你回避的时候才是缺陷，如果坦然接受并热爱的时候，它就不是缺陷了。”

忽然白术眼角一瞥，看到肖砚捧着一大块蛋糕吃着，杧果厚厚地铺在奶油上面，是个清爽又自然的夏天味道。

“这又是什么？”

“病人家属送给你的。”

肖旭凑过去，张开嘴，很不要脸地道：“啊，姐，我也要吃。”

她叉了一块巨大的蛋糕全塞到他嘴里了。

“人家感谢医生都是送锦旗、送感谢信，怎么到你这里就变成了送蛋糕？”

白术蹙起眉头：“谁送的？”

“没下毒，你要不要尝尝？很好吃哦。”

白术警惕地看着她：“不要。”

肖砚慢悠悠地说道：“这个味道嘛，跟早上的完全不同，看起来做得特别用心呢，食材新鲜，还用字条写了各种原料，怕是害怕有人对此过敏吧，所以肯定是个人美心善的姑娘做的吧。”

肖旭恍然大悟，刚要说什么就被白术打断了：“给我尝一尝吧。”

杧果软糯甘甜，带着独特的热带气息，奶油清新带着凉爽的口感，松软的蛋糕咬上去，两种材料混合在一起，完美地契合，填满了身体空缺的地方。

“挺好吃的。”

“是吧？”肖砚抬起头，然后微微瞪着眼睛，“你怎么了？”

白术指着自己渐渐肿起来的嘴巴，理直气壮回答她说：“嗯，我杧果过敏啊。”

白术十分无赖又恶狠狠地警告道：“所以谁知道送蛋糕的人是什么居心啊？是蜜糖还是砒霜呢，下次再馋，吃死你吧。”

02

“林小姐符合转科条件，明天她就可以转到骨科。”

肖砚把病历簿合上，然后双手交叉，认真地看着温瑾瑾。

“她父母呢？”

“不知道啊，她好像跟家庭决裂了，从来也没提过她的父母。”温瑾瑾东张西望，“白医生呢？”

“我是林小姐的管床医生，你有什么事情可以跟我说。”

她托着下巴，娇憨甜嗲地问道：“那我问你啊，白医生有女朋友吗？”

“这是医生的个人隐私，恕我无法奉告。”

“我猜他没有，那你告诉我，白医生人呢？”

她按捺住不耐烦的情绪：“他在手术室。”

温瑾瑾从包里拿出一封信递给肖砚，笑眯眯地道：“那麻烦肖医生帮我转交一下吧。”

肖砚没说话，也没接过她的信，只是用一种审视的眼光打量着她。

温瑾瑾被看得有些不安：“怎么了？”

“明天之后希望不要再在这里见到温小姐了。”

无情的话越是用平静的语气说出来，越让人难堪。

“你这个人怎么这么不讲理啊？”温瑾瑾有些愠怒，“这里又不是你家，我想来就来，想走就走。”

肖砚身上有种深藏不露的自怜和自恋感，体现出来的就是高高在上的疏离感和一针见血的毒舌。她摆出冷冰冰的表情，立刻把所谓美貌和气质这些虚无的东西都压瘪了。

“先不讲理的人是你，先妨碍别人工作的是你，温小姐是不是觉得长得好看就可以‘恃美而骄’，或者只要足够漂亮就可以忽略别人讨厌你的眼神？漂亮在超过别人的底线之后，就变得丑陋不堪了，靠脸得来的尊严比你想象得还要脆弱，能轻松成就你的，毁掉你也很容易。”

“轮到你教育我了吗？”

“教育谈不上，但总是要有点教训的。”肖砚眯起眼睛打量她，“看一眼帅哥医生就小鹿乱撞了，你也是个老司机了，说这种话也不觉得智障。别忘了，温小姐不是说给林小姐示范一下怎么追老实人吗？这么快就真情实感了吗？你这种随时随地萌生的‘爱情’，除了满足自己的私欲和网友的猎奇心态，没有任何真心。”

羞辱加难堪，温瑾瑾气得夺门而去。

很好，世界终于清静了。

夕阳从透明的玻璃窗投入一片如火焰般殷红的颜色，把雪白的墙面照得发亮。

接着，尖锐的救护车的警报声打破了这片宁静。

“女，16岁，突发心绞痛，全腹痛，呼吸困难，意识模糊。”

“16岁？”肖砚有些难以置信。

等她看到患者之后，更加惊讶。

这名患者胖得有些过分了，手臂、身体都是软软的肉，脖颈上的赘肉尤其明显，厚厚的堆垒簇集在一起，脸的五官都被肉挤到了一起，促狭而猥琐，皮肤也很粗糙，下巴长满了痘痘，两撇浓眉横着，看上去狰狞又可憎。

女孩子的妈妈站在角落里，紧张地看着这些来来往往抢救的医生和护士，然后从包里掏出一袋包装简陋、什么说明都没有、只有手写的“减肥药”三个字的胶囊递给肖砚。

“这是在她书包里发现的。”

“服用网购减肥药引起突发心脏病。”肖砚坐在会议室里，向关妈妈陈述病情。

女儿矮胖，但关妈妈是个身材高挑的中年妇女，体形微胖，是那种丰腴的美态，很难相信两人有基因上的联系。

“我冒昧问一下，孩子爸爸的身高和体重。”

“我老公一米八三，体重160斤。”

这是在目前大批发福中年男人中很显瘦的身材了。“家族里有肥胖人士吗？”

关妈妈摇摇头：“我跟她爸爸家都是高个子，说胖也不算，正常身材。我女儿不知道怎的，又矮又胖，这些年我们去医院看了不少医生，无非要我女儿控制饮食和加强锻炼。”

“没有效果？”

关妈妈叹气：“完全没有效果。她基本拒绝任何肉类和淀粉的摄入，暑假连吃了一个星期的苹果，低血糖差点儿晕倒，一斤都没有瘦下来。不管用什么方法，我们基本都尝试了，完全没有效果。”关妈妈哽咽了一下，“所以她才会偷偷去买这种减肥药尝试。”

肖砚不说话了，陷入沉思。

“我家女儿有些自卑和敏感，所以希望你们多照顾她的心情，尽量不要跟她说体重相关的事情。”

本来16岁花季的年龄，应该有满满胶原蛋白的皮肤和挺拔青春的身体，像朝着阳光生长的可爱的花朵，让人羡慕和渴望。

而这个女孩的16岁就是被丢在垃圾桶的腐肉，只能招来苍蝇、寄生虫，招人厌恶和嫌弃。

这肯定不是简单的肥胖，绝对不是生理性的，很可能是病理性的。

肖砚这么想的，也是那么做的，等关倩倩醒了，她第一件事情就是指指病房里的秤：“站上去。”

她摇摇头：“我不。”

“我要给你做些检查，所以需要知道你确切的体重。”

“我不要。”

肖砚抱着双臂，居高临下地看着女孩子："你父母都同意了。"

"同意什么？同意我做检查吗？检查我到底是不是个胖子吗？别白费工夫了，这几年我做了多少检查，结果都是一样的，我这辈子就是要胖死的，我就是个死胖子。"

女孩子的自尊心极其容易被刺激，她泪眼婆娑地瞪着肖砚："我受够了你们医生用奇怪而嫌弃的眼光看着我，好像我不是一个人，是一坨会行走的肉。没错，我是胖，又矮又胖又丑，你们这种正常人怎么能体会我自己都厌恶自己的感受？"

肖砚还是那副冰冷的口吻："我能体会。"

女孩子怔住了，抬起头看着肖砚。

"我高中时候有个外号，叫'癞蛤蟆'，因为那时候我脸上长了很多痘痘，满脸都是，跟毁容没什么两样。"肖砚自嘲地笑起来，"有一次同学不知道从哪里翻到了我初中时候的照片，他们说'以前你美得像个小仙女，现在长得像一只癞蛤蟆'。"

女孩子瞪大眼睛，似乎想从她脸上看出点蛛丝马迹，肖砚也不避讳，把脸凑过去用手指指着："脸颊上有些痘坑，怎么消也消不掉了。

"那时候疯狂地想让这些痘痘消失，于是我发了疯一样去抓脸，把痘痘弄破，最后弄得满脸都是血，所有治疗方案都用过了，最后莫名其妙就消失了，留下的只有这些痘坑和我这个外号。那两年是我过得最痛苦的时候，跟你现在一样。"

她话刚说完，站在一旁的白术便开口。

"我也是。

"小时候我很胖，我有个哥哥，长得很好看，所有见过我俩的人都觉得很奇怪，问我们两个'你们是亲兄弟吗？怎么完全不像'之类的话，这种话在当时被当作调侃，可是我非常厌恶。有一天，当我同桌这么问的时候，我直接把一杯水泼到了他脸上。"

肖砚冷冰冰地皱着眉头看着白术，脸上写着完全不信的表情。

女孩子惊讶："然后呢？"

“基因是强大的，我16岁的时候疯狂长高了30厘米，就变成了现在这个样子。你的基因是来自你父母的，看看他们的样子不难看出你以后的样子，所以你要相信自己，你现在的样子，一定不是基因表达的结果。”

女孩子点点头，然后勉强地挪到床沿，费力地站起来，走到秤上。

肖砚微微地抬起头，对上白术略得意的神情。

“基因是强大的？”回到办公室，肖砚冷笑一声，“16岁骨骺线都闭合了，你脑子里装着些什么？”

白术也不恼：“我看你编故事那么卖力，就帮你一把。”

“我不编故事。”

“你高中时候？”

“我高中时候真的满脸痘痘像一只癞蛤蟆，恶心到连我自己都不想照镜子的地步。”肖砚坦坦荡荡地看着白术，“小胖子？”

白术嘴角微微一翘：“要看我小时候的照片吗？”

“不看。”

白术脸上笑容收敛了去，认真道：“言归正传，你有没有注意到病人行动比较迟缓，不是那种身体沉重、笨重的迟缓，而是她好像腿上有伤，为了避免拉扯疼痛，所以故意放慢了行动。”

肖砚皱起眉头思索了一下：“谢谢提醒，我会给她安排检查的。

“我有个问题要问你，温小姐虽然是整容脸，但是还算赏心悦目，收入应该很高，买房买车不成问题，而且挺喜欢你的，你为什么不考虑一下呢？”

白术被猛地呛了一下：“肖砚，你是不是觉得这个玩笑很好笑啊？”

她拿出手机，翻了翻，然后丢给白术。

微博上温瑾瑾写道：“有些人，一见就叫人那么钟情，每次重新见到你，我内心就像个孩子要去游乐场一样激动，一点都不夸张，我好害怕再也见不到你。

“一段无厘头的追求，不了解的人总是说风凉话，不是矫情、挑剔，就是觉得我在演戏。说实话，我很不甘愿面对这样只有单方面的感动，你们总说我游戏人间，其实我比身边任何人都渴望能有一个归宿。”

“你不喜欢她吗？”

白术捏捏眉心，冷漠慢慢地浮上他的眼睛：“你在说什么莫名其妙的话？肖砚，你不是一向奉行距离感的人吗？为什么要问这种隐私的问题呢？”

他露出一种齿冷的寒意。

“因为我把她赶走了，你不喜欢她最好了，喜欢她，大概也没什么机会了。”她顿了顿说道，“院里最近在评‘杰出青年医生’，在这样的风口浪尖，你还是不要惹出什么事地好。”

清风霁月般的可恶女人。

他无奈地笑起来。

“给医生的生活和工作造成了困扰我很抱歉，如果我们是在对的时间和对的场合遇见，不知道结局会不会不同。”

很多网友在下面留言，温瑾瑾身为美妆博主，女粉丝数不胜数，很多女孩子把这些微博当作小说来看，大票网友在最新的状态下面吵成一片——

“我还以为他们会在一起呢，没想到是这种结局，再也不相信爱情了。”

“楼上是不是智障啊？你爹妈又没离婚，这种营销号就让你不相信爱情，脑子进水了吧。”

“姐姐真可怜，抱抱，为什么不再坚持一下呢？没准儿男神就心动了，不过我永远支持你的决定，你一定要幸福O(∩ _ ∩)O~~”

“坚持？也对哦，当年我这个学渣没准儿坚持一下就考上清华了。”

“博主那么美，肯定有好男人喜欢的，加油啊，不要灰心。”

“看到这里我终于哈哈了，那些觉得自己可以‘恃美行凶’的人简直打脸啊。你长得好看对方就得喜欢你啊？那我有钱，你们是不是都得给我下跪喊爸爸？强盗逻辑。”

这还是柯睿的留言，很快网友的点赞就把这条回复顶到了第一。

就这么两天时间，温瑾瑾微博粉丝数量暴涨二十万，营销广告费翻倍，淘宝店交易额是过去一个月的总和——导演这场无本闹剧，名利双收。

“检查结果出来了，有好事和坏事。”肖砚直接把片子递给关妈妈，“肾上腺CT检查显示左肾上腺小腺瘤，X光显示你有胫骨骨折，是骨质疏松导致的。”

“腺瘤？”关妈妈呆住了，连关倩倩也呆住了。

“那好事呢？”关倩倩木然地问道。

“你的肥胖并不是生理性的，是ACTH依赖性库欣综合征造成的，包括你的矮小、肥胖、痘痘，骨质疏松，但是你没有典型的库欣综合征的向心性肥胖，没有高血压，皮肤也没有紫纹，所以光从经验上很难判断。”

母女两个人依然愣在那里，如同听天书。

“简而言之，就是肿瘤造成了库欣综合征，扰乱了激素分泌，导致了你的矮小肥胖。”

“能治好吗？”

“需要做手术，我会安排的。”

关倩倩张了张嘴，半天才问出来：“手术做完了呢？我还会跟现在一样吗？”

“你需要很长时间恢复，但是会跟现在完全不同，就像白医生说的那样，基因是强大的，看看你的父母，你会跟他们越来越像的。”

她眼睛里流露出惊讶的喜悦和激动，汹涌的泪水顷刻就涌了出来。

“我终于可以变成我原来的样子了。”

肖砚忽然想起林晓转科前对她说的话。

“我太早看到的是这个社会赤裸裸以貌取人的势利，所以才会变成这样，但是我开始怀念自己以前的样子。以前我还是漂亮的，但不是闪闪发光的，可我又不想变成我原来的样子，丑过的后遗症就是没有安全感，我回不去了。”

她忍不住摸摸小姑娘软蓬蓬的头发：“是的，你可以变成你原来的样子了。”

03

有人曾经问她，她最害怕在医院看到什么。

她想了想回答：“我最怕在医院看到我熟悉的人，我的家人、我的朋友，尤其当他们被送进急诊进行抢救的时候，我很害怕，光是想象我都觉得恐惧、慌乱和无措。那一刻我不再是一个医生，理智和思考统统抛弃，因为我怕我不能挽救他们的生命，我会陷入深深的怀疑和自责中。

“飘扬的一片雪花会造成毁灭的雪崩。

“失去所爱的世界，究竟会开出怎么样的花？”

橘色的灯光下，窗外淅淅沥沥地下着小雨。她机械地敲打着键盘，写着手术记录，耳边的音乐有种迷幻抽离又神经质的感觉，她没来由地忽然想到了这句话。

“肖老师？”唐画敲敲门，出声喊她。

她的思绪被拉了回来：“什么事？”

“急救中心打电话来，有个十岁的孩子，呼吸困难，口唇发绀，发热烦躁。”

她“嗯”了一声，站起来，伸了个懒腰：“知道了，马上过去。”

唐画咬了下嘴唇，又慢又重地说道：“患者叫白极光，是白老师的侄子，他的爸妈遭遇车祸去世了，而他在那场车祸里下半身截瘫。”

她的胳膊，僵在了半空中。

肖砚第一次见到白极光，先是被名字震撼了一下，然后又被他的长相震撼到了。

躺在担架床上的十岁小朋友继承了白家眉清目秀的基因，尤其长长的眼睫毛和白术如出一辙。他紧紧地皱着眉头，大张嘴巴急促地呼吸，就像一条溺水的鱼。

她特意早早要来白极光的病历簿，这个命途多舛的小孩子一年半前遭遇一场惨烈的车祸，造成下半身截瘫，从复健到现在进展缓慢。

他不能走、不能跑、不能跳，只能坐在轮椅上安安静静地度过童年岁月。

“准备插管。”

唐画依言给她递上了喉镜和导管，就在她准备把喉镜放入他的口腔里的时候，耳边传来熟悉的声音，焦急又带着微微的愠怒：“白极光！”

白术站在抢救室门口，还穿着T恤和可笑的橘色绿叶大裤衩，脚上踩一双拖鞋，嗞嗞地渗着水。

淡淡的黑眼圈一看就是难得休假也没好好休息的结果，整个人慵懒萎靡，他平日眼里那种高傲的冷漠消失得无影无踪，只剩下痛苦。他径自走过来，努力压抑的声音里带着哆嗦的寒意：“让我来。”

肖砚抬起头，跟他寒霜一样的目光对视片刻，然后冷冷地对周围人说：“我正在抢救，麻烦把家属请出去。”

肖旭推了下白术，他纹丝不动，只好对陈秩使了眼色。

“白老师，你现在是家属，麻烦配合医生的工作。”

白极光被推去CT室做进一步的检查，肖砚拿起病历簿又认真地看起来。

“八岁被诊断为典型的川崎病”，看到这行的时候，她若有所思地蹙起了眉头。

忽然安安静静的走廊上响起了中气十足的怒吼声：“慢慢吞吞的，

你究竟在家磨磨蹭蹭什么啊？一点当叔叔的自觉都没有吗？你是怎么当医生的？”

她好奇地往外一看，就看一个中年男人一巴掌往白术的脑袋上拍过去，他“咝”地倒吸一口凉气，痛苦地捂住脑袋，却不敢反驳也不敢动。

真的是祖传的长相，就算是人到中年也是依然清秀的五官，她想那一定就是白术的爸爸了。

他的声音陡然沧桑痛苦起来，带着浓重的鼻音和泪腔：“两年前，就是在这里送走了你哥和你嫂子。你是个医生，你别再叫我白发人送黑发人了啊。”

白术走进办公室，关上休息室的门，换下了那可笑的大裤衩和拖鞋，穿上了蓝色印着急诊ICU标志的衣服，然后走出来，静静地看着肖砚：“抱歉。”

“为什么要道歉？”

他用双掌捂住眉心和眼睛：“我刚才太激动了，所以很抱歉。”

“那你现在冷静下来了吗？”

他摇摇头：“拜托你了。”

白极光的CT显示在冠状动脉左回旋支有一巨大动脉瘤，向外压迫左心房。

白极光尽管病怏怏的，连开口都困难，一句话说几个字都要喘，但还是奶声奶气地跟肖砚解释自己的名字：“这名字很奇怪吗？我觉得很美啊，因为我爸爸是南极科考队的，我妈妈在乌斯怀亚通往南极的旅程中遇见了他。姐姐，你知道乌斯怀亚吗？”

她拿起探头，微微顿了下：“世界最南端，又叫世界尽头。”

白极光眼睛里立刻亮闪闪的，充满了崇拜的神色：“姐姐，你居然知道？”

“我还去过呢。”

“真的吗？那是什么样的地方？跟照片里一样吗？”

她一边给他做超声心动图，一边描绘："冰山和海冰融合，有世界尽头的灯塔，是踏向南极的第一站，也是人类生活的最后一站。"

"那你看过极光吗？"

"看过，在天空中轻盈地飘荡，像一层薄纱，忽暗忽明，变幻着红的、蓝的、绿的、紫的光芒。"

白极光眼睛已经满满地都是崇拜和羡慕："我好想去啊。"

然后他的脸色迅速暗淡下来："可是我已经不能走路了，不知道以后还能不能亲眼看到。"

她不擅长安慰小朋友，只好摸摸他的头发。

他的小脸一歪，就看到白术站在门口，皱着眉头，一筹莫展的模样："姐姐，我叔叔也是医生啊，他为什么不来给我看病？"

她把目光从屏幕上移到白术脸上，认真地回答："因为他在害怕啊。"

"为什么小叔叔会害怕？"

"你生病难道不害怕吗？"

白极光轻轻地摇摇头："不害怕，我要是害怕了，我爷爷奶奶会更害怕，小叔叔也会害怕，我不喜欢看到他们为我担忧害怕的样子。"

"超声心动图检查显示动脉瘤内血流缓慢，且压迫左心房，但不影响二尖瓣血流，动脉瘤形成是川崎病的并发症，所以做手术吧？"

白术紧锁眉头："你再让我想想。

"或者会诊吧。"

肖砚愣了一下，脸上的那抹暖意瞬间退去："哦，会诊是目的，是明确不了诊断，或者对治疗方案有分歧。现在你要心外、心内儿科会诊的目的是什么？你是多不相信我？"

他无力地张了张嘴，什么也说不出来。

"多一个人跟你说我的诊断和治疗方案，是不是你就能多放心一分？你不是第一自负骄傲的医生吗？那你别相信我，别拜托我，相信你自己，拜托你自己去吧。"

她把病历簿往他面前一推，转身就走。

大抵世界上所有的父母，或者说是长辈，对孩子生病，都有一种迫切地想掌控一切的焦虑感，这种感觉来自幼小血亲赋予自己的深深无助和恐惧。

孩子是生命的延续，他们有着这个世界上最茁壮的生命力，寄托着全家的希望，他们值得拥有这个世界上最好的一切，他们不应该被病痛折磨。

即便作为医生，早就习惯了冷静理智地对待患者和病痛，但是当这一切降临到白极光身上，他也很难表现得像一个专业的医生，冷静自持又游刃有余地讲着那些毫无感情的专业术语，进行着毫无人性的检查。

这时候他只是个长辈，迫切地希望孩子能够少些痛苦，能被尽快治愈。

他深深地叹气，再次双掌合十，紧紧地按住眉心："要是能替他生病该多好啊。"

第八章

信任和托付

Thank you doctor

01

第二天中午，白极光的体温稍微降了点，也有了些胃口，因为胆囊水肿，只能吃医院配餐。

白极光吃完午饭，肖旭叫了冻巧克力外卖补充体力，一打开，醇厚的香味弥散了整个走廊。

白极光急匆匆地抽抽鼻子，露出小鹿一样湿漉漉的眼神，待肖旭路过他床边的时候，伸出手拉住肖旭的衣服："想喝。"

"想喝什么？"

"哥哥的巧克力。"

肖旭坚决拒绝："不可以。"

小朋友眼睛更湿了，眼泪差点儿就要滚落。

肖旭连忙安慰道："发烧嘴巴里没有味道吗？那只喝一小勺吐出来也是可以的。"

于是肖旭给白极光喂了一小勺，然后紧张兮兮地看着他吐出来。

岂料白极光吐完一愣："小哥哥，我好像不小心咽下去一小口。"

肖旭脑子里嗡的一声，而白极光下面一句轻飘飘的解释又让他哭笑不得："我骗你的，我都吐出来了。"

于是肖旭拿起冻巧克力，然后当着他的面一口气喝了，喝完还挑起棉花糖放在小朋友面前晃晃，然后咂咂嘴："真好喝，可惜你不能喝。"

白极光"哇"的一声委屈地哭出来。

肖旭拿着检查结果给肖砚看，很是疑惑不解："很明显，是冠状动脉瘤，为什么白老师还不安排做手术呢？"

肖砚耸耸肩，一脸无所谓："问你'大师侄'啊。"

"白老师在害怕吧？"

"害怕和犹豫只能让医生的判断变得迟钝，甚至错过最好的时机。"

"医生也是人啊，人有七情六欲。"肖旭慢吞吞地说道，小心翼翼地察言观色，"姐姐，你是个医生，但更像台医疗机器。你对自己的定位是，先是个医生，医生是个职业，然后再是家人的社会身份，所以你每次都用你的标准来要求别人。"

"这些我都知道。"

"嗯？"

"我问你一个问题，如果有一天我们生病了，你会找哪些医生？"

肖旭掰着手指头："神外老江、普外顾老师、眼科方院士、呼吸陈教授，很多很多……"

"你相信他们吗？"

肖旭点点头："如果连他们都不能相信，我都不知道该相信谁了。"

她默默地摩挲着双手，黑色的眼眸像被蒙上了暗淡的灰尘，那双眼睛微微闪了一下，就像是灰烬里残存的火星一样稍纵即逝。

"他不相信我，生死面前，能够被患者和家属信任和托付的医生，你有，他却没有。"

白术拿着白极光的资料去门诊找心外的程主任的时候，恰好看到肖砚趴在二楼的围栏上，手里拿着一罐咖啡，慢慢地啜着。

她没再过问白极光的治疗方案，只是更频繁地去白极光的床边密切地监控着病情发展。

白术也觉得很奇怪，真不知道白极光是怎么自然地亲近这个冷冰冰的女人的，看她严厉斥责别的医生、护士的时候，难道不会害怕排斥吗？

这个小鬼，到底是纯善心大，还是反射弧长，骗得她把她的备用手机都拿来给他看《海绵宝宝》？

他看见她的眼眸在午后阳光下泛着琥珀色的亮泽，然后目光准确无误地落在他的身上，好像在描摹他的轮廓。

白术心底咯噔一下，竟然有些心虚的迟疑，然后脸上的表情慢慢地归于一种伪装的平淡。

他若无其事地走出去。

心外的程主任看完之后，认真地建议："做择期手术也可以，我的手术已经排到三个月后了，但是另外加一台也不是难事，如果你想好了给我打电话。"

他点点头："谢谢您。"

"为什么不放心让肖医生做手术？据我所知，她美国的老板对巨大动脉瘤很有研究。"

白术摇摇头："没有不放心。"

"哈哈……其实你也不放心我吧。"程主任拍拍他的肩膀，"人之常情，可以理解。"

白术从门诊出来，不想回科室，慢慢地走到资料馆的小楼前，然后坐在长椅子上发呆。午后的阳光耀眼而剧烈，只有这样才能感受到眩晕的宁静感。

累的时候，他总是喜欢在这里安静一下。

可是有人打扰。

"你这浑小子，不好好上班，跑到这里干吗？"

他头疼，按住眉心："您这个大忙人，不好好处理公事，跑到这偏僻的地方干啥？"

江仲景把手里的资料放下来，坐在他旁边，然后抬抬脖颈："买罐可乐给我喝。"

"就您还喝可乐？这把年纪了补补钙才是正经事。"白术吐槽归吐槽，还是走到自动贩卖机旁边买了两罐可乐。

“心情不好啊？”

他摩挲着冰凉的可乐罐，铝罐上的水珠一滴滴地掉了下来。他慢慢地说道：“老江，我哥我嫂子走的那天是谁在急诊值班的？是谁做的抢救？”

“你不记得了吗？”

“看在请你喝可乐的分儿上，你再说一遍给我听听。”

“你这个浑小子，请你老板喝可乐那叫孝敬。”

他连拌嘴的心情都没有，闷闷道：“知道了。”

两年前，这座城市下了第一场雪，一夜过去，地面上覆盖着薄薄的积雪和冰，还没到下午，暗色的天空中就只有隐隐约约的薄光，冰冷压抑。

“正常行驶的私家车和超速的货车在隧道相撞，造成了连环车祸，伤亡人数尚不清楚。”

陆平安的脸色是从未有过的凝重：“立刻通知普外、心外、神外、呼吸、骨科、麻醉。”

“我记得非常清楚，是你完成那台创新的小脑上动脉瘤手术的那天，你的手术进行了107分钟的时候，你哥嫂一家人被送进了抢救室。”

白术重重地捏了下可乐罐子，发出“嘭”的一声闷响，罐子扭曲成一个奇怪的角度，然后他仰起头，一口气灌下一大口。

过分充盈的二氧化碳像在涌向他的脑子，他的脑海越发混沌了。

“白前，男，36岁，重度颅脑损伤，肋骨骨折，血气胸，肩胛骨骨折，被鉴定脑死亡，抢救人员——神外主任江仲景，心外主任程军。

“罗雯，女，32岁，骨盆骨折、盆腔大出血，被鉴定失血过多死亡，抢救人员——急诊科副主任陆平安，普外科副主任顾宗琪。

“白极光，男，8岁，腰椎骨折累及椎管及骨髓，多处骨折，抢救人员——神外副主任徐明明，骨科主任何旭。”

他喃喃地低语：“这么久了，难为你还都记得。”

“我的老师，也就是你的祖师爷说过，我可以不记得每个救活的人，但是我一定会记得每一个没有救活的人。”

白术长叹一口气，然后把脸深深地埋在双手间：“都是我再熟悉不过的医生了。”

“也是你无法怀疑他们能力、质疑他们水平的医生。”

“没错，所以我如果在场，也没有任何用处，也不可能改变什么。”

江仲景拍拍他的肩膀：“我知道你耿耿于怀很久，这个心结从那一天开始就形成了，慢慢地你也变了，变得更强了，也更弱了。”

“我变得只相信自己，而不愿意去相信别人了。”

“信任基础包含三个要素：可预测、可依赖和信念。”江仲景慢慢地喝着可乐，“很多人对他人的无法信任，归根结底是无法相信自己。”

白术苦笑一声：“我能预测当每一个病人需要救助的时候，她一定会倾尽全力，我能感到她能让我依赖，但是信念，是什么？”

“是一种情感上的信任，当信念产生时，你对她的信任不再需要任何理由。”

忽然他的手机响起来。

“快去吧。”江仲景冲着他示意道。

他点点头，接起电话，仰起头把那半罐可乐喝完。他迎着阳光，半边脸上有暖暖的虚影，有着冰霜消融的亮泽。

半小时前，肖砚接到佟雪的电话。

佟雪已经慌乱到崩溃的地步，声音止不住地颤抖：“肖砚，大宝从楼上摔下来，头上都是血，然后不住地吐。”

肖砚大惊失色：“怎么回事？不不不，你先冷静下，把大宝放到复苏体位，头低位、侧卧位或半仰卧位，防止她呕吐误吸造成窒息，然后快打急救电话。”

“嗯嗯，知道了。”电话那边传来一阵嘈杂的人声和急速的脚步声，“我爸爸说等不及救护车了，他打算直接开车送去你们医院可以吗？”

“开车需要多久？”

“最快20多分钟。”

她恢复冷静镇定的神情：“好的，搬运时要注意，让大宝保持半仰卧位，头偏一边，我等你们过来。”

“知道了。”

已经过去了20分钟，肖砚抬起手看了下时间，然后推开椅子，径直走到急诊门口，有些焦急地张望。

很快一辆车停在她眼前，打开车门，她看到那个往日活泼可爱的孩子气息微弱地躺在佟雪的臂弯里，脸上、衣服上有一摊干涸的血。小女孩似乎觉察到动静，微微地睁开眼睛，想喊肖砚的名字却使不上劲。

肖砚鼻子一酸，然后竭力把这种柔弱的情绪按捺下去，迅速地稳住呼吸，小孩子被确认是脑外伤，推去做CT检查。

肖砚终于能够跟佟雪说上话：“怎么回事？”

佟雪哭得眼睛红肿：“我们家是个小复式楼，大宝钻到二楼的楼梯柱缝隙里跟她爷爷玩闹呢。本来按照她的体形是根本挤不过去的，没想到那根木柱子有些年岁了，她蛮劲不小，把那根柱子撞断了，直接摔下楼了。”

她虚虚地抱抱肖砚：“大宝就拜托你了，谢谢你，还好有你。”

白术回到办公室的时候，肖旭冲着他挥了挥病历簿：“女，6岁，从二楼摔下，撞到了台阶，受外伤后呕吐，意识模糊，右侧蛛网膜下腔出血，合并脑挫裂伤。”

肖旭把CT片子递给白术，然后意味深长地盯着他看。

“怎么了？”

“你做好心理准备啊，这是我姐最好的朋友的孩子。”肖旭站起来拍拍他的臂膀，“白老师，你们可真的有点……倒霉的巧合，你要做手术吗，还是我去找神外会诊？”

他挤出个勉强的笑容：“让我想想。”

“这有什么好想的？”肖旭很不解。

这时候肖砚推门进来了，还是那副冷静沉稳的样子，一点慌乱的迹象都没有，声音镇定如常：“做手术吧。”

肖旭点点头。

“等等。”肖旭想到了关键问题，“我做手术吗？不要啊，我不敢的。”

“你这么不相信你自己吗？”

肖旭点点头，然后看了一眼白术：“对啊，姐，你说得对，要不我打电话给薛云师兄吧？”

一只修长漂亮的手伸过来，按下了肖旭手里拿着的手机，那双手好似绷着一点力度，薄皮肤下的几条均匀筋脉露出青色。

“你相信我吗？”

他问肖砚。

她不经意间放缓了呼吸，心里有个答案呼之欲出：“哦？”

“相信我吗？”

“你……”

他的口气前所未有地强势：“就这个问题，回答。”

她眼睛眨也不眨地看定了他，眸光深切，带了点说不明的感觉：“相信。”

白术站起来，过度激烈的动作让椅子和桌子发出哐当的碰撞声。

“那就相信我，不用做手术。”他轻轻地抽出肖砚手里的病历簿，“我去下医嘱了，用甘露醇60ml，每天两次，甘油果糖100ml每天一次，呋塞米10mg每天一次。”

肖旭摸摸下巴琢磨道：“内科的保守方法啊，我觉得也可以，毕竟是小孩子……”

忽然肖砚转过脸对他说：“联系手术室。”

“欸？”两个人都愣了一下。

她眉眼舒展，语声却绷得微紧：“白极光的手术，礼尚往来。”

02

当天晚上手术并没有做成，改成了择期手术。

因为救护车送来了一个被筷子戳进脑子里的孩子需要做手术，接着大半夜急诊ICU又收进一个水痘并发癫痫和意识丧失的六岁孩子，还没把心电监控接上，小孩子就剧烈地抽搐起来。徐一然和肖旭合力按住他，让护士打了一针安定才止住抽搐。

结果男人用点劲都有些没数，把孩子的手臂按得有些发红，为首的孩子奶奶吵吵嚷嚷半天，把医生到护士都骂了个遍。

水痘引起了三度房室传导阻滞，血压也很低，肖砚比他们所有人反应都快：“需要先做心脏起搏器移植，家长呢？”

刚骂完医生和护士的家长，气势汹汹地待在走廊上窃窃私语。

“这很难搞。”徐一然很有经验地说，“我最怕遇到这种家长，特别难沟通，有一点点事情就借题发挥，不相信医生也不相信任何人，好像有被害妄想症。这种家长，我特别建议孩子生病之后找个大神跳一跳就行了。”

他一向选择迅速推卸责任，立刻拍拍肖旭的肩膀：“靠你了。”

看着隔壁床上躺着自己的同龄人，白极光有些好奇，勉强用手臂撑起自己的身体想要看得更清楚：“姐姐，他怎么了？”

肖砚绞尽脑汁都不知道怎么将“癫痫”翻译成小朋友能听懂的语言，倒是唐画接口：“抽搐。”

“就像是触电那样吗？”小朋友把手臂伸出来，然后在空中乱抖起来。

“乖，乖乖躺好。”肖砚把他按回枕头上，然后忽然感觉到自己手上一片潮湿。

她指指他的心脏："哪里不舒服？吸了氧还是难受吗？"

白极光犹豫了一下，摇摇头："还好。"

"不舒服就说，不要硬撑着。"

小朋友犹豫了一下，还是摇摇头："我生病了，所以难受是正常的，我已经习惯了，而且我是男子汉，不能哭哭啼啼的。"

肖砚蹲下来，平视白极光："很多大人生病的时候或痛的时候也会哭，他们哭了医生才知道他们哪里不舒服，才会想办法缓解啊。"

她鲜有耐心哄人，但是忽悠个孩子并不难，而且从结果看小朋友甚是受用。

于是白极光嘴巴咧啊咧，"哇"的一声哭出来了。肖砚一把抱住小朋友，用手轻轻地拍。

"姐姐，我好害怕啊，我会不会英年早逝啊？"

他这都是从哪里学的成语啊？她连忙安慰："不会，不会。"

"我想看动画片。"

"好。"

"我要喝果汁。"

"好。"

"我要吃炸鸡。"

很好，会玩套路了，肖砚说："这个不行。"

小朋友连哭带闹，心电监护仪上的心率数值又开始急速走高了，发出尖锐的嘀嘀的声音。

小朋友继续拔高了嗓门哭："我的心肝都要跳出来了，我喘不过气了。"

"哭要适可而止，做什么都要适可而止。"

肖砚话音刚落，白极光撇撇嘴，瞬间收起了眼泪。

白术刚下手术台，回到抢救室查看情况，恰好看到这戏剧性的一幕。

他捏捏眉心，有点头疼。

这小鬼戏精的性格，不知道遗传了谁。

白极光的脑袋藏在肖砚的白大褂里，还没顺上气，就看到白术站在门口。

“喝点水？”

小朋友点点头，歪着脑袋就着水杯的管子吸了一口，然后委屈地说：“姐姐，还是你最好了，我小叔叔就只会叫我不准哭。”

“你要知道他非常担心你，不让你哭，是因为你哭了，他就更担心了，你要理解他。”

“那我什么时候可以做手术？做完手术就会好了吗？”

“很快，做完手术就可以好了。”

他眨着小鹿一样可怜湿润的眼睛：“那姐姐你给我的腿做个手术吧，让我的腿也好起来吧。”

肖砚愣了一下，然后看着白极光认真地回答：“这不是做手术能治好的。”

小朋友显然没有听说过这个说法，呆呆地看着她。

“你叔叔没有告诉你……”

她的话被蛮横地打断了：“是的，我没有告诉他。”

他用刻意压低的嗓音说道：“我没告诉他，他以后都不能走路了，我只能说会好的，不然这么小的孩子，今后会绝望的。”

肖砚怔住了，随后摸摸白极光的头：“手术没有用处，需要你的努力，才能好。”

“为什么要装心脏起搏器？那不是老年人才装的吗？你们是不是在糊弄我们啊？我是乡下人，不懂，可是你们不能拿对付老年人的玩意儿骗我们啊。”这个老太太操着浓重的地方口音，讲话又快又大声，在这个安静的夜里显得特别吵。

肖旭不擅长对付这样的家属，只能劝她：“您先冷静一下。”

“妈，您先听医生怎么说。”

“我听个屁！让你在家带孩子，你怎么带的？”

“孩子只是出了水痘，医生说要在家休息就好了。”

“呸。”老太太啐了一口，“你是不是念了个大学，就觉得自己可了不起，知道得可多了？你要觉得你能干，为啥不去工作啊？你要这么能干，怎么赚得没我儿子多？现在你还替我当起这个家了，我跟你说，我还活着，你就别想扑腾出什么水花来。”

肖旭都要窒息了，想劝根本插不上嘴。

孩子妈妈眼圈都瞪红了，强忍着眼泪，嘴巴哆嗦地打战：“这么多年，我付出那么多，你怎么那么不讲理？”

“讲理？你住的、吃的、喝的，哪样花的不是我家的钱？哪样不是我儿子辛辛苦苦赚来的？你还好意思说你付出那么多？你瞧瞧我家宝贝孙子现在怎么样，你是怎么照顾他的？”

孩子妈妈怒极反笑，把《知情同意书》拍在桌上：“我就是这么照顾你孙子的。”

然后她抓起笔，在签名处唰唰写下自己的名字。

老太太彻底火了：“你敢。”

“我生的，生死由我说了算。”

“反了，反了。”老太太也是不甘示弱的主儿，抓起桌子上一杯水就这么泼了出去。

肖旭捂着脑袋，然后那张《知情同意书》被拍到他面前：“你们想装什么就装什么，不管是心脏起搏器，还是核电站，都可以，治死了算我的。”

火星撞地球，他的太阳穴都在跳。

就在他手足无措的时候，白术推门进来了，把病历簿往桌子上一放，冷着脸道：“你们这一家都闹够了吗？”

白术眼神冷飕飕的，怒气从周身蔓延开，两个人都不说话了。

他把淋湿的《知情同意书》扔到垃圾桶里，吩咐道：“重新拿一份，家长仔细看一遍，然后认真负责地签字。”

“小师叔。”第一次不是用那么戏谑的口气，他拉着椅子坐下来，靠近肖旭，慢慢说道，“既然来了急诊ICU，你也应该学着点怎么独当一面了。”

“终于安静了，看不出你们那个帅医生还挺有一套嘛。”

“比我那个鹌鹑弟弟好使一点。”

佟雪被逗笑了：“长得挺帅的，结婚没？有女朋友没？我们教研室有挺多单身小姑娘的。”

肖砚使坏，往白极光的床位方向努努下巴：“那是他家孩子。”

“唉，帅哥果然早早就结婚生孩子了。”佟雪不无惋惜。

真好骗啊，肖砚无奈勾勾唇，似笑非笑。

“你要不要回去睡觉？不早了，明天你还要上班呢。”

佟雪摇摇头：“我怕大宝醒来看不到我会害怕，没事，我等她醒来。”

肖砚坐在椅子上：“辛苦了。”

她长长叹一口气：“做单亲母亲，没有轻松的，其实天下做母亲的都很辛苦。”佟雪使了个眼神，“不过要是让我跟那边家长一样丧偶式教育，我觉得还不如当单亲母亲轻松。”

肖砚点头：“你跟我一样大吧？”

“嗯。”

“想过给大宝、小宝再找一个爸爸吗？”

“我跟人家有什么仇啊，有上来就叫人喜当爹的吗？”

肖砚眉梢带着笑意，跷起二郎腿，托着下巴：“随便你，你过得开心就好。”

“你过得开心吗？”

“我？谈不上什么开心不开心吧。”

“对了，你让我帮你打听的河清街这个地方，我拜托了我高中同学，他在规划局工作，不知道能不能找到这个地方。”

“谢谢啊。”

佟雪犹豫地问道：“这个地方有什么意义？”

“这地方啊，是他记忆中家的地方。”

“林志远？”

“嗯，他是个孤儿，六岁时被一对华裔夫妇收养，他小时候全部的记忆也只有河清街这个地方了。”

“你现在要找这个地方有什么意义吗？人都已经不在了。”

她露出个无可奈何的笑容：“我只是想最后再帮他做点事情吧，人们常说告慰在天之灵，可能就是这个意思。”

肖旭垂头丧气地回到办公室，靠在椅子上发呆。

“怎么了？”陈秩问道。

“陈总？”

“嗯，肖老师你说。”

肖旭被逗笑了：“你比我大啊，你喊我‘肖老师’别不别扭啊？直接喊我肖旭得了。”

“行吧。”陈秩答。

肖旭问：“这些吵吵嚷嚷的家属，你们是怎么受得了的？万一真打起来，那可不是开玩笑的。”

“白老师早说了，真打起来就往那些仪器后面跑，砸了仪器那是医院的事情，自己被打就只能自认倒霉了。”

“服了。”陈秩憨憨一笑，“我以前听过这样一句话，我们医生就是把十几亿中国人的健康背在身上，砥砺前行。我挺热爱这工作，这个世界上总有病人需要我们去帮助，总会有起死回生的时刻，总会有懂得感恩的病人。”

肖旭没说话，倒是唐画转过身子，脸色晦暗不明：“因为你没有遇到不懂感恩的病人，因为这一切没有发生在你身上。”

“对了，你不是打算捐献器官吗？”她慢慢地撸起自己的袖子，露出白皙光洁的臂膀，指着道，“两年前，我捐了造血干细胞。半年前那位病人又发病了，他根据仅有的一些信息人肉到我的社交账号和学校，道德绑架，叫我再捐一次。

“陈秩，如果是你，你怎么办？”

03

在急诊ICU的监护室里，做完手术处在监护观察期间的白极光正在用手机看《海绵宝宝》。

“这么暗，会把眼睛看坏的。”

白极光抬起头，看到熟悉又讨厌的女人站在他床边，笑眯眯地看着他，伸手就要拿他的手机。

小朋友把手机牢牢地护在胸前：“姐姐的手机，不能给你。”

她讪讪地缩回手：“现在感觉怎么样？”

“好点了。”

当她看到床卡上的管床医师“肖砚”时有些惊讶：“为什么不是你小叔叔？”

“阿姨，你是来找我小叔叔的吗？那你去办公室找他呀。”小朋友说完话就扭过头去，还把脑袋缩在被窝里，显然很不情愿继续交流。

“我就是来看看你的。”

“那你看完了吗？”

她一脸尴尬：“那我先走了，你好好养病。”

待她走了，白极光才把脑袋从被子里钻出来，看到肖砚居高临下地看着他，目光有些严肃：“是认识的阿姨吗？跟她说话不能这么没礼貌。”

小朋友撇撇嘴：“可是我真的很讨厌她。”

“为什么？”

“她对我小叔叔不怀好意。”

肖砚翘翘嘴角："你还操这个心？现在小孩真不得了。"

白极光一点都没听出嘲讽，还很得意："那是，我是真的很不得了。"

"应该没什么问题了。"她把病历簿递给白术，"可以转到儿科病房了。"

"谢谢，小朋友很喜欢你。"

"是吗？"

提到白极光，他的话题就被打开："嗯，他小时候就有些敏感和孤僻，我哥嫂去世之后更是。刚才那个来看他的女人，是我父母的邻居，也是我的发小儿，她大哥家的双胞胎兄弟跟极光在一个班级，小朋友比较能玩到一起去，极光才慢慢合群，也会对人有亲近感。"

肖砚有些惊讶："他这样，依然跟平常孩子一样上学吗？"

"虽然家父家母都主张家庭式教育，但是我认为他应该在正常的环境里成长，这样虽然辛苦，但是好在一路都有好心人帮助，他也能顺利地融入集体中。现在他变得很开朗，我也很庆幸自己做了正确的决定。"

"嗯。"肖砚不由得多看了白术两眼。

他骨相、皮相都不错，虽然习惯冷面皱眉，但是细看能看出点深藏的温柔。更动人的是，在他坚持自己的时候有种认定了什么后就至死不渝的少年味道。

"可是他不喜欢她，是因为她做了什么不好的事情吗？"

白术苦笑："他们上课做测验，小孩子胜负心太重，输给了极光，于是跟他说'要不是小姑姑喜欢你叔叔，让我们对你好点，我们才不带你玩呢'。"

肖砚了然。

"你也不喜欢她吧？你讨厌她是因为她居然把对白极光的好，当作与你拉近关系的工具，白极光不应该被这么对待，他值得拥有无私纯粹的爱。"

他哑口无言，这个肖砚，好狠。

他只能轻咳："那个，你有没有感觉到这两天，隔壁办公室气氛怪怪的？"

那天晚上的收尾，沉默又尴尬。

谁也不知道怎么接话，唐画眼睛里藏着那种厌世的情绪，又浓又深。

"我也想当个好医生，我也想生活对我好一点。"她慢慢地说道，然后收拾东西离开了。

想到这里，陈秩就不知道怎么办了。

他只能求助肖旭。

"我也不知道啊，我最不擅长对付妹子了。"肖旭也很苦恼。

"别为难他了，我看啊，唐画过几天就能好了，这种事情说白了也没个对错，就是你宣扬自己的价值观时无意中戳到了她的玻璃心。"郑雅洁也知道了来龙去脉，真是忍不住吐槽，"这事你们没听过吗？当时闹得挺大的，网络喷子把她骂得很难听，她产生这样强烈的反应也很正常，可以理解。"

"仿佛一个刚结婚的在一个刚离婚的人面前秀恩爱。"肖旭只能道，"实在不行，道个歉。"

可陈秩脑子转不过来："我也没做错啥啊。"

得，没法沟通。

唐画却犯了个不大不小的错误。

20分钟前，一个无名氏被送进了抢救室。急救中心说这个中年男人被一对小情侣在街边的花坛里发现，身子挂在矮灌木上，因为太隐蔽了，许久没被发现，所以医生很难判断昏迷时间，病史不详。患者身上有浓重的酒味，疑似酒精中毒，可伴有酸中毒和室速。

于是唐画给了纳洛酮静推和生理盐水静滴，打算等病人清醒时再做检查，结果晚饭还没吃完就被闻讯赶来的病人家属一顿痛骂。

“这医生怎么回事啊？什么检查都不做，就随便给我老公用药。”中年妇女中气十足指着唐画，再指指病人，“我老公滴酒不沾，他酒精过敏啊。”

唐画傻眼了：“那这一身酒气哪儿来的？”

“血液里没有酒精成分。”陈秩飞快地把报告递给唐画，说了这两天两人之间的第一句话。

“你这是误诊啊，医生怎么能这么不负责任呢？我要投诉你。”这位李阿姨上上下下打量唐画，越说情绪越激动，泪如雨下，“你知不知道你这完全是在草菅人命？你知不知道误诊会给我老公带来多大的痛苦？要是延误了治疗，你这就是害人啊。我家老公是我家的顶梁柱，要是他不行了，我们家可怎么办啊？”

深刻的寒意从脚底钻到了心尖，她茫然不知所措地看着这一切——不是的，我没有要害任何人，我从来都没有想过害病人，我跟你无冤无仇为什么要害你，害你全家呢？

陈秩挡在她面前，郑重地道歉：“对不起。”然后转移话题，“刚才给您丈夫做了CT，检查结果显示脑梗，今天你老公有什么不舒服的表现吗？”

成功转移话题，李阿姨收了收眼泪：“他下午说头晕，看东西看不清楚，哦，还说肩膀这边有点不舒服，吃完饭七点多就出去散步了，我以为他颈椎病又发作了，也完全没有放在心上。”

他连忙推一推唐画，把她往办公室方向推，可她就是纹丝不动地站在那边，一声不吭。陈秩心里焦急，但是表现得态度温和：“他有高血压，您知不知道？”

李阿姨摇摇头：“我不知道啊，真的吗？”

陈秩把检查报告单递过去：“高血压，血糖也很高，平时用药物控制血压、血糖了吗？”

“我不知道啊。”李阿姨一脸茫然，“他从来没有吃过这方面的药，家里除了治感冒咳嗽的药也没有其他药，我一直以为他很健康。”

“是脑梗，需要溶栓。”

他关上办公室的门，小声对唐画道：“别瞎想了，不是你的错。”

“是我的错。”

“你别瞎想啊，病人家属就是情绪激动了一下，说了点不中听的话。”

她脑海里瞬间闪过很多，造血干细胞匹配成功的欣喜，身为医学生的自豪和骄傲，措手不及的私信，网上大篇幅的谩骂，道德的审判，还有童年的心理补偿原则，成人后曲折的道路，还有那个黯然早熟的灵魂，被生活摧残的同时正在冷冷地看着她。

唐画忽然说了句什么，走廊的喧嚣声有些大，他没听清楚。

“什么？”陈秩回过神。

“当医生好累。”人生有很多道路，当医生好累。

“……”

沉默许久，他终于皱着眉头走出去。

他把《知情同意书》递给家属：“现在我们要做溶栓，但是会有严重的并发症，脑出血，希望你们尽快考虑好签字。”

“严重？有多严重，会死掉吗？”

陈秩非常谨慎：“并发症是有发生的概率。”

“这么危险你们想想其他解决办法，为什么要做这么危险的治疗？”

“因为病人右侧身躯已经没有知觉了，如果再不决定，可能脑梗死的范围还会进一步扩大。”

“那……那我签好了。”

陈秩却没有立刻离开，平静认真地说道：“那位唐医生并没有做错，或许不够谨慎，但是并没有耽误时间，也没有延误抢救。虽然她根据自己的经验按照酒精中毒方案来处理，但是同时抽了血，检测酒精浓度，也第一时间把病人送去CT室做了检查。她太急着抢救病人，导致犯了错误。

“您着急慌张害怕都可以，但是请您不要觉得医生要害任何人。”

时间是10点15分，阿替普酶用微量泵静脉泵入，陈秩拉凳子坐下来定了闹钟。

唐画慢慢地走过来，眼神有些闪躲："一个小时是吧？我在这里就行了，你去忙吧。"

"我也没啥事，你不坐吗？"陈秩指指旁边的凳子。

她摇摇头："我站着就行。"

陈秩不知道怎么劝她，只好说道："不是你的错，你不要想多了。"

她似乎哽咽了一下："是我的错，我经验不足，主观意识太强了。"

陈秩叹了口气："其实很多时候，医学是个结果论，大家追求的都是医疗结果，如果结果是好的，过程什么的，也不太重要了。按照这个思路，首先，误诊跟溶栓没有半毛钱关系；其次，溶栓六小时内都有效果，你的错误完全影响不了治疗效果。"

她抬起头，眼睛闪烁，接着被眼睑压过："是吗？"

背后传来肖砚一贯冷冷的声音："如果你执意把这件事当成误诊，真的把它当成你的失职，那我不介意把这件事上报。如果病人家属抓着这件事不放，那就是一件无厘头、莫名其妙的医疗事故，走和解或者诉讼程序，最后医院替你赔偿了经济损失，也赔了名声。你看这样的结果你满意吗？能弥补你自私狭隘的自责心和怜悯心吗？"

唐画深吸口气点点头："我知道了，谢谢肖老师。"

"没什么好谢的，要谢就谢白老师。"

深夜一片寂静，夜里温度低得让人战栗，今夜不似往日那种平静悠远，没有星月，只有乌黑的云层厚厚的，越压越沉重。

他们两个沉默地坐在病床旁边。

忽然唐画开口："你为什么学医？"

陈秩皱着眉思索了半天："我啊？不知道，就糊里糊涂地考上了，幸好很喜欢，就决定坚持下去了。还有我爸妈很支持我学医，他们觉得我能当医生特别自豪，特别有面子。"

"你是为了爸妈学的吗？"

“为谁学不重要啊，人在每个阶段，动力都不同，最重要的是我已经成了医生。”

“挺好的，医学界还有你这么难得明白的人。”

“你呢？”

“我啊，为了赚钱。”她似乎下了很坚定的决心，说服自己，说给他人听。

忽然倾盆大雨从天而降，激荡而粗犷，瞬间视线已经模糊。

她的声音听起来像裹着一层水，在这个夜里，不知不觉地想吐露更多：“为了赚钱，所以我要用最快的速度，越快越好，爬上去，所以你让让我，行吗？”

他难得有这么坚决的时候：“不行，公平竞争。”

“我怎么跟你公平竞争？”唐画露出个嘲讽的笑容，“你家多有钱啊，医院领导多关照啊。”

“那你就做得比我还好。”

第九章

生如夏花

Thank you doctor

01

“会诊，会诊。”陆平安举起电话，“肖砚、白术，2号楼1楼行政会议室，现在、立刻、马上。”

肖砚看了白术一眼，仿佛在询问为什么院内会诊会喊到急诊重症。

他站起来，给她一个安抚的眼神：“知道了，马上去。”

她根本不想出门。

回国之后，肖砚最不能适应的就是极端的天气——明明已经立秋了，骄阳猛烈地炙烤着大地，天空就像是巨大的无色反光板，照得人头晕目眩，滚烫的热浪就像是潮汐一般涌来。

命是空调给的，而从3号楼走到2号楼的这段毫无树荫遮挡的几百米，已经让肖砚的盛火燃烧到极点了。

白术一眼就看出来她想什么：“我说，你能不能别摆着一副‘我去杀人’的脸，我跟你讲，能让我们去会诊的，里面肯定有什么玄机。”

她嘀咕了一句，被蝉鸣声掩盖住，他耳朵尖却听到了。

“我不信，要是疑难病症早就全院讨论了，肯定是蠢货都能诊断的患者。”

白术无奈地抹抹汗，这女人要不要这么聪明啊？他真的很怕等下这顶着副“仇杀脸”的肖砚报复社会。

果然她要爆发了。

“患者，33岁，女性，复发性乳腺癌，病理检测为浸润性导管癌，两年前施行右侧单纯乳腺切除术，术后化疗加放疗。手术后的第13个月，病人被发现右侧腋窝淋巴腺病变，细针穿刺确定为低分化转移性腺癌，随后腋窝清扫发现十枚淋巴结中有两枚出现累及转移。术后病人腋窝处接受额外50 Gy放射剂量的照射。在接下来的五个月，病人开始接受五个疗程的包括吉西他滨和卡铂的辅助化疗。”

屏幕上，PET-CT图一张张地显示出来。肖砚撑着下巴，冲着白术露出个冷笑：“复发性乳腺癌，这就是你说的玄机？”

满脸怨恨的肖砚啊，他艰难地咽了口口水，然后从手心展示出一个红色的圆球，滚到她面前：“这是玄机。”

软心巧克力糖停在她面前。

“热，不想吃。”她还是冷着脸。

“巧克力不是只有一种吃法，夏天我很喜欢吃和路雪，尤其是那外面一层比利时进口的巧克力，后来我发现把巧克力放在冰箱里冷冻一下，就完全是那个味道。”

“挺会吃的啊。”

小球迅速变成一张塑料纸，然后又被那双手折成了整整齐齐的方块。

“哪儿来的？”

他不自觉地摸摸鼻子：“人家送的。”

他就听她轻笑一声：“是吗？仙女下凡送给你的吧。”

他没回答，思忖着她是不是发现了什么。

“所有人都到了吗？那么开始吧。”

“有家族史吗？做基因筛查了吗？”有人问道。

“无家族史，BRCA基因突变[①]。”

---

① BRCA基因是重要的抑癌基因，包括BRCA1和BRCA2，二者主要参与DNA损伤修复和转录调控。若BRCA基因突变导致BRCA蛋白功能缺陷，则会影响基因组稳定性，并引起多种癌症的发生。携带BRCA基因突变不仅增加了女性罹患乳腺癌和卵巢癌的风险，同时，其他肿瘤的发病风险也成倍增高，如前列腺癌、男性乳腺癌、胰腺癌以及黑色素瘤等。

“手术？化疗？免疫？”治疗的方案就那么几种，很快讨论声就消失了，众人沉默对视。

肖砚眯起眼睛指着屏幕上的超声图，对白术小声道：“你看，木质样组织和源于放疗的弥散性疤痕，这手术过程肯定非常困难，我敢说做这台手术的是个高手。”

白术佩服她的眼力，能从肖砚嘴里听到夸人的话真是不那么容易，但是也有点隐隐的不开心——为什么她从来没有夸过我？

“是普外的顾老师做的。”他解释道。

肖砚露出个若有所思的表情：“有机会认识一下。”

“顾老师早就结婚了。”

她转过头平静地看着他，缓缓地问道：“你脑子里究竟在想什么啊？”

“咯，我们还是讨论病人吧。”

“没有什么好讨论的，乳腺癌后出现软组织团块，跟小学生知道1+1等于2那么简单。”

“这个患者，是同和地产夫人呢。”白术压低嗓门说道，“虽然是简单的诊断，治疗方案也寥寥可选，但即便是这么无意义的事情，也要全院专家教授进行会诊，这就是所谓有钱人的权利吧。”

“多大？”她侧过脸问道。

“33岁。”

“真年轻啊。”忽然她慵懒而散漫的声音拔高了八度，“你们有跟病人讨论过她的需求吗？”

她原本挺直的背，垮垮地靠着椅背，整个人呈现出一种放松自然的状态，即使所有人的目光都集中在她的身上，也还是一副淡然的口吻：“治愈是不可能的，那么病人需要达到什么样的治疗效果？减轻疼痛？改善生存质量？减少皮肤溃疡运动障碍等并发症？”

鸦雀无声。

“如果没有转移，那就果断一点，截肢吧。”她无视所有人惊诧或者怀疑的眼光，继续说道，“求生欲那么强，一定有原因啊。你们总说要贴近患者，都离那么近了，却连人家基本的需求都不知道。”

求求你了，不要嘲讽了，都是友军啊，白术绝望地在心底哀号。

骄阳终于在明晃晃的天空中静静地往西移了几度，而那片树荫终于可以挡住耀眼的阳光落在他们的影子上。

会诊结束，她明显心情很好的样子，边走还边哼着不成调的曲子。

“断臂求生。”肖砚一脸遗憾，颇为可惜道，“我刚才怎么没想到这么合适的成语呢？”

“你觉得病人能同意？”

她身上带着强烈的疏离感和森然冷意，这种气场只有在她与别人讨论正事的时候才会短暂地减淡，甚至会变成某种类磁体的吸引力，让她的话语和表情更丰富动人。

“医生要是医治的只是躯壳就好了，疾病如果不能根除，就应该选最贴近患者需求的治疗方案。穷人有穷的需求，可能只是多加镇痛就回家等死，富人有他们的想法。你说的这个患者，我知道，他们上手术台时会讲她的八卦。”

白术也知道。

他问道：“你觉得病人的需求是尽量延长生存时间？”

“她大概已经知道绝症无药可救，延长生存时间不过是给自己的下一代争取更多利益，我只是给她最好的方案。”她仰起头看着天空，伸出手指，比了一段距离，“33岁的女人啊，其实离黑暗的距离还远着呢，我也33岁，或者某天我也会莫名其妙地被检查出绝症，或者出意外。人生其实跟数字没有多大关系，数字只能变成别人为你惋惜的理由，不能成为你避免生命终结的砝码。”

他无奈地看着肖砚：“……你这个人嘴上怎么那么不忌讳？”

“人嘛，想得开才是好的。”

“你怎么能这么想得开呢？真不知你是大彻大悟还是没心没肺。”

他话音还没落，就看到她眼睛直直地看着他，眸光里仿佛带有重量，一寸寸地往他眼里碾轧，让他有点茫然无措。

“都不是吧，是教训。”

气氛忽然变得有些怪异，白术的脑子转得飞快。

“是什么教训？”

“对我好奇吗？想打探我的隐私吗？想了解我的过去吗？”肖砚歪着头，瘆人地笑了一下，“不要枉费心思了，同事关系而已，除非你打算追我。”

好像是乌云翻腾的荒原上劈下一道闪电，把他脑子劈成一片空白，然后他无辜地眨眨眼，语气干巴巴地说道：“你知道吗？你这么说真的很……雷人。”

“你对我这么兴趣盎然，我多少会有点想法吧。”她手指在下巴上蹭了蹭，一副审视的样子，“没兴趣就好，我只想当你的同事。”

肖砚刚回到科室，就看到一个30多岁的女人站在门口。她穿着一身淡色连衣裙，成熟白领精英气质，拎着香奈儿的手袋，妆容掩饰不了浓浓的黑眼圈。

她看到肖砚，便走过去，露出职业微笑，随后递上名片：“肖医生，你好，我是卫视《医者仁心》节目的策划，我叫何执书。”

自从肖砚“心脏移植手术”一战成名，无数媒体想采访这个年轻漂亮的归国华裔医生，但都吃了闭门羹。这些自视甚高的媒体居然没有称她“自视甚高、目中无人”，而是形容她“醉心医学，是国内医学界的一股清泉”。

她深深佩服媒体玩弄文字的能力。

“抱歉，我不接受媒体采访。”她的逐客之意很明确了。

何执书从包里拿出整整齐齐的策划方案，厚厚一摞递给肖砚：“我知道肖医生很忙，并没有时间跟我们会谈，所以这里有两份策划方案，第一份只需要花费五分钟，如果肖医生看完之后有兴趣，可以再看另一份需要花费十五分钟更详细的策划方案。”

何执书一点都没有强迫的意味，也没有卑躬屈膝的感觉，平等的交流让肖砚非常舒服。她接过来，难得给媒体工作者一个积极的答复："我会给你消息。"

何执书也没有多言，把手边的咖啡袋递给肖砚："咖啡而已。"

然后她就笑笑走了。

肖旭倚在走廊墙上："这是我姐第一次没有直截了当地拒绝媒体，估计对这个女人还是蛮有好感的，不过能在走廊上站上一个多小时的女人，也不是简单的人啊。"

白术不说话。

"怎么了？"

"小师叔，"他缓缓地开口，"问你个问题啊，有很多男人追过你姐吗？"

肖旭冷哼一声，翻了个白眼："你死心吧，我姐有男朋友啊。"

他心里咯噔一下，心尖有几不可察的紧张感，然后又恢复如常。

"不是，我觉得她有些误会，她怎么会觉得我想追她呢？"

肖旭怜悯地看着他："白老师，不是我说，你真的对我姐有那么一点不一样。"

"是吗？"

"嗯，我说了你不准揍我，你对别人，特别狗；对我姐，也很狗。"

02

入秋，早晨的空气里有一丝凉意，很清爽。

肖明山有早起晨练的习惯，此刻正在院子里侍弄那些花花草草。肖砚起得早，便帮老爷子递水管、施肥、铲土。

"于我来说，植物花卉既是孩子又是爱人，看到花草成长，有新叶子有新芽儿，就像看到自己孩子的成长，心里很开心啊。

"花和人相似，在养花的过程中，需要浇水、施肥，还要及时修剪枝叶，就像人要不断地纠正自身的错误习惯和行为一样。”

肖砚真的忍不住了：“我觉得您这些道理牵强附会。”

“就是就是，放过花花草草吧。”肖旭打着哈欠，把脑袋从窗户里伸出来，“大早上的想睡个懒觉怎么那么难？我睡着睡着还以为自己上了思想教育课。”

“去去去，我借景抒情怎么了？我还会写诗呢。”

“老头写小酸诗。”肖旭竖起大拇指，“棒棒的小学生水平。”

“滚吧！”

“轻点，轻点，不要把根弄损了。”老头眼瞅着那棵杜鹃就要被肖砚拦腰挖断了，连忙阻止，“去，去，让你轻点，做手术还知道轻重，怎么种个花就没轻没重的？”

她只好把铲子丢一边：“算了，没什么养花天分。”

“怎么样？在医院还适应吗？”

“没什么适不适应的，医生在哪儿不都是医生。”

肖明山还是有些不放心：“凡事要低调，做医生一辈子没有污点，才算是善终。”

她点头：“爷爷，我知道。”

“还有啊，你也不小了，30多岁了，能结婚成家就尽快吧。”

她脸色暗淡下来，声音带着鼻音，又低又沉：“现在不考虑这个问题。”

“现在不考虑什么时候考虑啊？你在美国的时候不找，回国也不找，想干吗呢？”

她难得变得有些呆，皱着眉不知道怎么回答，就听肖旭懒洋洋地哼唧道：“得了吧，姐，你可千万别上当。你要是谈恋爱约会、花前月下，老爷子肯定说现在年轻人觉悟不够，层次太低，工作太少，没有点为国为民的大志向和定性，真不知道怎么讨好他们这些老年人。”

肖明山气得吹胡子瞪眼睛，转身去侍弄那些花草了。

肖砚差点儿笑出声，靠着窗户享受阴凉，问道：“这套说辞你跟谁学的？”

“我爸老这么说我，有一次他套路我，说给我介绍个漂亮妹子，我可激动了，问有没有照片看看，结果就被骂了，他说我胸无大志，沉溺于儿女情长，我还什么都没干呢。”

“他怎么什么都管你？”肖砚觉得奇怪。

“我也不能理解，大概就是中年男人面对青春逝去，掌控欲日益增长，把希望投射到所谓血脉身上的不甘病吧。”

“你今天早点去科室，我请了一天假，有事给我打电话。”肖砚忽然说道。

“哦，好的。”肖旭眼珠转了转，“我觉得这几天，‘小师侄’不怎么爱讲话了，冷着脸，爱答不理的样子。”

“是吗？他不是一直这样冷冰冰的？”

“姐，你就睁眼说瞎话吧！我言外之意你就没听出来吗？你是装的吧？我跟你讲，‘小师侄’都被你吓得不敢跟你说话了，咱们科室的气氛刚刚缓和，现在又紧张起来了。话说姐你也太自恋了吧，稍微对你态度好一点就说人家对你有意思，真的有点过分了。”

“离远点也好啊。”

“嗯？”

她眼睛里有笑意，说出的话却是冰冷的：“省得害死他。”

吃早饭的时候，她把何执书给她的策划方案拿出来看了一眼。

策划方案巧妙地划开了观众和医生的距离，成功塑造医生的精英形象，充满温情，也给目前紧张的医患关系很中肯的意见表达途径，但是她并没有任何兴趣。

倒是肖明山无意中看到了：“这是老何家的小姑娘吧？”

“不认识。”

“他家啊，中医世家，偏偏出了个死活不学医的小姑娘，当年报高考志愿时差点儿跟家里断绝关系，现在她在干什么？”

“节目制片人。”肖砚抬起头，目光落在对面的肖旭身上：“你把这份策划方案给陆平安看看，没准儿他会有点兴趣。”

她吃完饭就出门，这座城市发生了翻天覆地的变化，跟她记忆里的完全不一样。

那条路现在已经拆了，只能划出大概的范围，她沿着青砖老建筑一栋一栋地寻过去，狭窄的小径上，放眼望去，几株桂树花苞都没有结起，绿油油的枝叶仿佛在积蓄着力量，等待着在深秋绽放。

“我记得小时候住的地方，斜对面是个小商店，就是那种玻璃柜门里摆满了甜点，街的尽头是个邮局，街边竖着绿色的邮筒，剩下的我就完全不记得了。”

这个地方已经变成了沿街的小商铺和餐饮店，跟这座城市其他的街道一模一样。

她抹了下额头上的汗，茫然地看着周遭。

自己离开这座城市时才上初中，别说现在的街道景致，就算是时光倒流十几年，街道回到她离开时候的样子，她也完全认不出。太阳的光落在街道上，一点点地变换着角度，她深深且无力地感到自己是在做一件毫无意义的事情。

不知道坐了多久，忽然有个人走到她面前，声音很轻、很缓地开口：“姐姐，你在等人吗？”

肖砚抬起头，看到了一个脸色苍白、身形孱弱的男孩子，他手里捏着一张她的人像素描：“我是个画手，不好意思，一时技痒，这张画送给你。”

她微微一笑：“谢谢。”

他转身走到街角收拾东西，肖砚这才发现他已经待了很长时间，白色的画纸上是绿色的叶子，泛着嫩黄的桂花花苞，色调温柔阳光。

他小心翼翼地把画卷起来，然后放到纸筒里，笑眯眯地对她挥手道别。

忽然他捂住嘴巴，弯下腰大口大口地呕吐，然后瘫软在地上激烈地抽搐起来。

肖砚立刻背起包冲过去。

中午，肖旭得到消息，第一时间守在绿色通道门口，救护车后车门一打开，他愣住了："姐？"

肖砚坐在救护车里，扶着氧气面罩，衬衫上留着呕吐物的残渣，头发也有些散乱，尽管这样，仍镇定地说道："抽搐两次，一次发作两分钟，一次发作五分钟，昏迷，呕吐一次。"

肖旭揉揉眼睛："姐，你是柯南体质上身了吗？"

"是食物中毒吗？"

"不是。"白术把资料和CT片子递给她，然后长长地叹一口气，"这个患者我认识，三年前在我们医院做的腹腔镜胃癌根治术。"

"但是片子上很干净，不是什么好事。"

唐画略哑了嗓子，艰难地说道："我认识他，他叫高鸣，那台手术是我大老板做的。"

她作为二助在手术台经历过一场很普通又很特殊的手术——腹腔镜胃癌根治术，由主任操刀，一助是她那个爱八卦的师姐，瞅着那张清俊的脸就止不住叹气："这孩子太可怜了，长那么帅，还那么有才。"

"哦？"主任抬起眼皮多看了一眼，她更是好奇，细细地打量着这张脸。

"这孩子是个画手，把自己生病的经历画成了漫画，在网上连载，可火了，还出版了。他在微博上说要把稿费全捐了，给其他困难家庭的孩子治病。"

怪不得这个俊秀的男孩住院的时候，总是手不离纸笔，别人都在玩手机，他却认真写着画着什么，有时候还会瞅着他们医生兀自露出单纯而颇有深意的笑容——

敢情他们都是被当作素材了。

手术很完美，主任经验老到，不光是癌变组织，连淋巴结都逐个扫除了。

男生做完手术后开口说的第一句话就是："医生们辛苦了。"

很多人第一时间唤来家属，而把医生的作为当作一种应得的消费。她有些意外："伤口疼吗？"

"有点。"

"要不要加镇痛泵？"

"不用了，这点疼我还是可以忍受的。"

"我是你的管床医生，我叫唐画。"

她微笑着，第一次特别温柔和耐心地做着自我介绍。

"我知道你，我早就知道你了。"他苍白的脸上浮起一丝绯红，"唐医生。"

等大主任来的空闲时间，她拿手机翻看他的微博，他不小心瞥到了，顿时很惊慌："哎，我掉马甲了吗？你们都知道了吗？"

她忍俊不禁："科室医生、护士都知道了。"

"哎呀，感觉忽然不能直视你们了。"男生害羞地转过脸，"抱歉，我画得不好。"

"怎么会？很好呀，你画得特别有趣，哈哈……原来主任查房时我们是这个样子的吗？我都没有注意欸，哈哈……真的欸，查房医生太多了，我都快要被挤到墙里了。"她边翻边笑，"我买了你的书，你一定要给我签名。"

"你不用买的，我可以送给你。"

她抿了抿唇，什么都没说，然后悄悄地站在大主任身后，目光专注地看着他的一举一动。

那天是初春的开始，病房外的树枝抽出了今年的第一枝新绿。

高鸣躺在病床上，欣喜地看着这一切："看来我的病肯定能好。"

"当然啦，要有信心。"

第二天，陆续有人来看他，从被家长抱着的小孩子到初出茅庐的毕业党、工作党到大叔大妈，祝福的卡片和鲜花堆满了床头。

“都是我的粉丝。”他甜甜地笑起来，“还有我帮助过的家庭，看他们的孩子康复，真是太开心了。”

“那你要快快好起来啊。”

“当然啦，我还要画很多很多漫画，画一辈子，去帮助更多生病的人。”

03

“片子上什么都没有。”唐画语速又急又快，像是要说服自己一样，“没有转移，不可能有转移的，不可能有坏事的，那台手术做得很完美。”

白术和肖砚默默地对视了一眼，什么也没说。

“今年六月因腹水就诊，病理活检为低分化腺癌，化疗方案为顺铂联合氟尿嘧啶，效果很明显，第二周期结束腹水完全消失，第三周期胃镜显示无溃疡等病变。”

“脑转移了吧？”肖砚在考虑病情的时候总是冷静又有条不紊，唯独不那么笃定的时候会微微锁着眉头，淡淡的冷峻不经意流露出来。

唐画摇摇头，指指CT片子：“可是片子很干净，什么都没有，会不会是药物副作用？”

肖砚眉头锁得更紧了，望着唐画的眼神里都是“你是医生，你看看你说的是什么白痴话”这样的意思，不过终究没有说出口，只是吩咐唐画：“你可以找肿瘤外科会诊。”

唐画应声，然后有些悲伤地说道：“他是第一个反过来安慰我的病人，我做得不好的时候，他跟我说，看看花草树木，看看鲜活的生命，再看看他这样得了绝症的病人，我已经很幸福了。可是我现在觉得上帝不公平，想活的活不下去，那么好的人活不下去。”

“唐画。”肖砚终于开口，“你每日摆出冷冰冰的样子，规规矩矩地做着医生该做的一切事情，一个病人就可以让你彻底露出——医学上的浪漫主义情结。”

肖砚抿起唇，那副横眉冷对的模样映衬着柔和的灯光，美得骇人：“你是医生，不是诗人，我劝你最好不要逾矩，医生不能够对病人有私人感情。”

唐画惊讶地瞪着眼睛，然后摇摇头，声音缓缓的，像在背诵一首诗：“后来，他们找到了一盏还亮着的油灯，一把被挪动过的梯子，散落在地上的画笔，还有混着绿色和黄色颜料的调色板，而且——你看看窗外吧，亲爱的，看看墙上那最后一片常春藤叶子。你不是奇怪风那么大，它怎么能不飘动也不掉落吗？哎，亲爱的，那就是贝尔曼的杰作。”

她眼泪瞬间就掉下来：“欧·亨利的《最后一片叶子》，这就是我对他的好感。”然后擦擦眼泪，低头走了出去。

窗外一片明亮，监护室的灯昼夜开着，她站在走廊上，背靠着墙，努力地调整情绪，准备去肿瘤外科找她以前的导师。

“怎么了？”郑雅洁恰好撞上唐画。

她揉揉眼睛：“没什么。”

“你不用在意。”郑雅洁搂了搂她的肩膀，“一个永远觉得拯救病人的是冷冰冰的机器与医生的阅历和经验的人，没什么好沟通的，我早就看她很不爽了。”

她挤出个僵硬的笑容：“没事，你想多了，我去找我老板。”

她拿着病历簿从监护室经过，就听到高鸣用虚弱的声音喊道：“唐医生。”

隔着五米的距离，她都能看到他骨瘦如柴的躯干，被覆盖在雪白的被子下面。他很安静，也很平和，试着去抓起自己的手机，然而那双手颤颤巍巍的，什么也握不住。

“我手抖，头也很疼。”

“要不要给你上点镇痛剂？”记忆中她好像是第二次这么问他。

“好的，我真的疼得有些忍不住了。

“唐医生，我这次能好吗？”

她努力扯动嘴角做出轻松的笑容：“当然会好了，你自己都说了，要有希望。”

高鸣点点头，然后闭起眼睛，忽然流下了一滴眼泪。

她心痛到快要窒息。

会议室里是愁云笼罩、悲痛欲绝的家长。

高鸣的父母衣着考究、气质卓越，一看就是非富即贵的家庭。父亲神情紧张焦虑，而母亲已经抑制不住地痛哭起来。

“脑转移了吗？”父亲还能留存着理智和坚强。

唐画点点头。

母亲哽咽出声：“从发现胃癌到现在才三年多啊，为什么这么快？他才24岁，那么年轻，人生才走几步，为什么会这样？”

唐画抿了抿唇，不知道怎么回答。

“医生，就没有一点点希望了吗？”

“目前我们还是用放射治疗，可以延缓一些时间，明天可以转到ICU。”

“可还是无济于事吗？”

她点点头：“我们已经跟肿瘤外科的主任会诊过了，已经脑转移了，所以没有办法。

“高鸣的手术，是我大老板做的，当时我是二助。我亲眼看着肿瘤组织被切掉，周围的淋巴结被扫除，然后他被推出手术室，我是他的管床医生，看着他从昏迷到清醒，然后一点点地好起来。现在脑转移了，我很难过。这种难过不仅仅是因为我们当初的努力，就到此为止了，更是因为他是很多人心目中的‘最后一片叶子’。他如果凋零了，有些东西，大概也逝去了。”

会议室里一片死寂。

在病房门口，一个七八岁的小男孩探着头，然后小声地问道："夏天哥哥是住在这里吗？"

护士连忙上去拦住："小朋友，这里是急诊重症监护室，你不能进的。"

"我只是想看看夏天哥哥，跟他说一声'谢谢'。"

护士一脸迷茫："没有叫夏天的人啊。"

恰巧唐画路过，她解释道："那是高鸣的笔名，你是他的小粉丝吗？"

"他是我的偶像，也是我的救命恩人。"他伸出左手，唐画清楚地看到他的小拇指和无名指有深深的疤痕。

从后面跟上来的大人，满怀感激地对她解释："是他筹钱让我的孩子保住了这两根手指，虽然医生说伤到了神经，很难恢复，但是我们全家已经很开心了。"

这是一个开着小食店的普通家庭遭遇的飞来横祸，八岁独生子的手指被机器卷了进去，尽管没有生命危险，但是高昂的医药费让这个家庭却步。

"不植了，付不起医药费。"年轻的爸爸在医院急诊室拒绝了医生的建议，然后孤零零地蹲在角落痛哭。

却真的有善良的人，高鸣画的那幅卡通漫画打动了百万网友，用网络强大的力量帮他们在一个小时内众筹到了手术费。

手术成功，全家人喜极而泣。之后一年多时间，年轻的父母起早贪黑，一点点地还网友筹的钱，最后最大的一笔却被退了回来。

他说："我不需要了，把钱和希望留给孩子吧。"

"你就是夏天哥哥？"小孩子露出惊喜的表情，然后伸出左手，把手指放在他的手心里，"谢谢你，夏天哥哥。"

他轻轻地握了一下，欢喜地笑起来："是你？真好。"

"哥哥，你生病了吗？"

“嗯。”

“哥哥要加油，我妈妈总是说‘好人会有好报的’，哥哥那么善良，一定会有好报的。”

他点点头，轻轻地笑起来：“会的。”

“对了，我画了幅画送给哥哥。”小孩子从书包里掏出一张卷好的纸，小心翼翼地展开，“我画得没有哥哥好，但是我已经很努力了，这是我用左手画的哦。”

五颜六色的花，还有太阳。

“这就是夏天的样子，夏天哥哥，你的名字就跟夏天一模一样。”小男孩讨好地笑。

“好厉害，我很喜欢，谢谢你。”

“所以哥哥一定要加油好起来，我要向你学习，我以后要成为和你一样厉害的漫画家。”

他点点头，露出个虚弱的笑容。

唐画鼻子一酸，眼圈红红的，转身进了办公室把门轻轻地关上，眼泪忍不住掉下来。

放疗结束后，他慢慢地说道：“我好像感觉好了一点。”

陈秩有些意外：“看来对放疗很敏感啊，是好事。”

“我想画画。”

“你现在需要休息。”

“可是我感觉好了一点，手都不抖了。”

陈秩犹豫地看着他。

“画吧。”唐画走过来，面色僵硬地笑起来，“但是只能画一会儿。”

“陈秩，你还没吃饭吧？先去吃吧，我陪着他。”然后她在陈秩耳边轻轻说道，“化疗没有任何用处了，这是回光返照。”

其实是很短的四格漫画，他画了很久，因为精神实在不济。

“要不明天再画吧？”

“还有一点儿。”他眨眨眼睛，“我感觉我画不了多久了，现在多画一笔都是奢侈。”

他花了很长的时间，终于画完了——简单的铅笔手稿，也没有上色，也没有用扫描仪扫到电脑里，只是用手机简简单单拍一张图，就传到微博上去了。

“要写什么呢？我帮你吧。”

“夏天要结束了，祝大家都健健康康，过好每一个夏天。”

她发完微博，给他看了一下，这时候高鸣的眼皮终于坚持不住耷拉下来：“唐医生，我有点困了，想睡觉。”

“嗯，好好休息一下。”

唐画走出病房，长长叹了一口气，然后走到高鸣父母面前：“尽可能陪着他吧。”

转过身，她的眼泪就哗哗地流了下来。

“回光返照了。”唐画坐下来，目光呆滞地看着窗外，“最后一片叶子，也要落下来了。”

“这个世界上本来就没有什么最后一片叶子。”肖旭托着下巴，也看着窗外，“该走的终究都会走的，我们医生终究只是人，又不是神，能拯救一切。”

唐画看着他们：“你们怎么还不回家？”

“嗯，还早呢。”

“没事，陪着你。”

“我没啥事，就我是住院总，得24小时都在医院。”

办公室里静静的，不知道谁忽然打开了音响，在静谧悲伤的钢琴声中，窗外的树叶晃动着，发出沙沙的声响，墙上钟的指针嘀嘀嗒嗒地转着。

忽然外面护士喊道：“医生，八床。”

唐画脸色大变，几乎是蹦起来冲出门，随即所有人也都站起来。

病房里的心电监护仪在持续地响着，病床上的男生眯着眼睛，神志不清，嘴里在嘟囔着些听不清的言语，父母站在一旁已经泣不成声。

唐画第一个跑来，眼睛里噙着泪水："现在什么情况？"

即使有了心理准备，她还是很难接受在这么短的时间里，一个年轻生命的陨落。

"气管插管，CPR。"唐画当机立断。

她却被肖砚阻止："病人签署了放弃治疗。"

她有些惊讶，看着高鸣的父母。父亲眼泪在眼里打转，然后轻轻地点了点头："他不想再接受抢救了，所以放弃治疗，想把生的希望留给更多有需要的人。"

这大概是ICU所有人经历过的最短暂的死亡，也是他们经历过最长最痛的死亡。

什么都不能做，他们眼睁睁地看着如此年轻的男孩，生命一点一滴地消失，就像是在等着蜡烛燃尽最后的光火一样无助和绝望。

最后唐画在镇痛泵里加大了剂量，强忍着泪水："让他没那么痛。"

最后监控仪器所有的线，都归于一条闪烁的直线。

她紧紧地咬着嘴唇，阻止眼泪落下。

病房里一片死寂，最后肖砚轻轻开口："你来吧。"

唐画抬起头，视线有些模糊，但是还能精准地辨认出时间，她懂所有人都在等她宣布死亡时间："21点50分。"

说完她走出去，蹲在走廊的地上，把脸埋在臂弯里无声地流着眼泪。

最后一片叶子，终于凋落了。

这一个如常的晚上，高鸣的微博伴随着讣告和一份声明，正式结束了。他那些可爱俏皮的漫画人物、医院的故事，最后被定格在这个夜晚。

他手写的遗言，字迹如其人一样俊秀。

“我会把出版所得稿费全部捐出来，把钱和生的希望留给别人，我离去如秋叶之静美，希望你们生如夏花之绚烂。”

百万人转发微博并留言，微博上一片哀悼和悲伤。

“你做得不错。”肖砚离开时这么说，“我觉得我这样的医生，需要你这样的助理。”

她又忍不住哭出来。

04

下班的时候，难得陆平安跑到办公室对白术说：“早点回去。”

然后徐一然下班的时候也跑来找他，骨头都要断掉似的软绵绵地靠着墙，有气无力地说道：“你还不回去啊？快点回去吧，要不晚上我俩去吃个烧烤？”

“不去，不去。”

最后郑雅洁下班的时候笑嘻嘻地过来，挤眉弄眼：“白老师，你早点回去啊。”

肖砚终于按捺不住好奇心了：“他们为什么都说要你早点回去？”

他微微挑眉：“你想知道啊？”

虽然好奇，但她脸上还是保持着平静：“想。”

这回轮到白术得意了，不过他脸上倒是绷得住笑，云淡风轻又很嘲讽地说道：“呵呵，就不告诉你。”

“快。”

他还扭了两下肩膀，唱起来：“就不告诉你，就不告诉你。”

肖砚拍拍桌子，忽然脸上换了一副哄猫逗狗的诱骗表情：“快说！”

“不说。”

肖旭静静地听了半天墙角，才敲门进来，挖挖耳朵忍不住吐槽：“都2018年了，人类进化到这个地步，我居然还能听到如此幼稚的对话。姐，你想知道我告诉你好了，白老师明天要去录节目。”

“录节目？”

“是啊，就是你上次推荐给陆妈的那个何小姐的节目，我也要去呢。”

“挺好的。”她目光一寸一寸地审视着白术，看得他心里有些毛毛的，“给你一个建议，早上可千万别起猛了，省得智商落被窝里。”

白术气啊，这句话是他用来嘲讽徐一然的。前天徐一然接了自己爸爸打来的电话，看都没看第一句话就是：“喂，您好，急诊ICU。”

“……”

下午去核磁室，核磁室的电话响了，没人手，白术帮忙接起来就说：“喂，您好，急诊ICU。”

“对不起，打错了，我找核磁室。”

“……”

一屋子人盯着白术看。

白术只能一遍遍地解释：“我早上起猛了，智商落被窝里了。”

结果这事被肖旭他们拿来一遍遍地笑说：“‘喂，您好，急诊ICU’这句话应该录成我们的彩铃。”

这是何执书策划的医疗节目，既不是目前电视栏目里流行的求医问药大讲堂，也不是医疗类的纪实节目，而是谈话交流类的节目——收视率不高，随时可能被腰斩。

谈话类节目偏爱找娱乐影视明星，因为娱乐圈艺人的生活跟现实生活有别，所以有神秘感，而普通人很难激起各年龄层观众的了解欲。他们也试着请过别的嘉宾，虽然达到了专业性，但是在这个看脸的时代，单调乏味的面孔、死板的说辞和乏味的沟通交流只能让寥寥观众满意。

白术俊颜冷面，有种藏在骨子里不动声色的狡猾；徐一然则是逢人就笑，眼神动作无一不让人感到被关照；而肖旭便是标准乖孩子脸，眼神无辜懵懂。

“果然做任何节目都要看脸啊。”

何执书也有些感叹：“要不是我家那个弟弟年纪太小，也一定会有无数迷妹。”

“下次我们做一期医学生的，就可以让苏叶上镜了。”

她笑笑：“不了吧，哪儿有为了工作牺牲自己弟弟的脸的？”

录播现场笑声不断。

“我们整理出医院六大最累科室。”

徐一然抢答：“金眼科，银外科，累死累活妇产科，腻腻歪歪大内科，一钱不值小儿科，死都不去急诊科，是不是？”

“哈哈哈哈……”台下已经是笑声一片了。

“作为医生，你们有没有什么习惯？”

“手指甲一定要剪得很平，磨得很光。”

“为什么？”

“会戳破手套啊。”

“有事没事就喜欢洗手，回家什么都不敢碰，先洗澡，看见有消毒液一定要去按两下。”

另外两人极度认同。

“打电话订酒店的时候，问人家：你们还有床位吗？”

“写完什么都想签名，写日期。”

“还有就是挺喜欢脑补的，上班开车，脑子里就想，开车注意啊，司机们，不要发生车祸，颅脑损伤、骨折、失血，病号都快管不过来了。

“看到那种飙车的，心想：‘要是这车撞了我，我是不是得住我们科了？要是住院，我们科那帮护士会不会开心大笑？’‘你小子，终于还是住进来了。’哈哈。‘要是动手术，科里住院医生会不会拿我练手？’”

全场观众哄堂大笑，节目的节奏就在这种轻松的欢声笑语中有条不紊地进行着。

何执书满意地看着这一切，但内心还是忧虑重重，节目收视率低，已经到了腰斩的边缘，她还未想好之后的计划。

就在转身的时候，高跟鞋跟太高，她不小心崴了，整个人一个踉跄，撞到了实木椅子上。

她感觉一阵令她眩晕的疼痛，差点儿晕过去，腿间似乎有温热的液体流了出来，而反应过来的时候，旁边的工作人员瞪大眼睛傻傻地看着她，声音颤抖："血、血……"

淡卡其色的阔腿七分裤管粘在腿上，被暗红色的鲜血浸湿了。

"不要管我，继续录。"

急诊科早上去了三个医生，下午时其中一个跟着救护车回来了。

"叫妇产科的周主任来会诊吧。"

何执书意识还是清醒的，一把抓住白术的衣角，摇摇头，虚弱地说："不要，是熟人。"

要问急诊ICU的医生最怕遇到的是什么，是孕产妇，一尸两命，家属又暴躁，稍稍出一点问题，他们赔不起。

急诊ICU早上就收了一个怀孕四个多月的孕妇，失足摔下楼梯，腹痛剧烈，流血不止，躺在床上呻吟不止，肖砚一边拿B超探头扫着一边盯着屏幕。

但是，屏幕上的一幕让肖砚十分惊讶，胎儿居然没有心跳了，而且头颅及胸腹腔结构都非常紊乱，好像已经碎了一样，她再看孕妇全身皮肤光滑，毫无外伤。

她疑惑地问孕妇："胎儿死亡已经有一段时间了，起码在你摔下楼梯之前就死了。"

孕妇慌乱地看着她。

她接着问道："你是怎么摔的？多高楼梯？"

孕妇老公抢着回答："从两层楼梯滚下来的，我家是自建房。"

肖砚仔仔细细地打量着他们，说道："这样摔下来居然手脚都没有受伤？"

这时候陈秩脸色冰冷地走上前："肖老师，能让我看看吗？"

他把探头放在剑突下一扫，一个形似子宫的器官竟然出现在胎儿的上方。

就算不是妇产科的，肖砚也立刻明白了，胎儿根本不在宫腔里。她的疑惑越来越深，就听到孕妇忽然开始撕心裂肺地惨叫，然后就开始表情淡漠，体温下降，典型的休克症状。

“肖老师，我去叫妇产科会诊。”

子宫破裂，产科最严重的并发症之一。

直到孕妇被送进手术室，肖砚还是很困惑，就算是真的摔伤，无论如何都不会摔成子宫破裂的。

“肖老师，是引产，不对，这不能叫引产，完全是粗暴地把胎儿弄死。”陈秩冷着脸，“他们应该是遇到了游医，不规范操作，引起手术损伤，毁胎术就可能因为胎儿骨片损伤子宫导致子宫破裂。”

她不由得称赞陈秩：“你经验很丰富。”

他摇摇头，无奈地笑：“他们私下讲的是我家乡话，我能猜出来，因为我老家是个富裕却愚昧落后、重男轻女的地方。这是我们家那边的传统，一定要拼了命生男孩，而且我姐姐也这样被婆家对待过。”

肖砚惊讶：“你姐姐？你就这么看着她被这样对待？”

“没用的，做什么都没用，烂在根子里的人，被那种思想圈养在封闭的地方。他们可以很努力、很拼搏、很有钱，但是他们很愚昧。他们从来没觉得自己有什么问题，他们的价值观就这样强加在后辈身上，给自己的儿女洗脑。我只是可怜我姐姐，可怜跟她一样的女人，考了大学出来，最后还是要被绑架回家过这种日子。”

“你没回家。”

“因为全村的人，都希望我学医留在大医院，这样他们看病就可以光明正大地靠我这个关系。当然我爸妈也很开心，毕竟村主任不好当，没点本事怎么能叫人服气呢？”

陆平安谨慎地为何执书做了检查：“是子宫颈异位妊娠，俗称的宫外孕。”他下诊断，“你现在未生育，所以先保守治疗吧，最好的办法是转到妇产科。”

她脸色苍白，但还是冷静地说：“让我考虑一下，这件事有点突然，我需要时间消化一下。”

虽然肖砚无意去打探病人隐私，但是仍然例行公事地问了一句：“家属呢？”

肖砚言下之意是问孩子的父亲，但何执书说：“我弟弟马上就来。”

然后她看了看肖砚，淡淡地笑起来：“刚刚分手，一分钟前。”

肖砚看了她一眼，何执书嘲弄的表情转瞬即逝，眼睛里满满地浮起一层雾气，然后眨眨眼又消失了。

“肖医生认为我需要他负责吗？”她似笑非笑地看着肖砚。

负责？事关双方，天经地义，理所当然——肖砚的脑子里一闪而过这样的观点，但是很快说道：“你们之前的私事，你们自己处理好。”

“当然。”

“我会给你用甲氨蝶呤保守治疗，子宫颈异位妊娠比较罕见，会导致出现致死性的出血，并且需要进行急症子宫切除，而你尚未生育。”

“我知道了。”

肖砚终究是犹豫了一下，看着这个跟自己年龄相仿的女人，说道：“所以我觉得你有必要联系一下你的前男友，这件事不是你一个人的事情。”

过了一会儿，何执书冷笑道：“没必要，我自己能对自己负责就可以了，我说得不对吗，肖医生？”

不是不对，可是听上去那么勉强和敷衍，还有一丝丝逞强的意味。

“人人都说，对自己负责，最好的方式是经过冷静、周全的思考之后做出决定，为这个选择承担一切后果，不管是好是坏，不后悔，这才算对自己负责。”白术摇摇头，说道，“好蠢啊，怎么会有这种说法？”

“为什么？”

“因为很少有人能做到真正对自己负责，冷静、周全的思考往往置身事外才会有，惰性常常叫我们敷衍了事，对自己的要求一降再降，找各种借口开脱。如果把一件事情与对他人负责连接起来，不是为自己做这件事，而是关系到他人，也许就会异常认真。”

“嗯，你说得很有道理，你的意思是何小姐会对他人比对自己更负责吗？”

“在我的感觉范围内，她倒是跟你很像。”

肖砚的嗓音忽然变得有点尖锐：“所以你什么意思？”

“你们都会对别人更负责一点，所以你完全不用担心何小姐。她能够负责任地思考，做出的决定不会连累到医生或者家人，即使损害到了自己。”

“即使损害到了自己？”

“她能够干脆利落地斩断跟过去的联系，然后把伤口深埋，也要做出一副无所谓的样子，对这个世界说，我还能继续，让暴风雨来得更猛烈些，可不就是你们这类人最喜欢干的事情吗？”

“你不也是这样？”

白术嘴角翘起来：“肖砚，你看错了，我不是这样的人。我很在乎一些事，我的伤口赤裸裸地露在白极光身上，你又不是不知道。”

他忽然站起来，喉结上下滑动，张了几次口，终于说出来：“要说深埋伤口，你那天究竟哭什么呢？是过去吗？你干脆利落地斩断了跟过去的联系吗？

“肖砚，我可没失忆，从见到你的第一天起，我就没有认错过人。”

第十章

对自己负责

Thank you doctor

01

说到何执书的家属，他一出现，便收获了无数目光，所有女生和护士都捂着胸口表示被惊到了。

陌上人如玉，公子世无双。

他的气质偏古典，因为年纪尚小，有种翠玉润泽、清凉的稚气。

一群护士时不时地就往何执书床位那边凑，连郑雅洁这种心有所属的人都忍不住多看几眼，连一些病人家属都愣了愣，忘了号啕大哭。

“抱歉把你叫来了，耽误你上学了。”何执书因为大出血而疲惫不堪，整张脸都是苍白的。

“都是一家人，说这种见外的话。”何苏叶把保温桶打开，“我给你炖了粥。”

粥还有些烫口，配上酸甜的小菜很是下饭，何执书不由得多吃了两口。

“忽然觉得生病真幸福。”她躺下来，长长叹了口气，“如果你天天这么喂我，我会胖十斤。”

“你太瘦了，半年没见了，你瘦了好多，工作压力太大了吧？”

“唉，压力好大，其实我也不知道在忙什么，就穷忙吧，节目也好，生活也好，仿佛特别忙才能对得起自己，更怕闲下来的时候想些乱七八糟的东西。”

“你男朋友呢？他怎么没来？”

这个弟弟从小细心，又不动声色地认真，何执书怔了一下，抬头看着他："分手了。"

"不管分不分手，你出了这么大事情，他有知情权。"

这样坚定的眼神，真的是何家祖传下来的，她不由得被看得有些心慌："不需要他，我可以对自己的人生负责，就像我不需要任何人一样。"

静了片刻，何苏叶忽然说："姐，你这不是对自己的人生负责，你这样真的很不负责。"

何执书闭着眼睛不说话，何苏叶以为她睡了，想去找医生聊聊，忽然她开口道："苏叶，说到对自己负责任，我好像从来没有认真对自己负过责任。我没有选医学类，更没有认真思考过我适合什么、我喜欢什么，我没有认真考虑过婚姻、家庭，抱着随遇而安的心态谈一场没有未来的恋爱，我实在没有资格说这种话，所以，我该怎么办？"

何家世代行医，也许子孙生来就带着从医的素质，或者家庭的熏陶，除了何执书，何家老小在职业上都选了从医。

她从小到大被周围的人念叨医学世家，产生了浓浓的逆反心理，劝她学医的，被她理解成家长操控自己的人生，干涉自己的道路。出于家庭缘故，她性格倔强、争强好胜，独立自主的意识产生得早，长辈的关爱和建议都被她"不要你们管，我对我自己负责"这句话挡住了。

剑拔弩张的家庭关系，到她工作的时候也没有缓解，反而更加紧张，她拒绝所有长辈的帮助，单枪匹马迫切地想证明自己能对自己负责。

"姐姐，我觉得你不是对自己负责，真正负责的人，也会对其他人负责的，你现在是对我们全家人负责吗？"

他早早就这么说过，回敬他的还是她轻蔑不屑的一笑。

于是她一次性犯了两个错误。

"我那个前男友，爸爸一直很反对我们来往。"

何苏叶转过头，有些惊讶："是吗？"

"现在想想姜还是老的辣，不是他不好，只是跟我比，他更像一个需要依赖别人的人，‘责任’这个词对他来说太沉重了。我都30多岁了，是该结婚了，我俩感情也不算差，但是他全然没有结婚的打算。我跟他分过一次手，重归于好的时候他给我一张银行卡，让我自己去买钻戒。他也许是舍不得我，可以勉强跟我结婚，更多的是他还没想好怎么对我们的未来负责，所以如果我把他叫过来，无济于事。”

何苏叶叹了口气：“完全不能理解。”

“什么？”

“不负责任的人，完全不能理解。他们活得太随意，就好像你这样不要别人负责的人，我也不能理解，你活得太辛苦了。”

何执书咬了咬嘴唇，自嘲地笑道：“可不是嘛，但是我比他好。”

“嗯？”

何执书笑笑：“因为我有你这样聪明的弟弟，告诉我错在哪里。”她闭起眼睛，似乎在思考，似乎已经睡过去了。

他看何执书精神有点萎靡，站起来道别：“姐，你先休息，我去跟医生谈谈。”

急诊科请来了妇产科的主任会诊。

何苏叶坐下来跟肖砚他们谈话，专业程度让在场的所有医生都有些惊讶。

“你是医学生？”

“中西医结合。”何苏叶看着何执书的病历簿也深觉陷入了绝境，“就没有其他办法了吗？”

“全都试过了，但是HCG依然还在升高，超声证实孕囊仍存在。何小姐还未生育，说实话，我本人非常不建议切除子宫，但是作为医生的选择是切除子宫。”

“我姐知道这件事吗？”

“我跟她说过，要有心理准备。”

“我姐姐才30多岁，未婚先孕，潜意识里我总觉得她还不至于走到这样的绝境。她应该享受为人母的快乐，而不是独自承担无法生育的痛苦。”他低下头，情绪似乎有些失控，“有时候我想，能活着就行了，没别的奢求，但是我说服不了自己。”

“你是个医学生，你将来也会成为一名医生。”

他抬起头，眼神深幽地看着肖砚。

白术飞快地用笔敲敲桌子，皱着眉，看着肖砚：“你过分了。”

“理性的思考和正确的判断，才是一个医生应该尽的责任。”

白术推开椅子，居高临下地看着肖砚，然后敲敲她面前的桌子：“出来。”

会议室的门被关上，他冷面齿寒地说道：“人家是医生也是家属，请你把这种高高在上教育人的姿态收一收。肖砚，我真是好奇，你周围就没有亲朋好友生过病吗？”

他按了按太阳穴，自嘲地笑起来：“哦，对，你朋友的女儿摔下来，你也是理性地思考，不慌不乱，好像能预估结果一样。我佩服你，真的佩服你，心理素质强，不过我真的好奇，要是真的有亲朋好友在你面前死去，活生生的生命在你面前流逝，你还能这样吗？”

她还未回味这句话的意思，大脑已经跟下了冰霜似的白皑皑一片，从脑袋到脚趾，冷冰一片，然后浑身不由自主地打着寒战，皮肤传来阵阵的刺痛紧绷。

白术觉得她的脸上血色瞬间褪去很不对劲：“你怎么了？”

“我能。”她把这两个字堪堪地用鼻音挤出来，抬起头，眼睛里有种化不开的狠毒。

是的，“狠毒”，白术那时候也没想通为什么会用这个词来形容她。

一瞬间，他能够模模糊糊地抓住她的情绪。肖砚在讨厌她自己，不喜欢她自己，她是在对她自己宣誓，或者是在宣战，这一切都不是针对他。

起因他也模模糊糊地猜到了，她救不了曾经属于她世界里的人。

肖砚以前，很可能并不是现在这个样子。

第二天手术日，恰好九月桂花飘香，浓郁甜腻。

“异位妊娠是一颗定时炸弹，如果没有阴差阳错地撞到椅子上，确实会暂时平安无恙，但是会在某个时刻毫无预兆地突然爆炸。”何苏叶坐在她床边，跟她说着话等着麻醉医生，“其实我有些感谢这次意外，因为妊娠后期更危险，大出血几乎很难抢救，而子宫颈异位妊娠早期诊断率大概只有18%。”

“原以为自己已经很糟糕了，没想到还是幸运的那个。”

她无奈地笑笑，然后静静地看着窗外。

“姐。”

“怎么了？”

“孩子的问题也不是不能解决的，你喜欢孩子吗？”

何执书勉强笑笑：“自己的没了，等你家的孩子吧。”

何苏叶脸有些微微泛红：“我跟你说正经事情，不要开玩笑。如果你将来结婚，可以领养一个；如果你不打算结婚，但是你喜欢孩子，也可以领养一个。真正能对自己人生负责的人，一定也会对别人负责的。我对姐夫要求不高，他懂得尊重你，能肩负起家庭的责任就可以了。”

手术很顺利。

她甚至没有感觉到自己身体有什么变化，麻醉药效还在，意识还很模糊：“好吵。”

“嗯，急诊ICU嘛，家属总是很吵的。”郑雅洁解释道，顺便指指病房门口，“你弟弟，还有你的家人。”

她扬起嘴角，很是安心地睡过去了，这一睡睡到了夕阳西下的时候，醒来时看到前男友站在她床前。

她想说话，但是嗓子干哑得发不出声音，任由他垂着脑袋，说了好几遍“对不起”，直到何苏叶过来，礼貌地把他请出去。

“我料想你不想见他，原来想拦着他的，后来我觉得，不管是真心还是假意，他欠你一句‘对不起’。”

她点点头，又摇摇头，自己也不知道怎的，眼泪就夺眶而出。

因为做的是经阴的子宫切除，出血量很少，何执书恢复得很快，所以很快出院了。

肖砚嘱咐道："回去先休养，再工作。"

何执书点点头，然后跟肖砚道别："谢谢你。"

"不用谢。"

"如果让我选择，我依然会选择让你上节目。"何执书眨眨眼，面目生动，"我看人很准的，你的故事远比他们精彩。"

而肖砚只是扯扯嘴角："我只是个医生，能有什么故事？你这是移情作用吧，你看这个年纪未婚的女人都觉得会有故事吧。"

在护士站写手术记录的白术停下笔，微微地抬起头扯扯嘴角。

你就是个有故事的，大纲都被我猜到了，整个故事嘛，那就慢慢地挖好了。

办公室里，一群人拿着手机，看着网络电视。

"为什么？为什么这期节目那么有趣、那么贴近我们医生的真实生活，收视率还是那么低？"

"因为这种节目根本没什么人看啊。"

郑雅洁无所谓："舔颜还是可以的，白老师的颜，镜头下还是可以打的。"

不知道谁在感慨："可惜了，做出这么好看的一期节目的何小姐，漂亮有才，但是这辈子当不了妈妈了。"

"希望她能振作吧。"陈秩很惋惜，"我姐姐妊娠瘢痕，也是做的子宫切除，手术后要好好调养。"

几个女生都露出惊恐的表情："子宫切除？对于想当妈妈的人来说太惨了吧。"

"说不定是种解脱呢？"他在心底暗暗地说道。

02

“我不接受。”

家属压抑着抽泣，整个会议室的医生都很想学着白术发愁时的标准动作——皱眉，用手捏捏眉心，但是因为没有白术那么好看规整的五官，做出来很像悲伤蛙。

“我们也很同情你，但是高血压危象，难治性颅内压增高，急性肝功能衰竭，我们已经想尽了办法，包括做手术，但是很抱歉。”

“我不接受，我丈夫是来医院看病的，钱付了，最后你们跟我说治不了，人没了，凭什么我人财两空啊？”

每天都有这种无法沟通的家属，跟医院的医生扯着同样的理由。

“说到底很多人就是把医院当成了消费场所，我们只能提供与患者消费等值的服务，而我们根本没办法提供啊，拿钱买命，要是那么简单就好了。”

“想起以前那个说治好他的病给白老师和医院捐五个亿的癌症土豪了。”

“哈哈……那个啊，我记得白老师告诉他，你现在最重要的事情是考虑你的资产怎么分配，学学何鸿燊老先生，躺在病床上毫无牵挂。”

忽然窗外传来嘀嘀的喇叭声，持续不断地按着，然后激起了更多跟在后面的鸣笛声，给这个烦躁紧张的上午平添了几分狂躁感。

“谁啊？外面怎么那么吵啊？”唐画不耐烦地拍了下桌子，站起来，朝窗外看去，“嚯，梅赛德斯迈巴赫、雷克萨斯、玛莎拉蒂，这是什么啊？土豪车队来看病吗？”

郑雅洁也好奇，站起来看了一眼：“车牌是土豪市的，哇，据说那地方满大街停的都是这些豪车，真的有钱到流油。”

一下子全科室的人都拥到窗户前，只有陈秩紧张地咽了下口水，然后拿着手机走到走廊上。他看着手机上的号码，犹豫半晌，还是接了起来："爸，什么事？"

"你钱叔一家刚才给我打电话，已经到你们医院了，你快联系他们一下。对了，让你找医院最好的医生找了没，还有护工？"

他屏住呼吸，犹豫了一会儿："爸，钱叔那只是冠心病，已经做了搭桥手术，而且没有什么不适，为什么还要千里迢迢来我们医院找最好的医生？我已经问了我们科室的老师，左主干、前降支近端、多支血管有病变尤其有糖尿病者，搭桥手术远期效果优于支架。"

"你说什么我听不懂，你快点给你钱叔安排床位、专家、护士、护工，快点。"

说完，电话就挂了，只剩下陈秩靠着墙，无奈地长长叹一口气。

他是住院总，安排个床位没什么问题，但是急诊ICU跟其他住院科室又不一样。这种完全没有任何急救重症特征的病人，二话不说，走进抢救室，大大咧咧地脱了鞋子往病床上一躺，跟躺在酒店的床上简直没什么两样，还生龙活虎地嚷嚷着："小陈啊，给我倒点茶来，哦，对了，茶叶在我的车的后备厢里，你去拿一下。"然后一把闪亮的迈巴赫车钥匙就被扔到了他手里。他留也不是，走也不是，不知道该说什么、做什么。

全科室的人都是一脸蒙。

唐画忍不住吐槽："这都是什么事啊？这都什么人啊？来了十多个人，这是要把我们科室包场了吗？"

"他们是把医院当成宾馆了吗？"

"是要我们给他端茶倒水做按摩，顺便把科室的价目表介绍给他，'全麻，切痂取皮，颅内血肿清除术，冠脉血管内窥镜检查术'，喜欢哪个选哪个吧！"

肖旭感叹道："我没想到陈总家居然那么有钱，真的看不出来啊！"

郑雅洁翻了个白眼："他手上戴的亨利慕时的手表，20万吧，我早就看出来了，只是我不说，等着给你们惊吓。唐、唐唐，你知道的吧？"

“我确实知道一点，但没想到是这样。”

郑雅洁很八卦地跟她说：“他进医院的时候家里关照过各大科室的主任，当初定的是康复科，或者体检中心。你想想看多爽啊，轻松死了，他家又有钱，根本不需要他累死累活地赚钱，不过后来不知道他怎么想不开，来了急诊ICU。

“所以你以为你住院总拼得过他吗？众生平等，不存在的。”

肖旭咳嗽了一声：“郑总，评都评了，都猴年马月的事情了，你还要拿出来讲，没意思。”

郑雅洁又白了他一眼，拍拍他的肩膀：“众生平等，不存在的，是吧，肖院长的儿子。”

无法沟通，她自己不还是基础医学院郑主任的女儿？他懒得废话，一甩手，走了。

工作这么多年，白术见过住院科室加塞病人、加床位、加手术的。医院也是人情社会，一台手术其实也就是连台迟两三个小时下班，对他们来说，真的不是什么多大的事情，能顺水推舟地做个人情，大家都很乐意。

但是这样把一个表面看上去跟正常人无异的人，收进急危重症的病房，简直是天方夜谭。

更可笑的是，一个人来看病，带了十多个人。

陈秩一个个地道歉：“白老师，真的对不起，我马上联系心内，把病人转出去。”

白术不耐烦地敲敲桌子：“这是你家亲戚啊？”

“算是吧。”

“什么叫算是吧？”

“我们都是一个村的，彼此之间都有些姻亲关系，所以都算是亲戚。”

白术被逗笑了：“那是不是以后你们村里病一个，我们就要给他留好床位啊？你们村不是挺有钱的吗？干脆按标准收费，包床好了。”

陈秩都快哭了：“白老师，您这个玩笑真的不好笑，我都快愁死了，哪有心情听您说笑。”

“我没开玩笑啊，我是认真的。”白术努努下巴，“人还能暂时躺着，按天收费，谁也不亏。不过这些家属，请走吧，虽然咱们抢救室和监护室里面的患者不介意，但是我很介意。”

十来个家属，大人带着孩子围在病床旁边站了一圈。

“这牛牛怎么还不回来啊？医生呢？护士呢？护工呢？”一个年轻女人抱着孩子不满地抱怨，然后冲着唐画喊道：“喂，医生，牛牛呢？”

“牛牛？陈秩吗？”

“对对对，牛牛那是他小名。”

唐画露出个甜美的微笑：“我去帮你们喊下他。”

“谢谢啊，美女。”

“牛牛、牛牛，牛牛不在办公室吗？”

肖旭：“牛牛是谁啊？”

“陈秩啊。”

全办公室哄堂大笑，然后陈秩愁眉苦脸地推门进来：“咋办？心内没床位了，你们谁跟心内熟啊？让他们想办法行不行？”

“不熟，我们跟别的科室的仇都是白老师结的，你去找他。”

这时候唐画学着他们家乡话，喊道：“牛牛，你村里人喊你呢。”

他又要哭出来了。

他还没到病房门口，就听见有人大嗓门地说道：“牛牛这个年纪也不小了吧，早该结婚生孩子了，他爸妈也不着急，咱们村里跟他差不多年纪的姑娘都嫁人了吧。”

“人家在医院工作，有学历、有钱，找什么样的姑娘找不到啊？我觉得刚才那医生挺好看的，你说他要找个医生，也挺好的，咱们来看病，安排安排，跑跑腿，多方便啊。”

“是啊，挺好的。”

陈秩抹了抹头上的汗，下定决心踏进门，刚喊了一句“钱叔”，就被三姑六婆七嘴八舌的声音淹没了。

“医生什么时候来啊？要最好的医生，最好的是教授还是主任？”

“刚才那个护士对我们的态度也太差了吧？你是医生啊，好好教育一下你们护士，我们是拿钱来住院的，又不欠你们钱。”

“牛牛，快到中午了吧，医院旁边有什么酒店帮我们订一桌，如果有外卖也行，食堂我们不吃的。还有住院用的那些东西，我放在这儿了，你有空帮我老公整理下。”

他满脑子都是家乡话，都要被填塞到眩晕了。

这时候唐画进来，拉了一下他的胳膊，然后带着甜甜的撒娇的意味说道：“陈秩，这就是你家亲戚吗？呦，阿姨真年轻啊，不说都不知道当妈了，还以为是姐姐呢。”

“这小姑娘说话我爱听。”

“所以说这么年轻的妈，自个儿有腿、有手，怎么不会自己去找酒店，不会自己叫外卖，不会自己收拾住院用品，还要使唤别人家的儿子来帮忙？”

她把陈秩手一拉：“您不还说找个医生对象挺好的吗？我就是他对象，不过我不会帮你们安排，也不会跑腿，我只会心疼我对象。”

话一说出，所有人脸色一变，整个抢救室里静得只剩下仪器嘀嘀嗒嗒的声音，令人尴尬和窒息的气氛蔓延开来。

然后她猛地把陈秩胳膊一拽：“对象，咱们走。”

“哈哈哈哈哈……太牛了，唐唐还是你会玩。”郑雅洁笑得上气不接下气，“我猜，他们现在已经疯狂地开始给村主任牛牛他爹打电话骂你了。”

“不用猜，已经在骂了。”

“那群人呢？”

“我叫保安把他们弄走了，不过那位大爷还躺在床上，见到我就骂，可威风神气了，我现在只想安安静静地看着他这场戏演完。”

郑雅洁笑到肚子疼："下一步会不会他爸妈亲自来棒打鸳鸯？没准儿陈总就被带回家，按着脑袋一跪天地二跪父母夫妻对拜了。"

"靠爹妈的当然膝盖软咯，不用按着，自己就跪下来了。"

肖旭听了："哇，你这个吐槽真的恶毒。"

"恶毒吗？吃爹妈给的饭当米虫可不就是这个下场？他有本事反抗啊！带着全村人的希望学医？欠过全村人什么了吗？全村人就是利用他、使唤他、吸他血，谁在乎他在医院里的名声和我们科室的名声啊？这事传出去多难听啊，他要是再这样揣着明白装糊涂，我受不了这种丢人法子，还是去体检中心吧。"

她一转身，就看到陈秩脸上红黑一片。

"我不是……"

他正准备说什么，忽然护士喊道："九床，心搏骤停。"

"九床？"

唐画脸色一变："九床？"

陈秩难以置信，脑子当即反应："钱叔是九床，可是他……"

有双软软的手，十分坚定地推了一下他，唐画站在他身后，下一步变成跑的姿态："快去。"

03

"快，CPR。"

"喊白老师、肖老师。"

"拉心电图。"

"心电图显示窦性心律，ST段轻微抬高。"

"再继续拉。"

"嗯……出现了，T波倒置。"

陈秩虽然慌，但是不乱，该有的检查和步骤，脑子里自然而然就浮现出来了，这就是没日没夜泡在急诊ICU养成的素质。

他忽然想起自己抢救的第一个心搏骤停的病人，醉酒的患者心搏骤停——

很遗憾，并没有抢救过来。

“心跳恢复。”

所有人都松了口气，但是下一秒仪器又迅速嘀嘀嘀地颇有规律地响起来。

“室颤。”

除颤之后，患者终于恢复了自主心跳，然而没过多久又开始室颤，总发室颤反反复复，终于把所有人的耐心折腾光了。

肖砚下决心：“反正不差钱嘛，那上ECMO吧。”

ECMO是体外膜肺氧合，将血液由体内引出，经人工氧合器（又称膜肺）氧合后，再回输体内的体外生命支持技术。它是代表一个医院，甚至一个地区、一个国家的危重症急救水平的一门技术。

当然价格也高得离谱。

ECMO本身装机的费用是一次性五万，装上ECMO加上在ICU维持生命的费用大约在30万。

到底是土豪村，30万费用眼睛都不眨一下，只不过私下陈秩都要被他们的口水喷淹死了。

“怎么我们刚走没五分钟，我爸爸就心搏骤停啊？之前不是好好的吗？”

他摇摇头：“如果有冠心病，没有及时治疗，会有各种意外发生的。”

“可是，原本好好的，能吃能喝、蹦蹦跳跳的，一点预兆都没有啊，这叫人怎么接受啊？还有那个什么爱、爱克莫，真的能救命吗？你老老实实告诉我们，要是没用，我们岂不是人财两空？你要说救不回来，那钱我们索性也不花了。”

他抿了抿嘴，鼓起勇气说道：“这是医院，医院不是消费的地方，你们是不是觉得医院是可以花钱买命的地方，医生只能成功不能失败？这是不可能的。”

“哎哎哎，你这孩子，你到底站哪边啊？当初让你学医，是为了方便我们全村人，你爸凭什么当村主任啊？还不是大伙都看在你的出息上面。”

“我没这个出息，我可以帮你们忙、行你们的方便，但是不能让你们误解我的工作。我不能不管不顾我们科室的名声，不能鞍前马后地伺候你们，更没有本事告诉你们，钱叔上了ECMO之后是生是死。”他平静地垂下眼睛，“我可承载不了全村的希望，如果我以前有一丝的骄傲和自豪，那也是短暂的虚荣而已。我学医，不是为了全村，是为了自己。”

他回到办公室，坐在椅子上，一声不吭，好像陷入了思索。

“陈总？”

他充耳未闻。

唐画只好站起来，把盒饭往他桌子上一丢：“你不饿吗？饭早凉了，我帮你热了一下。”

他一抬头，抢救完再加上被亲戚教训，父母长途电话的折腾，已经快下午三点了，他已经饿得无知无觉了。

“谢谢！”

“不用谢，你爸妈要是能把你带走，我还要谢谢他们呢。”

他打开盒饭的手一滞，忽然有股笑意从心头涌出：“怎么，我要是不干了你很开心？”

“那是，到时候我就是唐总了。”

“为什么老惦记着住院总的位置？我要是走了，未必没有空降。你现在是肖老师组里的，当了住院总，可当不了助理。”陈秩难得头脑跟得上，伶牙俐齿，“我这个人还挺好说话的，当住院总也不给你们住院、规培、实习安排乱七八糟的活儿，更不使劲压榨你们，你去哪里找我这种住院总？提着灯笼都找不到的大好人。”

唐画愣了一下，然后扭过头，手堪堪挡住了抑制不住上扬的嘴角：“行吧，大好人，那你别当太久，快升主治医师让位吧。”

果然被唐画料中了。

下班时候，一对中年夫妇到护士站找陈秩，被她看见了——真的是农村暴发户的那种画风，巴不得把所有奢侈品LOGO都挂在身上，爱马仕、香奈儿、菲拉格慕，富丽堂皇得跟衣架子一样。陈秩妈妈还做了微整形，一张古板的脸衰老又娇嫩，唐画只能这么形容，怕是弄一根针就要把打满玻尿酸的脸戳破了。

“找陈秩吗？我去喊他。”

“谢谢啊。”

当然不用谢啊，她还等着看热闹呢。

陈秩出去没一会儿就回来了。

办公室里，郑雅洁和唐画还在讲悄悄话吐槽，两人捂着嘴巴咯咯地笑，想都不用想，就知道是在背后吐槽他。

他走到唐画身边，拍拍她的肩膀：“请你吃饭。”

“嗯？”

“走吧，请你吃饭，鸿门宴，做好准备。”他也是咬牙切齿地挤出三个字，“我对象。”

唐画一脸蒙：“不是，不是说好了演戏的吗？”

“那你也把戏演完啊！”

剩下郑雅洁一个人拍着桌子疯狂地笑。

肖旭把病人送去ICU之后回来，拿起手机点外卖：“怎么人都走了吗？”

“见家长去了。”

“什么？”

“唐唐跟陈秩啊。”

他一被刺激就会讲长句子，都不带喘气的那种：“疯了吧？不是啊，这两个人什么时候在一起的啊？我怎么不知道啊？你们是不是都知道啊？为什么我不知道啊？是你们藏得太深了，还是我太迟钝了？

都到见家长的地步了吗？我连初恋都还没有呢，他们都已经是开夜车的老司机了？这合理吗？”

肖旭被戏弄时认真的样子真是可爱，郑雅洁又发出魔鬼一样的笑声。

他这才反应过来：“你又骗我。”

“嘻嘻。”

肖旭恶狠狠地警告：“瞎说人家姻缘，你会倒霉的。”

“来啊来啊，我才不怕呢。”

晚餐订在一家非常有正统粤菜馆气质的餐厅，环境优雅，气氛宁静。

唐画偷偷在手机上查了下价格，人均2000元，这种感觉既惶恐又让她兴奋。她只能小心翼翼地看着旁边的陈秩，寻思着怎么帮他演完这场戏。

恶婆婆棒打鸳鸯的剧本都写好了，她拿个演技奖应该没什么问题。

岂料剧本都没用，陈秩的妈妈上来就问：“你们准备什么时候结婚？”

唐画眨眨眼睛，陈秩轻咳一声，两人特别默契地都不说话。

“还要瞒到什么时候？怪不得上次让你回家相亲，推三阻四的。你看看村里跟你同龄的那些，二胎都抱上了。陈秩我可警告你啊，你谈恋爱就得对人家姑娘好好负责，小唐，我们不是那种随随便便的家庭。”

他点点头，她也跟牵线傀儡一样点点头。

唐画不由得暗暗审视起这个男生来。

30岁出头的男生，从来没跟社会过多地接触，心善单纯。他跟肖旭的那种单纯不一样，肖旭是不动声色地懂，却不在乎；陈秩真的不懂不明白，很天真。

他一路被家庭安排得顺当，很努力，要说唯一的缺憾就是资质实在不算多好，只能靠十分的努力，但努力要是能弥补天赋，那世界上每个人都能拿诺贝尔奖了。

就这样一个可以随便去康复科、体检中心，或者医务科混吃等死的富二代，居然来了最苦、最累、最麻烦的急诊ICU，是纯奉献型的人格吗？

更可怕的是，他爹妈居然还不把他带回去，还要逼婚，这一家子到底是怎么想的啊？

不不不，这还不是最可怕的，最可怕的是，他们完全不在乎自己儿子跟谁结婚。好像只要是个女的，能抱上孙子，他们就能完全接受的样子。

"我知道。"他怏怏地开口，试图转移话题，"钱叔那边没说什么吗？"

"怎么没说啥？他们一家回来之后就到处嚷嚷，说你大了，有本事了，也有脾气了，指挥不动了，指望不上了。"陈秩的爸爸喝了口茶，"让他们嚷嚷去呗，老钱一条命还在你手里呢，怕啥？"

唐画再次觉得无奈了，这都是什么家庭啊，思维如此清奇。

"上了ECMO，虽然现在能维持，但是不知道撤掉之后是什么情况。我们已经把钱叔转ICU了，情况稳定之后做支架，希望他能平安无事吧，也希望这件事不要影响到咱们家。"

"你小子还真以为你爹这个村主任位置是靠你脸面争出来的吗？那是因为你爹我有本事。"陈秩的爸爸嫌弃地看着他，"村里多少人要找你看病，都被我拦下来了。"

"那这次为什么？"

"你钱叔啊是个抠门儿的，医生说了要做搭桥，一听价格，他不愿意，药也不吃，天天躺在床上嚷着花钱还不如等死。我就跟他说要不你去我儿子医院看看，反正都是熟人，花不了几个钱，结果人家还真的跳起来立马收拾东西了。到底还是他运气好，阎王爷不收抠门儿人的命，收点钱就行了。我估计老钱这回挨得回来，但是最后让他缴费的时候，你们得悠着点，我听说那机器收费30多万？还别提其他治疗费，别他看了收费单，心脏病又发了，你们白救了。"

陈秩没忍住，扑哧笑起来，他爸劈头就骂："笑，笑什么笑？那是你钱叔欸。"

于是唐画只能沉默，老钱跟她又没半毛钱关系，这时候是笑还是不笑，真是个问题。

陆陆续续地上了几道菜，食材鲜美，烹饪水准卓越，她越发觉得有钱真好。

“爸，其实熟人看病没什么，正常挂号，正常缴费，无非就是我这个身份能帮忙打点下，帮点小忙而已，要是事事都指望我，那做不到。”

“你今天还真的有点让我刮目相看。”

“嗯？”

“我跟你妈一直以为你没什么主见。”

“我一直很有主见的。”

唐画在心里摇摇头，否认，但是那一瞬间又想点点头，陈秩真是看上去没什么性格和主见，其实是性格特别鲜明又执着的一个人。

“行行行，你有主见，那我们不催婚了，你们看着办吧，吃饭吃饭。”

她斜着眼睛看着他，颇有些威胁的意思，旁边的男人摊开手掌，做了个无奈的表情。

直到送走陈秩的父母，她看了一眼手表：“快回去吧。”

一向对医院事情放不下心的陈秩居然破天荒地说道：“不急。”

“走回去吗？”

“行吧。”

入秋了，夜晚还带着白日的干燥，尽管凉风里透着些湿意，但是夜幕被几道光不合时宜地占着，显得时间沉闷又冗长，像剥落的墙皮一样是沉闷的灰黄色。

她忽然说道：“你家人倒是蛮有趣的。”

“嗯，可惜我家乡并不是什么好地方，保守又愚昧，封建宗族家长制，重男轻女。我家那一带又都是做生意的人，商人重利轻情，蝇头小利都要算计。”

“是吗？”

“所以其实这些年来，我不愿意回家，也不太想去面对那些事情。”他轻咳一声，“你呢？你家在哪里？”

唐画说出了一个陈秩从来没听过的地方，然后说道：“其实我也不知道，因为我是被我姑姑收养的，我爸妈早就不在了，我没见过他们。”

陈秩忽然很犹豫，心蹦得很快，一种未知的怜悯和怜惜涌出来，跟他面对病人的时候完全不一样，带着一点甜丝丝又纠结的苦恼。

“其实我爸妈还挺好的，我这个人虽然没什么长处，但是短处也没有那么明显。咱们科室好像还没有一对，你要不要跟我凑一对，试试看？”

她没说话，不由自主地把衬衫的袖子抹了下来，还是觉得风吹着有点冷，指尖凉得透，脸上却是涨红了，好像全身的热度都涌到了那里。

出生在有钱的家庭，看似没什么性格其实有主见的男生，这场表白似乎还不差，她动了小心思。

她声音僵硬又像在发烫，口无遮拦地问：“那岂不是要生儿子？”

他耳朵微微发红，又气又急地迈开步子往前走。

“那算了吧。”

“嗯，那算了吧。”

两人手指却碰到一起了，一前一后，微微发抖，磕磕绊绊。

第十一章

永远心怀希望

Thank you doctor

01

已经有些秋霜，家属大院小洋楼院子里柿子树的叶子都落光了，橙到发红的柿子硕大饱满，像是一排排小灯笼挂在枝丫上，也有鸟雀来啄，更多时候是院子里淘气的孩子，眼巴巴地看着那些柿子流着口水。从墙那边伸出一根竹竿，沿着柿子树攀上来，肖明山眼皮一抬，竹竿一碰，三只摇摇欲坠的柿子就掉在了墙外，还有小孩子尖叫的声音："啊啊啊……砸我脑袋上了，都烂了。"

"嘘，小声点啊。"

然后两只柿子掉了下来，肖明山眉头一皱，两只柿子差点儿把墙角的花砸烂了，墙外是阵抱怨："你会不会啊？都掉里面了，我们吃什么？"

然后又是竹竿噼里啪啦一阵乱捅的声音，柿子跟雨点一样掉下来，墙外那群皮猴都兴奋地嗷嗷叫起来。肖明山再也忍不住，一把推开门，中气十足地大吼一声："都干吗呢？"

瞬间，尖叫声四起，然后作鸟兽散，一地的烂柿子，只有一个俊秀的男孩子坐在轮椅上，捧着个柿子，吓得有点蒙，颤颤巍巍地把柿子递过去："爷爷，给你。"

肖明山愣住了："你是白术家的孩子？"

待肖砚回来，白极光已经回家了。肖明山坐在摇椅上边嗑瓜子边晃着："白术家的小孩子，小小年纪坐轮椅是怎么回事？骨折？"

“车祸，截瘫。”

肖明山的背微微地打直了：“这么严重？我都没听说，能恢复吗？”

“您也是医生，还是学科神外的奠基人，这种水平的问题不像是您问出来的啊。”肖砚意味深长地看了一眼肖明山。

“小孩子脊髓损伤很难说的，没准儿会有希望呢。”

肖砚没说话，只是安安静静地看着窗外的落叶，深秋已经有些入冬的光景了，余晖沉沉地隐在生冷墨蓝的天边，有些凄凄，跟半睡半醒的梦里场景诡异地重合。

肖明山自言自语：“脊髓损伤能站起来的概率是多少呢？”

“零。”她显然不想继续这个话题。

肖明山不满了：“凡事要有希望。”

“希望？医学上的浪漫主义色彩？可惜我只相信诊断、数据和经验。”

“你这孩子。”肖明山无力说动她，只好奋力地摇着摇椅，“你啊，思诺思少吃一点吧，睡眠不好不能老指望安眠药。”

她没说话，背了包推门出去继续上班。

难得白术上班途中回去一趟，就是料理这位小朋友。白术原以为把白极光锁在家里半天时间，他一定会无聊透顶，结果这个机灵鬼在阳台上喊了一群帮手，叫人把他背下楼，跟孩子们玩，还去肖砚家讨了几个柿子回来。

他简直一分钟都耐不住寂寞。

“待会儿爷爷奶奶来接你。”

白极光嘟起嘴，眼睛里又露出那种可怜巴巴的小情绪：“今天都没看到肖砚姐姐。”

“你看她干什么？”

“我喜欢她啊，多看看不行吗？”

“看看就行了？”

他重重地点头：“嗯。”

白术看了一眼时间，然后把白极光抱到阳台上，指着那栋小洋楼道："等两分钟，她就出来了。"

她家院子里的夜灯亮起来了，橘色的灯光被低矮灌木枝割得支离破碎。客厅的灯熄灭了，她和肖旭两个人说着话并肩走出来，很快就听到了铁门"吱呀"一声响，随即关上。

第一个24小时，第二个24小时，这就是她每天的作息，无趣而规律。

"我要去找肖姐姐。"

"等你自己能走的时候吧。"

"呜……那我什么时候可以走路、跑步？"

他弯下腰，把白极光放在轮椅上："坚持就有希望。"

白术说这句话的时候，忽然发现自己第一次说得十分没有底气，他觉得自己平时十分理性，但是说这种真实谎言，做那些自认为对的事情的时候，这种狡猾像是埋在骨子里，成为模棱两可的虚伪。

肖砚的眼神，真是把剔骨刀。

晚上九点多，救护车接来一个沙丁胺醇中毒的十岁儿童。

"沙丁胺醇为选择性 β_2受体激动剂，有较强的支气管扩张作用，对心脏的激动作用较弱，是较为安全和常用的平喘药，中毒太少见了。"

肖砚问："误食了多少？"

"100片，2mg/片。"

"插胃管，洗胃。"

躺在病床上的孩子面色潮红，四肢不由自主地震颤，反应有些愚钝和迟缓。

唐画轻声问道："小朋友，你现在哪里不舒服？"

没有回答。

她只好凑过去提高声音："哪里不舒服？"

孩子对声音有些微弱回应，只是扭过头，重重地挣扎了一下，然后就张大嘴，鼻翼翕动，发出粗重的呼吸声，而他的手上紧紧攥着一个毛茸茸的小熊挂饰，小熊头戴礼帽，穿着红色的卫戍装，俨然一个可爱的英伦女王小熊守卫。

“你哪儿不舒服？”

孩子还是没有回应。

她看到孩子手里的玩具，露出甜甜的笑容：“小朋友，这里是医院，能不能把玩具先给姐姐，姐姐帮你先收好？等你病好了，姐姐再给你，好不好？”

她伸手就要取下，却遭到了无比激烈的反抗。

“No！”小男孩愤怒地大喊，一次比一次大声，“No！No！No！”

唐画吓得连忙把手缩了回来。

“这孩子是自闭症患者。”肖砚出现在身后，皱着眉头，“先插胃管。”

郑雅洁走过来：“小孩子我来插管。”

“No！No！No！”男孩子又激烈地尖叫起来，唐画手忙脚乱地想去按住他愤怒挥舞的手臂，而肖砚的手刚经过他的嘴边，就被狠狠地咬住。

男孩子就像发了疯的狼崽子，玩了命地去咬，隔着手套，肖砚都感到皮开肉绽的疼痛，钻心地疼。

唐画和郑雅洁都吓坏了，连忙伸过手想掰开男孩子嘴巴。男孩子吓得狠狠一蹬腿，下一秒整个身子一起重重地摔到了地上，还好牙齿松开了。

肖砚举起手，隔着手套，血已经丝丝缕缕地往外涌，皮全都被咬破了，再使点劲估计连肉都能咬掉了。

唐画倒吸一口凉气：“肖老师，你还是去处理下吧。”

疼，但是还能忍。肖砚缓了缓气，弯下腰去，把已经闹得浑身无力发软的小狼崽子捞了起来，然后丢回床上。

“不插管也行，甘露醇200ml导泻，药用炭20片研磨口服。”

还好刚开始闹得已经耗尽了大部分的力气，男孩子输液时只是小小地反抗了一下，攥着小熊的拳头始终不肯松开。

她还没去处理伤口，手套里都是血染的一片，然后她把手放在男孩子的鼻子旁，小孩子哑声弱弱地叫了一下，闭起眼睛，下一秒，手指就轻轻松松地被肖砚掰开了。

小熊被放在了枕头边。

“没事了。”她示意护士。

褪下手套，她这才觉得钻心地疼，仔细看去，手背上血肉模糊，狰狞一片。

取了酒精棉和纱布，她下了极大的决心，但是凉冰冰的棉球接触到伤口的一瞬间，她就疼得几乎要窒息。

她高估了自己的忍耐力。

好不容易缓过气，她却发现白术站在身后，一脸阴霾地看着她。

“我来。”

肖砚没说话。

“你是不是傻啊？用碘伏啊，酒精多刺激啊。”他难得絮絮叨叨个不停，看着伤口愤愤然，“那孩子简直要命了，咬得也太深了吧，你忍下，我把周围消毒一下。”

微凉的碘伏靠近她的伤口，下一秒又缩了回去：“疼你就喊，我就停下来。”

肖砚却不领情：“你这么磨叽，还不如我自己来呢。”

白术气结，皱起眉头：“我好心，怕你忍痛逞强，事后又说我下狠手，严重上升到我的职业素养和专业手法。”

肖砚哼了一声。

他意味深长地看了她一眼，然后低下头来处理伤口。他下手很轻，小心翼翼地避开了伤口，然后仔细地用纱布把伤口覆盖起来。

“不要沾水。”

“哦，白医生的医嘱就没有了？”

“哦，还要说什么？你这个是工伤，不能做手术，不能查房，也不能吃饭，行了吧，给个杆子就顺着爬？”

她还是不满意：“那有赔偿吗？”

“正好跟医药费和人工费抵销了。”

口服盐酸普萘洛尔，大概是药用炭造成了阴影，看到白花花的药片，小男孩把嘴巴紧紧地抿起来，警惕地看着周遭的护士和医生，然后把脑袋埋在枕头里，依然发出尖叫：“No！No！No！”

把药片捣碎，溶在水里也不行，连肖砚也没辙，最后孩子的父母来到病房，妈妈轻轻地拍了拍孩子的背然后把他抱进怀里，用诱骗的话语道：“是很好喝的甜甜的苹果汁哦，瑞瑞张嘴，啊。”

“来宝贝张嘴。”年轻的爸爸把勺子递到他嘴边。

男孩子迟疑了一下，小心地张开嘴，下一秒就全吐出来了，然后剧烈地呛咳起来。

肖旭帮忙去擦，却被他手一挥，打到了鼻梁骨，鲜红的血顿时涌了出来。

年轻的爸爸拿着勺子的手，剧烈地抖动起来。他盯着男孩子，面色难看，眼睛里有些山雨欲来的怒意，就像是火山爆发前的平静：“说对不起，跟医生哥哥说对不起。”

男孩子辨不清语言的意义，但是看得懂朝夕相处的父亲的脸色。他不懂这些情节的连贯性，却只能本能地反抗着：“No！No！No！”

“我没事，我没事。”肖旭捂着鼻子摇摇手转身就跑。

“道歉，说对不起，快。”

下一秒，震耳欲聋的哭声响彻整个病房。

哭累的狼崽子反倒是最好对付的，再加上药物中毒的副作用，没闹腾几分钟就彻底不行了，最后被硬灌下去混着药粉的水，然后就昏睡过去了。

第二天早晨，他还要面对更残酷的血液透析，大概又是一场恶战。

徐一然从新院区回来往科室遛个弯。

“厉害啊，肖家姐弟团灭啊。”他有些幸灾乐祸。

肖旭鼻子里还堵着棉花球，弱弱地说了一句：“徐老师，白老师说了，这是工伤，赔偿就从你的奖金里出。”

“为什么啊？！”

“因为你对待同事像寒冬一样无情。”

夜已经很深了，深秋的夜晚，白光透亮的走廊似乎一眼看不到尽头，不知道从哪里传来滴下来的水滴“滴答”“滴答”的声音，在冰凉的夜晚，显得无限寂寥。

肖砚在办公室敲着医嘱，小心翼翼地挪动着手指，然后抬起手，白色的灯光透过纱布，隐隐看到鲜红的伤口。她握了握拳，感到无法避免拉扯的疼痛。

走廊上的年轻夫妻对着肖旭连连道歉：“真的很抱歉，给你们添麻烦了。”

“没事，没事，孩子情况比较特殊。”

白术走过来问道：“能跟我们说一下事情的经过吗？”

“今天我爸爸来到我家拿东西，包就随手放在了板凳上，没人注意他就把药瓶翻了出来，待我们发现的时候瓶子已经空了。

“平时家里的东西我们都检查过了，不安全的东西摆放位置高也隐蔽，没想到一个疏忽造成了这么大的错误。”

白术忽然开口：“家里有这样的孩子很累吧？”

“啊？”年轻的父母显然没想到医生问出这样的问题，有些惊讶。

“不，还好。”妈妈勉强笑了笑，“不累。”

一旁的爸爸却苦笑道：“怎么不累？为了照顾他，我老婆都辞职了，她原来是普华永道的高级经理，我也从投行一线退了下来，都是为了更好地照顾他。”

连肖砚都抬起头，仔细打量起这对夫妻——两人皆是平凡的容貌，但是穿着整齐，举手投足皆是精英的气质。这样一对金融圈的精英夫妻，却被一个自闭症孩子牵绊围困。

“他现在还是无法正常生活和交流，但是对简单动作和图画反应还是有的。”

“因为你们的无限包容和付出。”白术由衷地说道，“你们很了不起。”

年轻爸爸露出一丝欣慰的笑容：“总是有希望的，不是吗？”

肖砚却对这番话表示出不置可否的态度：“目前没有任何医疗方法能够‘治愈’自闭症，甚至可以说无法界定‘治愈’的边界。”

“可是干预治疗也是会有效果的。”

“自闭症，是一种先天性的神经系统疾病。他们活在自己的世界里，不必寻求他人认可，不需要接受规律和尝试，眼中永远保持着世界最基本的形状和色彩，他们会为了眼前的任何事物而兴奋，而不会尝试将这些物质归纳到某个公式或定理里，从而变成一个毫无兴奋点、习以为常的东西。就这样一个人，想要达到自理和社交的阶段，几乎是不可能的。”

她继续咄咄逼人：“就好比，教他开口喊‘爸爸妈妈’，他也许可以发出声音，机械地模仿出发音，但是并不会像正常孩子一样突然在某个时间明白为什么要这么喊，甚至可以对着饼干、对着陌生人这么喊。自闭症的治愈是不可能发生的，那这些付出和牺牲，都是毫无意义的，不，作用甚微。”

白术却摇摇头：“你不懂。”

她认真地看着他，橘色的灯光下，他周身就像被笼上了一层雾，朦朦胧胧的，他的脸浮上了疲惫的失望，眼眸里暗涌着急流。

“你不懂。”他重复道，然后转身就走。

毒物分析报告结果显示，血液中沙丁胺醇成分为4.6 mg/L，早上他就被送进了血透中心进行血液灌流和透析，还是很难搞定，因为剧烈的抗拒和无法交流的障碍。

最后还是那对父母，拿着自制的卡片，一张张地举起来，不断重复地告诉他“医院”“病床”“医生”这些对他来说如同天书一般的词语。

“在医院就要躺好。”年轻的妈妈拿起一张卡片，上面画着孩子躺在床上的图，而田瑞盯着那张图看了一会儿，把自己蜷缩起来的身体铺平在病床上。

此刻，他就像个牵线木偶，乖巧地服从着。

肖砚默默地看着这一切引导和教育的过程，有些好奇，但是什么也没问出口，只是从白大褂口袋里掏出那个小熊挂件，轻轻地放到他的手里：“让你的好朋友陪着你。”

他不明所以地看着她，随即就对小熊的出现表现出异常的欢喜，圆圆的脸笑起来的时候，眼睛里闪烁着单纯干净的喜悦，流光四溢。

“检查没有任何问题了，可以办理出院手续了。”

“谢谢你，医生。”她笑笑没说话。

这时候，白术牵着孩子的手，从走廊尽头慢悠悠地走了过来。

妈妈蹲下去，张开双臂：“宝贝，我们回家了。”

小男孩却没有松开白术的手跑过去，而是怔怔地看着肖砚。

“你知道她吗？她是你的医生，医生就是治好你的病的人。”尽管知道小男孩无法理解他的话语，但是白术仍然弯下腰，耐心地跟小男孩解释道。

小男孩犹豫了一下，然后松开白术的手，踉踉跄跄地往前走，走到肖砚前面，把她裹着纱布的手掌拉了一下。

肖砚转头，有些惊讶，而小男孩看着她，不由分说就往她手里塞了那个小熊挂饰。

“这是要给我的吗？”

他不说话，也没有任何表情，只是转过身，跌跌撞撞地往妈妈怀里撞去，再也不看他们。而这对年轻的父母此刻都看着肖砚，露出了欣慰的笑容：“肖医生，谢谢你。”

她嘴唇微动，面色不动，依旧是那副理智森然的模样，终究说出四个字：“谢谢你们。”

虽然她完全跟医学浪漫主义划清界限，但是有那么一两秒，她也会觉得心怀希望有些妙不可言。

也许白极光能站起来，也许她也能够等到她的希波克拉底。

02

普外惹上了官司，一条人命，医院要赔25万。

患者患了直肠癌，手术之后出血，进行二次手术。这次手术结束之后，患者想不开跳河溺亡了，法院判被告对原告的损失承担20%的赔偿责任，就是25万。

大家都义愤填膺：“医院就应该像精神病院或监狱那样铁门常锁，不然什么事情都要被赖上，普外真是躺着中枪。”

白术听了之后很淡定：“赔是肯定要赔的，不赔是不可能的。”

大伙觉得奇怪：“为什么？”

白术说：“律师，郑平，打医疗纠纷官司没有不赢的，没有医院不赔的。怕了，看到他真的怕了，老江的腿都要抖。”

全科室人都异口同声：“这么厉害？”

“那当然咯，厉害死了呢。”他抬起眼睛淡淡地看了一眼郑雅洁，然后警告他们，“你们都谨慎点，一切按照规章制度办事，不然，呵呵。”

他话没说全，点到为止。

其实白术想说的是——不然，你们就老老实实赔钱，不然你们就卷铺盖回家当米虫，不然你们就像那位郑平律师一样牛。郑平原来是个医生，被患者家属告了，然后辞职，当律师，专门打医患官司，无往不利，战无不胜。

曾经的医生可是最了解医院的操作和细枝末节的，只要他一刀下去，痛点可是一戳一个准哪。

昔日的同事，转头拿着刀对着自己，这种感觉真是酸爽啊。

中午吃饭的时候大家似乎都在讨论这件事情。

“每个医院都逃不过紧张的医患关系啊。”徐一然感慨。

白术纠正道：“是每个医院都逃不过赔钱吧？能用钱来偿命已经是最轻的了吧，所谓能用钱摆平的事情，那都不是事情，不过人都死了，钱也只能说是对家属的心理慰藉了。”

徐一然托着下巴：“真想知道郑平打官司时，都在想什么啊。”

“想这起官司结束之后能到手多少钱。”

“喂，你说他就没有一点不舍和愧疚吗？昔日的战友变成要对付的敌人，这种事情大概只有在中二少年漫画里能看到吧？”

白术笑了：“当年郑平工资3000元，当了律师之后月入少说30000元，你说他有什么不舍和愧疚的？对3000块钱的月薪念念不忘吗？”

“当律师赚那么多？我不干了啊！我也要去当律师！”

“你省省吧，人家郑平是真学神呢。”

对面桌坐的就是普外的两个医生，交谈声不大，但是字字句句都传到了他们的耳朵里。

“郑平是基础医学院郑主任的弟弟吧？”

“那不就是麻醉科那个谁的叔叔？”

“郑雅洁吧。”

“对对对，小姑娘长得还挺好看的，不过长得再好看院里也没人敢追她吧？有这样一个定时炸弹一样的叔叔，保不齐啥时候就被绑架上了道德天平。”

“哈哈……说得好像有人追过她一样。”

“真的有，肿瘤那边有个男生追过，他们主任直接来一句‘你是赶着上去被捅刀的吧’，凉了。”

“我还以为郑雅洁能当把保护伞呢。”

“那是你太不了解郑平了，我敢说要是郑雅洁被告了，该赔赔，一分钱不少。”

徐一然虽然跟郑雅洁没什么交集，但是毕竟小姑娘在急诊ICU做课题帮忙，技术好，人也勤快，挺讨喜的，不知不觉他也觉得郑雅洁是自己人了。

他那股无名火从肝烧到脸上，皱着眉头扭头就准备吼人，白术眼疾手快地把他筷子夹住了。

“有什么话好好说，把你口水拿开。”

“好好吃饭，不要回头，不要辜负食堂大厨的一番心意。”

“你就让这群人这么八卦郑姑娘啊？”

白术耸肩，一副很无奈的样子：“嘴长在他们脸上，我又不能让他们嘴长在肚子上，然后用衣服盖着。”

“你这个说法……好恶心啊。”

“郑姑娘，也算是我看着长大的吧，她啊，躲那么久也应该去面对一下外面的风风雨雨了。”

徐一然有些惊诧地看着他，一副欲言又止的样子。

“怎么了？”

“我还以为你把她从麻醉科那边要过来帮忙是因为你俩在谈恋爱，没想到是长辈对晚辈的拳拳爱意。”

“你这个奇怪的想法还跟谁说了？”

“肖砚啊。”

白术毫不犹豫地拧开瓶盖，面无表情地把喝了一半的可乐全倒在徐一然的饭上。

“你干啥啊？”

“生活太苦，给你加点糖，你话太多，多喝点水。”

郑雅洁再次遇见叔叔郑平是在去综合楼的路上。

几天不见，银杏的叶子就黄了，飘落一地，然后她就听见雷声滚滚，天依然是灰白的，比夏天的雷阵雨来得还猝不及防，倾盆大雨啪啪而下，仿佛从世界顶端落下。

她被迫躲在连廊下面，准备打电话让科室的人送伞给她，这时候有人喊她的名字："小洁。"

郑雅洁一回头，就看到郑平拎着公文包，顶着一头花白头发，略显疲惫地走向她。

她有多久没见过叔叔了呢？起码两年了。

他们家也是医学科研世家，爸爸妈妈和姑姑姑父都是做医学科研相关的，自从郑平当了律师站在医院的对立面，开始为患者辩护，家庭关系一下子就降到了冰点，别说平时来往，就是逢年过节也完全不联系。

"真是郑家的耻辱。"她爸爸这么说。

她姑姑说："小弟太脆弱了，他一直被我们保护得太好了，被这个社会伤害之后就走到了另一个极端。"

长大以后郑雅洁才明白，原来这就叫"黑化"啊。

他们上一次见面还是白老师犯在他手上的时候。

患者颅内动脉瘤，行右侧后交通动脉瘤介入栓塞术，手术中出了并发症，脑出血，术后处于植物人状态。

家属也很平和，没哭没闹，没过几天，郑平就带着一纸调解书要求医院赔偿130万元。

最后法院裁定医院承担40%的责任，而白术也被江仲景从神外直接发配去建设急诊ICU。

她一直很担心白术的状态，后来好不容易蹭上了他的急诊手术。

白术还是一脸冷漠淡定地做着相同的介入手术，偶尔回应下护士的话，要说沉默寡言，心思沉郁，倒是没有他家遭到变故那样明显，表面看上去完全是没事人模样。

她终于忍不住问出来："白老师，你不会受影响吗？"

"为什么会受影响？"

"以德报怨之类的？"

"哦，东郭先生还会被狼咬呢，比医生被患者告上法庭要赔偿的概率小得多呢。”

郑雅洁当时完全没搞懂这句话是什么意思，就觉得这个人心理素质真是强大啊，虽然没有战胜叔叔大魔王，但是也没有被打倒，不愧是自己喜欢的人。

现在她忽然想到一个问题。

如果自己被患者告了，郑平这个律师会接案子吗？他会站在法庭上，字字诛心地陈述她的错误，挟持着她对人命的歉意，逼她就范吗？

人的思维就像是一张大网，每个点上衔接着无数分支，清晰立体，这个问题却像是平面孤零零的一个点——真是无法回答啊。

他打招呼打断了她的思路："好久不见了。"

"嗯，叔叔，好久不见了。"

"工作如何？"

"还好。"

然后就是无休止的沉默，只有雨点唰唰地打在周遭发出的声音，慢慢地一阵凉风吹来，雨又骤然变小了。

"这场雨之后就正式入秋了。"他忽然开口。

她只能生硬地接话："这样啊。"

"为什么没有去做科研呢？你小时候不是哭着喊着不要当医生的吗？"

小时候。

她记忆中小时候没有那么胆小，骑自行车下坡，别人都小心翼翼的，就她一个女孩子还能张牙舞爪，因为超速而兴奋地大叫，连最后撞到栏杆上整个人被抛出去，摔了一身的血和伤，都没那么害怕。

直到有小孩子在她背后指指点点，骂她"叛徒汉奸"这种只在抗日剧里出现的词语的时候，她懵懂又迟钝，渐渐地就变成了神经敏感、手脚欠协调、怕死怕痛的胆小鬼。

最后她还是没怕当医生，是因为爸爸妈妈怀着一种赎罪的态度，逼她学医的吗？

她迷惑了。

“那时候太小了，我不记得了。”

他笑了笑，语气有些自嘲：“当医生啊，最难的就是善终了，一辈子当医生不难，但是当医生一辈子不犯错太难了。”

郑雅洁没说话，身边这个人，她有些害怕。他试图带着长辈的口吻去与她沟通，但是讲出来的话又是那么悲凉和疏远，还有一种要逼她去认罪的高高在上的律师精英范儿。

雨很快就停了，大雨之后的秋日凉意终于显露出来。

“叔叔，那我先走了。”

“嗯。”

郑雅洁走之前还想，不知道下一次再见到他是什么时候，一家人这样真的是怪怪的。

这时候，陆平安收到了一份医患纠纷的调解书，他把白术叫到办公室，摘下眼镜，揉了揉太阳穴。

“怎么办？”

白术慢慢地看完了，放下纸页，有些不在乎地说：“该调解就调解啊，该赔钱就赔钱啊，找我干什么？要我传授点医患纠纷的调解经验吗？”

“你那个强硬的态度就算了吧，上次调解过程中，你一言不发真是帮医院省了很多钱。”

白术摸摸下巴：“嗯，老江什么态度？”

“不管老江什么态度，总是要郑雅洁自己亲自面对患者家属、律师和法官，陈述整件事情的过程和结果。”

白术觉得奇怪：“不然呢？现在法院调解都开始用远程视频了吗？”

陆平安终于忍不住了，用手指指：“你脑子里都在想什么啊？我说的是对方律师，郑平。”

“那又怎么样？”

“好复杂。”

“一点都不复杂，都是你们想得太复杂了。”他认真地说，“这个案子本质是医患纠纷，郑雅洁作为当天的麻醉师，在术前麻醉过程中发现患者是困难气道，肿瘤完全占领双侧鼻孔鼻腔，不能闭口，患者意识丧失，抢救后持续昏迷。她只要说出当时的用药、流程，有没有违规操作就可以了，剩下的，她还要做什么呢？”

“郑平。”

“我觉得你们都被他整怕了，是不是？都整怕了，医院就关门了，我也挺期待的。他只是个律师而已，敢要天价赔偿吗？敢去媒体那边喊话吗？敢把全院医生都告了，把医院弄关门吗？他是郑总的叔叔而已，又不是父女相残，上演不了什么道德戏。”他拍拍陆平安的肩膀，“你要相信，郑平其实不是懦弱胆小和脆弱的人，郑姑娘也不是个胆小鬼啊。”

03

肖砚转动办公室门把手的时候，发现门居然被反锁了。

她没钥匙，敲了敲门等开，白术的声音隔着门喊过来：“等下。”

她眼神一暗，好嘛，不知道偷偷摸摸在干什么。

过了五分钟门才打开，郑雅洁站在门口，整个人有点失魂落魄到麻木。

她初见那张调解书，只感到脑子里嗡的一声，仿佛有口大钟在她头上罩下来，然后又看到郑平的名字。

不知道是该笑还是该哭，她半晌都是神志抽离的那种恍惚感。

“郑雅洁，你先回去。”白术对她说。

她攥着纸页的手微微发抖，纸也颤悠悠的，发出闷闷的窸窸窣窣的声音，她看到肖砚就这么木然地扫了一眼，离开的步子缓慢又沉重。

“这是怎么了？”

白术也发愁啊，这姑娘平时看着胆大又外向，但小时候留下的阴影还是没退去，她很怕被针对，任何压迫性的打击都会让她直接投降。

他只能皱皱眉心，叹气："唉，愁人。"

"她被你拒绝了吗？"肖砚问。

白术脸上像写着一个大大的"蒙"："你在说什么？"

"或者你俩分手了？"

"咔嚓"一声，可乐罐子又瘪了一块，他哼了一声，问肖砚："你知道我要干什么吗？"

"不知道。"

"打开可乐罐，然后把整个易拉罐都塞徐一然嘴里。"然后他认真地把那份调解书的复印件在她面前晃了一下，"这是正经事情，关乎一个医生的未来，所以以后徐一然说什么，都不要信。"

肖砚平静地看着他，把笑意藏在眼底："嗯，我本来就不信。"

"你？"

"开个玩笑。"

肖砚也能开玩笑，他还能说什么。

南方的秋季，下了一场秋雨之后，风刮得猛，一阵比一阵凉，院区灯火通明，湿漉漉的空气里弥漫着一股寂寥阴森之感。

救护车送来出车祸受外伤的患者，呼吸暂停，需要插管。

肖旭学了两个月气管插管，有点跃跃欲试的样子，结果打开口腔一看就傻眼了。

病人为小下颌，下排两颗门牙，且这两颗牙齿有一半是重叠的，上排牙齿向外上方生长，下排牙齿是向口内生长，特别难。

"不行，我不行，郑总呢？"

郑雅洁脸色阴沉地走过来，揉揉眼睛："我来吧。"

但是当她拿到喉镜的时候，手就不由自主地开始发抖，越慌越害怕，看着病人，又看看自己的喉镜，只觉得心脏猛然被揪起，然后用最大的克制力，定了定心神，稳住手。

这种难插管的病人，通常第一次插管成功率都不高，病人家属还围在旁边号啕大哭，又死死地盯着她的手。

郑雅洁觉得自己的操作没有任何问题，但是连镜片的前端都放不进去，左口角、右口角进都被下排的两颗牙挡住，头部后仰后，镜片头端才进去三厘米不到，尝试了两分钟左右，又通过面罩给氧提高饱和度。

“我不行，打电话给秦总吧。”她哐当一下放下喉镜，然后慌慌忙忙地掏出手机，却被病人家属推搡的动作一不小心打飞掉。亮白色的屏幕从空中划过，然后重重地摔下去，屏幕上的光线被割裂成分散的，扭曲的。

“医生啊，你救救我妈妈啊，医生啊，求求你了，我给你跪下来了。”

又是这一套，一年前的记忆潮水一样涌过来，那断断续续的哭声像是浪潮，把她打得七零八落。

那份调解书上写道：“医方抢救准备工作欠充分，当患者呼吸困难时，医方打开气道时间较晚，气管插管或气管切开不够及时，存在过错。”

不是的，不是这样的，她第一时间就做了气管插管，因为是比今天这种还困难的气道，尝试了两次，两次没有成功，然后上级医生当机立断让她行气管切开。

凭什么这些人就可以认定她准备工作欠充分？凭什么认定她打开气道时间较晚？郑平是为了钱吗，还是为了彻底地把伤害过他的医院踩在脚下呢？

“陈秩，把家属请出去，顺便告诉他们要把下排的两颗门牙拔掉，让他们签字。”

“肖旭，来帮忙。”

差不多半暴力地挪进喉镜片，下排的那两颗门牙已经松动了，颤颤巍巍地要掉未掉，可视下未看见会厌，只见到血丝泡从一个地方出来。

白术不由得屏住呼吸，然后全凭手感和直觉，朝那个冒泡的地方插进去，有顶住的感觉，拔导丝后，稍用力旋转进气管，完事后双肺听诊均有对称呼吸音，这次插管算是完成了。

旁人看上去只觉得又快又轻松，但是内行人都知道这太难了，对麻醉医生来说不简单，对其他医生来说更难了。

“好难啊。”

“真的太难了。”

白术也松了口气：“这次运气真的逆天地好，盲插都能进，如果一次不成功，管子反复试，不知道出血、水肿成什么样，下次还是喊麻醉医生稳妥点。”

郑雅洁脸色惨白地看着他。

他心中叹气，但是脸色没有流露半分：“没事，累了吧，早点回去休息吧。”

她没回去，不敢回家，一个人在医院外面溜达，也不知道干什么，就往面馆里一坐，点一份素面，也没什么胃口，就放着凉透了。

那是个80岁的老人，鼻窦癌，有肺部感染，抢救时突发喉痉挛，患者意识丧失，经抢救，予转ICU继续治疗。经半年多治疗，患者仍持续昏迷。一个月后患者转入某部队医院治疗，上个星期，患者家属要求拔管，患者死亡，这个患者半年多治疗费用100多万。

患者家属要求医院赔偿200余万元。

对她来说，天文数字。

郑雅洁惨淡地笑了笑，不知道坐了多久，坐到自己全身都凉透了，才拿起手机发微信消息给唐画：“白老师还在吗？”

“不在，回家了，今天是赵老师、肖老师值班。”

从大路拐进小巷子，郑雅洁还是第一次夜晚走这条路，虽然仍是家属区，但是四周狭窄仄闭，黑暗浓重得像是要扑灭一切，浑厚猛烈的风把阳台上的晾衣架吹得当当响。

白术家在二楼，远远看上去根本没有灯火，走进来才发现太昏暗了，似乎是台灯或者小夜灯，她都不确定他是不是已经回家了。借着手机背光，她慢慢地爬上楼，然后敲敲门，又往后退了几步，仰头不知道该把目光放在哪里才稳妥。

她忽然很紧张，要说的事情很多但是又很乱，完全没有头绪。她是凭着一腔孤勇过来的，几次都想转身跑开，可身体僵硬，怎么也迈不开步子。

“稍等，谁啊？”白术的声音闷闷地传来，带着一丝丝不耐烦，然后门打开了，他锁着的眉头一下子展开，“郑姑娘，找我有事？”

“可以进去吗？”

“进来吧。”

黑暗中只有书房的落地灯亮着，一小片光晕照着堆在地上的一摞摞书，客厅里更是空荡荡的，一般人家茶几桌子上总是有那么两样零食，而他家的茶几空荡荡的，除了书就是茶杯。

“白老师，有热水吗？”她冻得有些发抖。

“你等等啊。”他开了灯，客厅的灯亮起来，墙上挂着一张照片。他们一家六口的全家福，似乎落了些灰，画面有些模糊，照片上的白术，看上去真的很小。

脚步由远及近，他把冒着热气盛满热水的茶杯递给她：“咋了，有事吗？”

她焐着手，慢慢说道：“我想回麻醉科。”

他似乎一点都不意外她有这样的想法：“可以。”

“我可以让老板换我的师弟过来。”

“那就不需要你来操心了，还有吗？”

“我会参加调解的。”

“嗯，你是必须去的，不过我已经跟你说过了，这没什么，因为这笔费用对病人家属来说是个巨大的负担，他们没有办法，只能用打官司来解决。这跟你做的没有关系，除非当初这个病人抢救过来了，还活蹦乱跳的，他们才会甘心。只要人没抢救过来，别说是麻醉插管，如果用了肾上腺或者肝素或者甘露醇，或者如果开腹开胸，一样会被郑平抓住小辫子的。”

她没说话，气氛压抑难当。

白术叹气：“如果因为这件事影响到你以后的生活，我觉得非常不好。”

“白术，”她没喊他“白老师”，而是直呼大名，“你说家属是要钱没错，但是我叔叔呢？他是要钱还是要尊严？还是他已经不要尊严了，只是去争那个曾经丢失在同行面前的旧尊严？”

“郑雅洁，我觉得你把这件事情想偏了。”他开口纠正她，“你应该去考虑怎么样处理这件事，而不是去考虑你的对手会有什么样的动机，怎样做。”

她抬起头看着白术，言语里带着某种清晰的失望，她也不管不顾地一口气说到底：“是你让我想偏的，白老师，你让我来急诊ICU是一种利用吧？对你来说我就是块免死金牌，也许我叔叔看在我的面子上，案子一律不接，其实你也知道我叔叔就是个六亲不认的人，你还利用了我喜欢你的优势，你知道我会甘愿来帮忙的。”

他非常干脆地承认道：“嗯，我知道你喜欢我。”

她笑了笑，但那些微弧度完全无法起到缓解焦躁心情的作用。

“但是跟我让你来急诊ICU完全没有关系，工作里扯到私人感情是件很蠢的事情，咱们先把这件事放在一边，聊聊正经的事情。”

她点点头。

“你觉得你叔叔郑平是什么样的人？”

她想了想摇摇头：“说不清楚，我很小的时候，家里就跟他断绝关系了。”

“郑平这个人，我早就跟他打过交道了，我应该比你了解他啊，他总是被你家人说是‘脆弱、胆小、可怜、自尊心强’，其实他是个内心无比坚定的人。起码现在他知道自己在干什么，就是在给患者争取利益并且自己获利，你要说他非得去展现自己可怜的自尊，就算他内心是这么想的，也丝毫不影响他做事。而你呢？还是个不敢反抗、自作聪明的胆小鬼吗？”

“再说第二件事情。”他真的好像在诉说别人的事情，那么冷静，一本正经。

被这种声音覆盖着，郑雅洁居然能够平静地直视他。

“我没时间去经营感情，也没任何心理准备。我这个人已经‘失去’过，而想‘得到’的，还未得到，这种东西对我来说阴影有点深了，而且我这个人哪，朋友说过我，我见的生死太多了，平淡如水不适合我，轰轰烈烈也不是我要的。我这个人大概需要些特别的东西来打动我，物质也好，风月也好，日升月落也好，花开叶落也好，总有我能为之心动、感慨、惋惜却又难忘的东西才好。”

第十二章

医者仁心

Thank you doctor

01

第二天，郑雅洁桌子上的书还在，但是笔记本电脑、鼠标这些都没了。

直到九点多，她还没出现，唐画觉得奇怪："她人呢？"

"大概有什么事情请假了吧。"

"我在微信上问问她吧，不然抢救时还要我们插管啊，我得做好心理准备啊。昨天那个病人那种困难气道插管，我们这些半吊子绝对不行。"

还没收到郑雅洁的回复，白术就站在门口，跟他们说："郑雅洁请假几天。"

"几天？"全科室轰动，倒不是在认真地问"时长"，都在感叹郑雅洁超长的请假天数。

白术抱着臂膀，靠着墙，似笑非笑地逗这些小鹌鹑："有谁还要请假的？不如咱们科室关门大吉吧？大家有缘会诊见吧。"

人全部就安静了。

倒是肖砚问起的时候，他很认真地说："她原来是打算回麻醉科的，但是我说给郑总放两天假，让她准备下法院调解，也缓解下压力。"

"我怎么感觉她不会回来了呢？"

他绝望："不要乌鸦嘴啊。"

"世界上哪儿有那么好的事情？你不想给予对方想要的，又要对方心甘情愿为你付出？”

“跟麻醉科借个人手被你说得这么龌龊？”

肖砚明显不想谈下去，什么话也不说了。

结果中午，郑雅洁就拎着电脑包回来了，面无表情地坐回她原来的位置，然后打开电脑，在键盘上敲敲打打。

唐画跟她关系好，最开心：“郑总回来了！”

陈秩也松了一口气：“啊，终于可以不用我们插管了。”

郑雅洁扯扯嘴角，露出个自嘲的笑容：“插管、麻醉、手术都别喊我，我现在是带薪休假期，只不过度假地点在办公室而已。”

她是被骂和骗回来的。

白术不能逼她变得勇敢坚强，但是她爸妈可以把她骂到萌生那么点逆反的心理和对抗的情绪，最后是她的麻醉科大老板，50岁的人了，还演戏，速效救心丸丢两颗在嘴里，一杯茶下去，捂着心口对她说：“这可是150万的国家基金课题项目，跟急诊合作好了能发好几篇文章。”

郑雅洁忽然发现面对现实并没有那么难，因为现实是无法选择的。

所以她绞尽脑汁地在为法院调解打草稿。

这一天，急诊ICU忙到飞起。

喝多了从四楼跳下去的患者，蛛网膜下腔出血，肝脏挫裂伤，左胫腓骨开放粉碎性骨折。

有着预激综合征的中年男性心跳210 bpm（平均90 bpm），心悸，大汗，血压低。

最后120救护车拉了四个被刀刺伤的上来，都是一起的，一个抢救无效，两个肠修补加一边肾切除，术中一个还心跳停了又被按回来，剩下一个剖腹探查无啥事。

所谓的“由奢入俭难”，没有了郑雅洁，整个抢救环节就更犹豫、更急促。麻醉医生的意义不仅仅是插管、开放中心静脉，还有监护监控生命体征的责任。

而进手术室的时候，通常都是郑雅洁早早准备了在等他们；没了她，麻醉科那边的医生姗姗来迟，刚准备上手就对上白术靠着墙，抱着双臂，带着冷冰冰又不耐烦的眼神。

“郑总呢？”

“在我们科室度假呢。”

“她不是被大老板骂了一通吗？怎么在偷懒啊？”

白术接过手术刀，漫不经心地回答：“这懒给你，要不要偷？”

“不了，不了。”

“我给她放了假，让她自己调整下吧。”

全部人累散架了，只有郑雅洁优哉游哉的，真的是“偷得浮生半日闲”，一到晚上的饭点就帮他们去食堂买了饭，然后叫了几杯珍珠奶茶，在群里喊“先到先得”，半天都没人回应，倒是肖砚居然一点上级架子没有，第一个@她：“留一杯，转钱给你。”

她吓得手机都要掉了：“不用，不用。”

“要的，要的。”肖旭又跳出来，“帮我留一杯，我姐给钱。”

“帮我留一杯。”白术也在群里说，“‘小师叔’给钱。”

肖旭回敬他一个“炸煳”的黑脸表情。

肖砚做完手术就来取奶茶，郑雅洁还在慢慢琢磨这份辩解书怎么写。

她是理科生，写篇800字的议论文都磕磕绊绊的，更不要说跟郑平这种颇有文采的人对阵了，完全就是毫无还手之力被吊打的感觉。

肖砚就那么扫了一眼她的电脑屏幕，笑了：“明明你白术老师是个兵不厌诈的人，说白了就是为了达到目的没什么下限，居然叫你这么字字珠玑地认真讲道理？换我说，这种事情，既然叫你出面了，你不如更没有下限一点。”

郑雅洁一脸蒙地看着她。

“啊？”

“因为你是郑雅洁，你的背景可以让你要赖到毫不讲理，你的对手可以轻易突破你的认知底线，你难道就没有那种想发泄的冲动吗？

不管是耍赖骂人，还是号啕大哭都可以，你需要讲道理吗？不需要。你需要控诉，甚至狡辩、诡辩，你不需要用真心去换别人的恶意，你要知道，你的辩白对对方没有作用，因为对方很明确就是要钱。这些人除非忽然生病了，倒在调解或者法院判决现场，然后被你救了，大概才能得到些感激和歉意。”

郑雅洁想了很久，不得不承认这倒是个难得的思路，更难得的是，她竟然很喜欢。

“肖老师很有经验吗？”

肖砚轻描淡写地回答：“没有，看电视剧看多了而已。”

郑雅洁真的这么做了。

会议室里一边坐着她、白术和医务科的陈主任，一边坐着患者家属和郑平，中间坐着调解法官。

她感觉对面的目光，视她如蝼蚁般地一扫而过，还未开口，眼睛一酸，积攒的委屈终于涌上眼眶。

柔弱的小姑娘在这样的场合，逻辑思维居然没有混乱，能说得井井有条。

“肿瘤完全占领双侧鼻孔鼻腔，可见肿瘤上的出血点、黏液和肿块残余。口腔几乎被肿块填满，肿块呈菌状，上有坏死灶，附着于上腭，口咽几乎看不见，舌被肿瘤压迫，仅可轻度移动，不能闭口。对待困难气道的方法，如纤支镜、喉罩、经鼻插管、逆行插管等，对于这么大的一个脆性肿瘤来说，基本都行不通。

“人情况比较紧急，经典的气管切开用时较长，所以我没有应用经典的气管切开术，用了快速气管切开方法。

“困难气道是一个麻醉的老话题了，甚至就麻醉其他领域而言，似乎是一个独立的话题。我认为，面对不期而遇的困难气道，应该重视流程，而非过分强调技术。在流程上，我和我的上级医生判断没有任何问题；在技术上，我也没有任何问题。”

然后她眼泪就掉下来了："我当医生的任务是治病救人，抢救生命，我从来不伤人，也不害人，我所做的所有事情都是为了病人，而现在我要用全部精力去自保，我现在情绪很不稳定。这几天我都在质疑自己为什么要选择这样一个行业，天天消耗着自己的生命和信念，我真的快崩溃了。"

她抹了一把眼泪，把脸埋下去低低地啜泣起来，然后断断续续的啜泣声变成了大哭声。

会议室鸦雀无声，要知道这种调解场面确实容易出现双方情绪激动的场景，但这次是个漂亮的小姑娘被逼到这个境地，连法官脸面都有些挂不住了。

"先别哭啊。"

"郑医生，先别哭了。"

法官也很不自在："那个……先劝劝你们医生吧。"

郑平只能轻咳一声去打破会议室的尴尬气氛。

白术也有些蒙，他认为郑雅洁是那种坚强又理智，还要面子的人，就算是被逼到这个份儿上，也不会轻易低头的。

结果，她这么一哭，对面病人家属和律师看着她的眼神都有些不对劲，带着点心虚。

她要是真哭，他还真有些意外；要是假哭，白术真是想不出来谁给她支的招。

别人一说话，她哭，她自己说话也哭。

郑平问她："应该在操作前对整个气道进行综合评价，充分利用胸X片、CT、MRI①等，再决定何种方式最佳，所以为什么不做这些检查确定声门上气道情况？"

白术要帮她回答，她却抢先一步抽抽搭搭地哭道："这是急诊啊，不是择期，需要立即建立人工气道来排除生命危险。病人鼻腔被堵

---

① 磁共振成像。

塞，口腔被堵塞得几乎不能通气，下一秒就可能窒息死亡。你曾经也是个医生啊，你操作一下给我看看？如果你这么做了，现在坐在我这个位置的就是你了，对，你曾经也是坐在我这个位置的被告医生！但是你跟我不一样，你当时无可辩白！”

好狠的话。

不光白术和陈主任被震惊了，连郑平都有些羞赧，患者家属都怀疑地看着郑平，眼神仿佛在质疑着什么。

整个调解被郑雅洁的个人情绪搅得乱七八糟，平时咄咄逼人的郑平只能干巴巴地用一点力量都没有的词语强调医院应该承担的赔偿问题。

回到科室，郑雅洁冲进洗手间，哗啦啦的水声掩盖住了一切，出来时，除了眼睛红红的，又是那个熟悉的样子。

“哭爽了。”她这么对白术说。

他真不知道说什么：“都被你哭怕了。”

“嘻嘻，不然呢？这就是我的目的啊，我的眼泪不能白流的。”

“果然是假哭。”

“哈哈……肖老师教的。

“不过白老师——”

“嗯？”

“我还是不够成熟、不够强大吧，我后来一直想，如果下次有类似病人，做法会有何不同？换作我老板来应该怎么样？我准备经皮扩张气管切开器，是不是可以做股-股转流，但这仅仅存在理论上的可能，所需时间较长，恐怕建立后患者也已经脑死。”

他笑了笑：“不是，你应该想的是，你叔叔没有成为一名合格的医生，是因为差了点东西，仁心，或者信念。

“而你有了。”

02

陈秩又犯病了。

白术敏锐地觉察到了，医生应该小心谨慎没错，但是原来轻车熟路的手术，现在他又开始束手束脚，这个不敢做，那个不敢抢救。

更要命的是，原来明里暗里挤对他的唐画，居然当了帮凶。

他只能去谈话："上次骂过你束手束脚的，一点都不大气，才管了三个月，不骂不行吗？"

"那……"陈秩吞吞吐吐地说，"单身狗都无所畏惧，一人做事一人当，现在我也是有对象的人了，凡事谨慎一点不好吗？白老师，你是跟官司熟能生巧的人了，我可不想步郑总的后尘。

"就好比，身高一米五，买件羽绒服长一米四，或者披着被子上下班，我谨慎是对自己的能力有清醒的认识。"

白术竟然找不到词来骂陈秩。

他只好去找肖砚。

肖砚现在越来越忙，适应了急诊ICU的节奏后，便更高速地运转起来，有时候肖砚的手术比他的还多，还少见她露出疲态。

好不容易等她下了手术台，他才能说上两句话："陈秩自己能做的手术，让他自己上，心理不断奶，怎么独当一面？还有郑总那件事情，调解结果出来了，判医院承担10%的责任。"

肖砚想了想："这个责任认定可以算是微乎其微了。"

"能在郑平手下讨到这种便宜已经很不容易了，对了，郑总说还是你教她的？"

"嗯。"

"谢了，改天请你喝奶茶。"

"噗。"肖砚轻笑了一声。

白术觉得这个轻笑别有深意："笑什么？"

“真看不出你是个讲道理的人。”

“要看跟谁讲道理了，通常那种情况我是不讲话的人。”

“为什么？”

“因为陈主任说我一开口大概赔偿就要翻倍了，我又不能像个小姑娘一样哭哭啼啼地博取同情，所以你要原谅我这条思路空白。”

“对了，”他又想起来什么，倒着走了两步，“陈秩那家伙居然跟唐画在一起了，我又是最后一个知道的吗？”

她微微一笑，语气里有点调戏的愉悦：“因为怕打击到你？毕竟当初大家都误会唐画和你的关系。”

“我只想知道这个医院有没有跟我同病相怜的人，怎么是个女的都能跟我扯上关系？”白术眼珠子转了一圈，落在肖砚脸上，“瞧你幸灾乐祸的样子，你怎么不小心点？”

肖砚摇摇头：“因为他们都不怀疑我对你的感情。”

他竟然感到一点点紧张，维持着声线的稳定，然而还是泄露了一些紧绷感：“什么感情？”

肖砚翻了个白眼：“就是没感情。”

嗷嗷嗷嗷嗷，他气得想挠门。

这一幕恰好落在郑雅洁眼里，她还是白术的迷妹，但是理智上已经退化到单纯粉丝的地步了，说到底无非就是一开始这种感情就很单纯，带了些许崇拜和仰望。

趁着手术室里还没其他人，她大大方方地问道：“白老师，你是不是喜欢肖老师？”

“嗯？”

“你也算是个老江湖了，怎么老被肖老师欺负？”

“欺负？”

“她用言语单方面吊打你。”

“你是不是搞错了什么？”白术有些疑惑，“就是一两句调侃，我还经常跟徐一然开玩笑。”

“看眼神啊，不是说你看她的眼神或者她看你的眼神有喜欢的意思，而是她知道你能容忍她，她怎么样对你，你都对她没脾气，未必是爱情意义上的那个喜欢。”

“我还真对肖砚发过脾气，你们所有人我都发过脾气啊。”

郑雅洁忽然兴奋：“哦，那是什么情况？你发脾气肖老师不撑你吗？白老师，不是我说你，你要是跟女人发脾气，你就等着‘注孤生’吧。”

他觉得好笑又好气，抬头看看墙上的钟：“行了吧，指挥这个那个跟个NPC似的，自己庄稼还没找到牛犁地呢，别废话，马上做手术了。”

又到了医院年度量化考核，一时间整个科室又哀鸿遍野。

“不光考核，下个星期还有卫生局和医院发展大会的评审要来考核各个科室，下个月是JCI①评审，大家做好准备。”陆平安宣布完之后，又清清嗓子道，“今年是咱们科室很重要的一年，大家一定要重视啊。”

肖砚问：“为什么？”

“因为独立两年多了，去年我们科室才步入正轨有些起色。咱们科室隶属急危重症学，全国能独立出来的医院不多，被看成急救的标杆，而且老江一直想搞重点学科，所以每年的各种评审考核对我们来说格外重要。”

“其实去年我们考核通过也很不容易。”白术老老实实地承认，“浦江特大车祸这起急救事件，阴差阳错地救了我们，可以说用全院之力来帮我们科室了，但是我希望今年不要再发生什么天灾人祸重大事故了。”

他看了一眼手机：“我去上课了。”

“上课？”

---

① 全称Joint Commission International，是国际医疗卫生机构认证联合委员会用于对美国以外的医疗机构进行认证的附属机构。JCI认证是一个严谨的体系，标准是全世界公认的医疗服务标准，代表了医院服务和医院管理的最高水平。也是世界卫生组织认可的认证模式。

他举起手里的那本蓝色封面厚厚的《外科学》：“这个学期我有教学任务的。”

“周末还要上课？”

“医学生还有周末吗？”

医院三号楼的一楼南全改成了示教室。

日渐清凉的秋天下午，阳光变成了赤金色，空气里飘散着秋天成熟又内敛的香气。投影上的幻灯片放到了最后一张，所有学生都在紧张地做着笔记。

“蛛网膜下腔出血后脑积水，如果是巨大动脉瘤压迫而继发阻塞性脑积水，采用手术治疗，切除巨大动脉瘤，解除梗阻。如果以上手术不能施行……”白术的声音戛然而止。他从讲台上走下去，手指蜷起来，敲了敲第二排靠墙的桌子：“这位同学，你在吃什么？”

教室里所有学生的目光都集中在男生身上，哄笑声四起。

男生把脑袋抬起来，还一脸无辜：“老师，你吃吗？”

白术看到了柚子，连忙摆手，面色复杂，语气幽幽道：“谢谢，橘子、橙子都行，柚子就算了。”

又是一阵哄笑声，坐在最后一排的肖砚也不由得翘起了唇角。

“知不知道神外有句话叫‘白天吃柚子，晚上开脑子’？”他走上讲台，一本正经地讲道。

下面议论声四起。

“别怪我没提醒你们，以后你们就懂了。上课请大家自觉遵守课堂纪律，不要吃东西。”他轻咳了一下，“那我们继续讲，如果以上手术不能施行，可先行脑室分流术，以减轻临床主要症状。但是脑室分流术后颅内压降低，可增加动脉瘤破裂机会。”

PPT放映结束了，他合上书，环视教室：“还有什么问题？”

“老师，吃柚子真的就会开脑子吗？”

全教室都哄笑起来，他还是那张一本正经、高冷的脸：“会，‘言出法随，易学外应’。”他转身写下了八个漂亮的粉笔字，“有些东西点到为止，老祖宗说过了，‘只可意会，不可言传’，大家以后上了临床再慢慢体会吧，下课。”

尽管窗外阳光强烈，但是教室里偏暗，离去的学生顺手把教室的灯关了，一盏盏灯渐次熄灭，整个教室从暖橘色变成了灰调。

白术走过来：“你怎么在这里？”

“去医务科交了资料，就看到你在这里上课，听五分钟就结束了。”

“我讲课怎么样？”

“不怎么样，背书有什么好讲的？当老师好玩吗？”

“孟子说过，‘君子有三乐，得天下英才而教育之，第三乐也’。”

“所以，我看你挺喜欢教育科室里的小朋友的。”

白术刚想辩白什么，肖砚的手机适时地响起来，然后她脸色就微微一变。

“你叫人不要吃柚子，你自己就是个乌鸦嘴。”

肖旭今天轮休，朋友给他一张漫展的票，说是有事不能去了，很浪费。他犹豫了一会儿，决定还是去看看这个未知的二次元领域。

每天跟老头子的花花草草相处，肖旭觉得他很快就要活得跟一锅温暾水一样，白瓷茶缸盛着，寡淡，没味道。

他还30岁不到啊，当医生就那么四大皆空也有些不正常。

柯睿给他发微信消息：“你要去这场展览啊？我们公司也有展台，有很多漂亮的小姐姐，我们还出了新手游做推广，你一定要来玩。”

他一进去就看见穿着奇装异服、打扮得花枝招展的小姐姐，扛着长枪大炮的宅男，举着手机做直播的俏丽妹子，摆摊的各个卖家，此起彼伏的兴奋的尖叫声在灯光陆离变幻的舞台下方响起。

肖旭觉得自己简直就是个误入的路人。

他逛了几家游戏公司的展台，觉得实在没什么意思，正打算离开，忽然就听到不远处“哐当”“哗”“轰”几声巨响。他转身一看，舞台拼装桁架横七竖八地倒塌下来，连带着各种道具、灯光音响设备，还有舞台上表演的人。

惊叫声、惨叫声四起，很多人涌向出口择路而逃，很快舞台前潮水般地退去很多观众。

保安被涌出的人群堵得根本进不去，而肖旭第一时间就拿出手机打了急救电话和消防电话，然后跑过去，用尽力气喊道："有没有医生？医学生？"

有人停下了脚步，犹豫地看着他："我是医学生，可我什么都不会。"

"能帮忙就行。"

肖旭跑到舞台前，受伤的人并不多，更多的是受到惊吓的观众。

有胆子大的男生抱着浑身发抖脸色苍白的女孩子从舞台上爬下来，女孩子肩膀、腿处都有血。有的陷在桁架里，还有的被压在灯架下面，几个男生正在努力把重物搬走，也有的受了轻微的擦伤。

没有急救包，也没有任何工具，但他们也不是什么都不能做的。

肖旭喊道："红色、黄色、绿色的绳子或者带子，什么都行，再给我一支油笔和纸。"

很快就有人给他递上这些颜色各异的绳子。

"要怎么做？"

"我来分诊，你帮忙。"

"MEWS①评分确定病人分诊标志，MEWS≥4分为红色标志，入抢救室或监护室；MEWS2~3分为黄色标志，入留观室或病房；MEWS 0~1分为绿色标志，入急诊诊室。现在我们什么急救条件也没有，但总是要做一点事情的。"

他迅速地查看每个人的情况，在受到擦伤的人手臂上系一根绿色

---

① 英文全称为Modified Early Warning Score，是一种简易的病情及预后评估系统，依据患者的心率、收缩压、呼吸频率、体温和意识进行综合评分，将病情危重度分值化，能快速、简捷、科学地对病人危险性进行预测。

的绳子，然后用油笔在纸上写上初诊；往骨折的人手臂上系上黄色绳子；往躺在地上昏迷的人手臂上系上红色绳子。然后他掏出钥匙扣上的笔式手电筒一照，唰唰地在纸上写道“额顶骨骨折，怀疑脑桥损伤或蛛网膜下腔出血”。

“你是医生吗？”

“嗯。”

“我还是个医学生，才大三，都还没实习呢。”

“那你要比你的同学领先一步了。”

“医生，你好厉害。”

厉害吗？肖旭一边查看伤者情况一边想，从来没有这么庆幸自己是从急诊ICU里出来的。

这种紧张和急迫感，他每天都要经历，这节奏都像是印在骨子里那样深刻，几乎是条件反射一样地去处理伤员。

他以前从来没有想过要去急诊ICU当一个医生，他学医之后有着清晰的目标，也有着身上背负的长辈期望，他的目标一直是当个名医。

如果不是肖砚，他一辈子都不可能去急诊ICU，一辈子都不可能接触突发的、各种各样危急又复杂的病例。

他终于意识到了他待在的地方，是离天堂最近的地方，也是离奇迹发生最近的地方。

夜战，血战，死战。

他和他的战友们日复一日地加固着离天堂最近的墙，把那些濒死的生命，努力拽回到生的轨迹上来。

这一刻，他清晰地感到了一种强烈的归属感。

03

忽然他听到右后方传来一个急躁的声音：“麻烦让一让，让一让！”

肖旭循着声音望去，一个女孩子被一个男生一只手扶着，另一只手扶着墙慢慢地走。那个女生垂着头，昏昏沉沉的样子。忽然那个女孩子捂着头，痛苦不堪，然后弓下腰剧烈呕吐起来。

周围人顿时脸色就变了，很多人远远地躲开。

那个女孩子吐完就靠着墙软软地滑下来，意识模糊，呼吸急促。

肖旭立刻跑过去，蹲下来，用手指撑开她的眼皮，拿出钥匙扣上的笔式手电筒照了一下。

周围人七嘴八舌地问道："医生，她怎么啦？"

他摇摇头。

"现在怎么办？"

"请你们帮忙，把她放平，头仰起来，等救护车吧。"

"可是她现在呼吸很困难的样子。"

"呕吐过可能有气道阻塞。"

周围人议论起来："电视剧里，你们医生不是会用笔帽把脖子这里戳开，然后病人就可以呼吸了吗？"

肖旭哭笑不得："这样做有以下几个后果：一、穿刺的过程中如果刺到了大血管，出血不止，会导致病人死亡；二、病人有心脏病，穿刺的时候刺激心脏病发，死亡；三、钢笔没有消毒，穿刺的地方化脓，虽然当时救活了，但穿刺的伤口会一直长不好。"

话音刚落，救护车的鸣笛声就渐渐近了，他终于可以松一口气了。

"我已经分诊和初诊了，请优先运送手臂上系着红绳子的患者，然后是黄色，最后是绿色。"

"你是医生？"

"嗯，急诊ICU的主治医生。"

为了让别人信任，肖旭不得不亮出自己的身份和职称，果然急救医生和护士眼睛里的戒备和迟疑转瞬即逝。

"看不出来。"

那个医学生还在旁边惊叹："主治？天哪，你究竟多大啊？我还以为你就是个住院医师。"

他笑笑没说话。

“双侧瞳孔缩小，呈针孔样，怀疑脑桥损失或者蛛网膜下腔出血；意识不清，有呕吐，呼吸困难，怀疑气道阻塞。”

护士刚想给女孩戴上氧气面罩，那个女孩头一偏又剧烈地呕吐起来，然后呼吸极度困难，面部立刻变得青紫。

“来不及了，气管插管，先吸引。”

急救医生很年轻，看上去没什么经验，一米八的壮汉抓几下喉镜，手和手臂竟然就开始抖了，一看就是力量不到位。

肖旭从来没想过有一天还能指导别人插管，忽然想起第一天去急诊ICU的时候，自己不会插管还被白术嘲笑了。

他心中觉得好笑又无奈：“插管发力，在于一个巧劲，一个是发力时间，一个是发力方向。发力时间并不是喉镜一进口就开始，这时应该顺着口咽的生理曲度把喉镜放置到位，过了咽峡舌根才开始稍稍发力。你试试，不要着急。”

“好的。”

“已经暴露出声门和气管了，稳住。”

很快，那个女孩青紫的脸色就缓和下来，周围人都松了一口气，不知道谁先起的头，竟有热烈的掌声。

肖旭拍拍年轻医生的肩膀：“不错。”

“谢谢，谢谢你。”

消防队员也来了。

被困在夹缝中的高个子女生，气息孱弱，脸色煞白，一看就是失血过多。

“先开放静脉通道，注射林格液，多巴胺升压，给我手电筒。”

肖旭接过手电筒，然后往下面一照，不由得倒吸一口凉气：“这是什么？是刺刀还是钢丝？可能是贯穿伤。”

女生抬起沉重的眼皮，说道：“刺刀，没开刃的，当道具用。”

“还玩这么危险的道具吗？”肖旭俯下身子，“能把裙子掀开来让我看下吗？”

“不不不。”女生惊慌地拒绝了。

他轻咳一声：“抱歉，到医院再说吧。”

“医生，医生，这边。”

肖旭从舞台上爬下来：“怎么了？”

“这个人好像有问题。”

一个瘦小的女孩子坐靠在墙边，神色焦躁不安，呼吸困难，面色微微发紫。

那个医学生把女孩子的头发拨到脑后，露出脖子：“医生你看。”

肖旭一下子就看出来了：“是颈静脉怒张。”

“嗯嗯。”

“有多余的听诊器吗？听诊器借用下。”

他用听诊器听了听，问道：“被人群挤压过吗？”

女孩子虚弱地点了点头。

“有心包摩擦音，颈静脉怒张，是心包填塞，做心包穿刺。”

急救医生震惊地看着他：“这怎么做啊？哪儿有B超啊？”

肖旭紧锁眉头看着他。

“那怎么办？”

“真不行，我真的不行。”

“开放静脉通道，半卧位。”肖旭蹲下来，然后戴上手套，“消毒，铺无菌布。”

“你这是要干什么？”急救护士也很震惊。

“心包穿刺。”

护士舌头都打结了：“你……你怎么能做？”

“我是急诊的医生，怎么不能做？再说了这又不是手术，不违反规定，怕什么？”

“可是……”

“没什么可是的，心包填塞，不做穿刺，也就是分分钟没命的事情，就算现在被抬上救护车，也撑不到医院。”

急救医生慌张地说：“没有B超，没有B超，你靠经验做吗？”

“试一试还有希望，要是完全不试的话，眼睁睁地看她去死吗？”

“利多卡因，准备穿刺针。”

急救护士还有些犹豫：“真的要做吗？”

急救医生咬咬牙：“做就做吧，听他的，没办法了。”

肖旭拿起穿刺针，在病人左第五肋间，心尖部缓慢进针。他面色凝重，手指很稳，但带着一丝谨慎的犹豫。

整个场面是吵闹的。舞台上，消防人员还在切除那些阻隔的架子，“嗞嗞”的巨响伴着火花。场馆里还留着胆大的人，在保安的大喇叭喊声中有序地撤离，而他周围围着很多人，都有序地把他们圈在一个圆圈里。

肖旭有些生怯，但是不害怕，反而因怯生稳。从学生时代开始，到去神外，再到急诊ICU轮转，他练习、训练了那么久，内心无非就是等着某一刻充当救死扶伤的英雄。

换了别人，可能这辈子都不会有这种机会。

“进去了。”他定了定神，回抽液体，管子里涌出红色的不凝固的血。

“导丝。”

他取出穿刺针，沿导丝送扩张管，再沿导丝送中心静脉导管入心包，红色的血涌了出来。

“撤除导管。”

瞬间，那个女孩子脸色就舒缓了很多，所有人都松了一口气。

而肖旭稳了稳手，才让急救医生慢慢地接过去：“输低分子右旋糖酐，肾上腺素。”

他一抹额头的汗，竟然有种虚脱的感觉。

“医生，你好厉害啊，我好崇拜你啊。”

他也难得吹一回自己：“我们科室的正常操作。”

“那我以后就报这个科室。”

肖旭看着那张兴奋得跃跃欲试的脸，真不知道是害了这位小朋友，还是要说两句鼓励他一下。

陆陆续续来了几辆救护车，肖旭跟着最后那个被消防人员救出的女生回医院。

跟车的那个急救医生显然已经变成了他的迷弟："大佬，你怎么那么牛啊？你从哪儿毕业的？"

"协和八年制。"

"跪了，我只是个普通的小本科毕业生，只配待在急救中心。"

"我一直很好奇你们120急救是什么情况。"

"本地120免费，包括接、抬病号，没有担架工，缺人就得我们医生上，所以只招男医生。路上的处理、吸氧、监护，完全免费，病人只要有点不舒服，感冒、发烧、肚子疼，哪怕活蹦乱跳，哪怕自己有车，哪怕离医院很近，只要拨打了120，我们就必须无条件去接，所以接诊的病号数量虽然很多，真正需要急救的病人却很少。"

肖旭若有所思地点点头："跟过度医疗一个概念。"

"一直想转科或者考研，但是成绩不好，也没啥关系，就先熬着吧。"

"120挺重要的。"

"是啊，挺重要的，可以救好多人，也可以锻炼自己，但不能待太长时间。"

"为什么？"

"看不到前途吧，做急诊的哪儿能有什么前途呢？这种日复一日的工作，哪能比得上专科医生的专业程度呢？医生如果做不到专精，又有什么意义呢？"

肖旭没说话，眼睛毫无焦点地看着前方。

急救医生看到气氛陡然变冷，便没话找话说："不过也有搞笑的事情，有一次'杀马特'打120，说有人打架受伤了，我们救护车到了找不到伤员，问他们伤员呢，结果人家说你们等会儿，马上开打……"

肖旭被逗笑了，那个躺在担架床上的女生，意识清醒，听到这个也忍不住笑了。

“欸欸欸，你可别笑啊，稳住。”

救护车到了医院的急诊通道，车门打开，陈秩看到肖旭就忍不住摇摇头。

“熟悉的画面，熟悉的脸，你也是柯南体质上身了吗？”

“我这叫一脉相承。

“叫唐画来检查，这个妹子有点保守害羞，连裙子都不让我掀。”

“掀裙子当然很流氓啦！你应该直接拿剪刀剪开啊。”

“我也问过了，妹子说这裙子很贵的，剪碎了扎拖把都是天价拖把。我想想觉得赔不起，就算了。”

病人被推进来，那把并没有开刃的刺刀从腿下的会阴部位直接穿过腰。

陈秩看了一眼，很不自然地别过脸去：“稍等我去喊个女医生。”

“别。”

“怎么了？”

“别找女医生，你就行了。”

陈秩惊恐地瞪大眼睛：“喂，我是男的，这个刀贯穿的部位，不太和谐吧。”

“我是男的。”

陈秩愣了三秒：“什么？”

然后他盯着那个微微隆起的胸看了一会儿，又飞快地摇头：“你糊涂了吗？你在做梦吗？”

“我吃药，所以胸部会发育。”

陈秩被雷得半晌说不出话：“你吃的什么药？”

“我长期吃螺内酯（醛固酮的竞争性抑制剂）和妈富隆。”

“行吧，我去给你找个男医生。”

“你不是吗？”

“我是，但是我脑子是蒙的，我得找个接受能力强的人。”陈秩转身就走，走了两步又折回来，“放心吧，我会替你保密的。”

男生自嘲一笑：“不用，大家迟早都会知道的，而且我现在这个样子，能不能活下来都未知。

“或者我死了会比较合乎常理吧？这样我爸妈也不会觉得有我这种孩子丢人了。”

他脸上露出了绝望的神色：“医生，你们能不能救救我？如果不能救我，就弄死我算了，我活着真的好痛苦。”

陈秩静静地看着他，半晌问道：“你是觉得哪里痛苦呢？”

“我不知道啊，活着好累啊。”

“人活着都很累啊，如果你换一种性别就一定会轻松吗？”

第十三章

红豆饭

Thank you doctor

01

白术把CT片子挂起来琢磨：“我能说什么呢？这家伙运气真好，这把刀从阴囊沿着输尿管入腹后，穿过小肠系膜根部，再穿过腹主动脉与回结肠动脉三角区，于脊柱横突旁穿出腰大肌，一路过五关斩六将，无重要血管神经及脏器损伤，奇迹，真是奇迹。”

肖砚问：“所以这就是你们所说的伪娘吗？”

白术也不懂：“谁说的？”

郑雅洁把手举起来：“在日文ACG界中以男の娘来对应伪娘，不过他们生理上仍为男性。”

白术还是没听懂：“我觉得更像是性别认同障碍。”

肖砚赞同：“对，因为他想要改变生理性别。”

陈秩觉得奇怪：“为什么有性别认同障碍的人最终目标是改变生理性别而不是适应生理性别？”

“问我们干什么啊？我们怎么知道？”

白术想了想：“你可以问很多人——你为什么去赚钱、谈恋爱，而不是‘治好’你对财富和异性的欲望？”

“犀利。”

“无可辩驳。”

“狡猾。”

“诡辩。”

“我还有一个问题！这种人，是喜欢男的还是喜欢女的？”

“肉体与灵魂性别相反，灵魂性别应该是女的，所以应该是喜欢男的。”

“那不是同性恋了吗？”

“我觉得你们又搞错了一个点。”这次是肖砚出声，“同性恋，同性恋，就是两个同性相互吸引、相互爱恋，是性取向方面的东西，而不是性别认同的范畴，所以这两个问题是毫不相干的，性别认同障碍对异性恋、同性恋没有影响。”

“你们在这里废话半天究竟是要干什么啊？”白术拍拍桌子，“淡定点啊，准备手术，准备手术啊。”

还有人想继续讨论：“可是真的很奇葩。”

“是病吗？”

“我从来不觉得性别认同障碍是种病啊，人活着难道不应该让自己开心点？如果选择当女性会觉得轻松自在，何乐而不为呢？”

“我倒觉得是一种病态，当一个人无法从内心真正接纳自己的性别特征时，迷失和不稳定性就会特别突出。”

“无论是认知的错误还是逃避的选择，如果最终发现生活原来并不简单，他们换一种性别生活也一样辛苦，那些烦恼和苦痛依然无法逃避，做男人和女人都一样。”

“什么做男人做女人都一样？”肖旭换了洗手服，穿了白大褂走进来。

“那个女生，是个男的。”

“啊？不可能啊，明明是个女的啊，就是身材高大了点，声音稍微粗了点，人家有胸的！你们犯不着说人家是伪娘吧？”

白术指指片子：“看。”

肖旭瞳孔都要裂了：“今天不是愚人节，如果我发现你们合伙骗我，你们就都死定了。这真是个男的？”

肖旭手虚虚地搭在会议室的门把手上面，然后转过头去问白术：

“怎么说？”

“实话实说。”

“说你儿子是个有性别认同障碍的人，他想变成女的，他不仅仅这么想了，还吃药了，现在出了意外，不变成女的不行了。你们看是立刻接受呢，还是过半小时之后接受呢？”

“这是主题思想，你可以稍微润色美化一下。”

“呵呵。”肖旭拧下门把手的那一瞬间忽然回头，“白老师，我如果跟我爸说，我想待在急诊ICU，不想回神外了。老爸，你看是立刻接受呢，还是过几天接受呢，这样行不行？”

白术的喉结艰难地滑动了一下：“我跟你讲，你要是说的是实话，就……不行，滚！”

“呵呵。”

“手术很成功。”

穿着体面的中年夫妇都松了一口气。

“但是阴囊和输精管都有损伤，预后不太理想。”

夫妇俩顿时紧张起来了：“什么意思？”

“生育，会影响生育。”

“医生，这是真的吗？”

肖旭点点头：“嗯。”

中年妇女长长叹一口气，反而有些释然，然后惨笑起来：“这算什么啊？这是天意吗？”

“什么天意？”中年男子情绪有些激动，“这是什么天意？我的儿子，好好的一个男人，竟然想做女人，简直是奇耻大辱，好不好？”

“他就是不要当男人，这有什么办法啊？你告诉我，你逼着他穿裤子，把他的裙子扔掉，逼着他剪头发，把他那些化妆品都扔了，有什么用啊？”

“我不管他要当男的还是女的，总之他要看上去是个男的。”

“有什么用啊？这样自欺欺人有什么用啊？”

中年男人忽然长叹一声："他真的能承受别人异样的眼光吗？真的能承受改变性别带来的压力吗？他情绪敏感、性格脆弱，这个社会不够包容，不允许多样化，各种老旧思想死灰复燃，你觉得他真的变成女人就能活得好吗？"

"其实我不认为单单用'男人'或者'女人'这两个词，就能描述关于你们孩子的一切，扔掉所有性别标准和偏见，他就是他自己。我觉得人要是能认识自己，比认识社会或者家庭赋予他的定义，重要得多。"

肖旭不好意思地笑笑："抱歉，我胡说了几句。"

"不是胡说啊，小师叔，你说得真的很有道理，我也认为性别认同障碍这种疾病并不存在，应该治疗的是试图排除弱势族群的社会。"

他昏昏沉沉地醒来，因为浑身疼痛难耐，微微动了一下。

"尽量别动。"

肖旭站在他床边，问道："疼吗？镇痛药要不要我给你上多点剂量？"

"很疼。"

肖旭忍不住笑道："不要骗医生啊，绝对没有很疼，要疼也是心理阴影面积过大，算了，我给你上点吗啡。"

"你真的是医生啊？"

"不然呢？那种情况下谁会骗人啊？"

"也是。"

"你上大学了吧？"

"大二。"

"学的是什么？"

"生物。"

"不错嘛。"

"没有，上大学嘛，就是瞎混日子。"

"我跟你父母谈过了，你想知道我们谈了些什么吗？"

“嗯？”

“你的生育能力会受到影响，很可能是终生的。”

他麻木地点点头。

“我告诉他们，单单用‘男人’或者‘女人’这两个词是不能描述关于你的一切的，扔掉所有的性别标准和偏见，你就是你自己，所以你是不是也对自己的性别执念太深了呢？”

“我很早就想当个女生，那种感觉在我接触二次元世界之后更强烈了，但是刚才听你说了这句话，我忽然不知道我这样是出于本心还是因为逃避。”

“如果你变成女生，你会活得更开心吗？”

“也有医生这么跟我说。原来我是这么认为的，但是你说了这些话之后，我也不确定了。”

肖旭微微一笑：“反正时间还长，你可以慢慢想。”

肖旭是真的有些没心没肺，从小到大就是这样，他不怎么在乎，也懒得扑腾，他明白自己眼界的局限，也懂自己的家庭，很多事情就顺着长辈的意思顺其自然地过去了。

他偶尔也会像拉开可乐的易拉罐环，“砰”的一声把压着的脾气爆发出来，激烈又报复意味十足。

他在床上辗转反侧。

橘色的小夜灯亮在床前，笔记本上写着乱七八糟的字，涂上黑漆漆的横线、竖线。

他一会儿趴着，一会儿蜷着，一会儿呈“大”字形地摊着，白天已经累到极点，精神紧张到极限，现在想起来还是抑制不住地热血沸腾，混混沌沌的，脑子里的画面总是像电影那样回放。

第一天来到急诊ICU，在长长的急救通道上，白术、陈秩、林小芝他们快步往前走，渐渐地，救护车的声音越来越近了，仿佛一股力量推着他们，让他们奔跑起来。他们穿过通道，去迎接拯救那些处在危难中的生命。

而他就站在原地，目送他们远去，好像看一团火光，照亮了整个世界。

一直到今天，他自己成了光源。

他从没料到自己骨子里藏着浪漫英雄主义情结。

肖旭谁都没有告诉，其实很早之前，他就跟父亲发生了一场激烈的争执。

其实也不算是争执，只是肖北鹏单方面地把怒火全撒在了肖旭身上。他站在空旷的楼顶上，任由风把他的头发吹乱，他看着肖北鹏手指夹着香烟，一口都没抽，就燃尽了。

“你觉得自己能力很强吗？靠自己的努力就可以得到现在的位置吗？现在很多人所谓的靠自己的能力，无非是标榜着‘自尊’，规避那些琐碎又无力的事件，追求一种清新的状态，任性地做自己喜欢的事，却不用承担责任。”

他低下头。

“你固然有天赋、很努力，但是这个社会当然也是资源社会，如果没有我今天这样的地位和影响力，谁会对你另眼相看？而我从临床专家做到医院管理，几经沉浮，时刻未敢懈怠，为了我自己吗？我只是想让你有更高的起点，为你的发展铺好道路。”

烟终于烧到了手指上，肖北鹏把烟头按在垃圾桶上，命令式地说道：“你没有做主的权利，肖旭，在神外你是最年轻、最有前途的医生，有基金、课题，在急诊ICU你就是个搬运工，能学到什么呢？是气管插管、CPR，还是21种常用的急救药物使用？你是能学到新技术还是新知识？你要明白，我不是养一个混吃等死的儿子，更不需要养一个头脑不清楚的弱智。”

他当时是怎么回答的，大概是没什么表情，内心也没什么起伏，平平淡淡地用“我知道”三个字一带而过。

他只是因为亲近肖砚而去急诊ICU轮转，还有他这个年纪，职称升得也太快，偶尔蛰伏一下，避避风头。

这些话他只不过是听听而已，亚马孙河流的一只蝴蝶偶尔呼扇动几下翅膀，怎么就会在太平洋对岸引起一场龙卷风？

但是不巧，这一群蝴蝶扇扇翅膀，便在他心底引起了一场龙卷风。

02

下午，一个四岁的癫痫女患儿被送到急诊ICU抢救。

“俺也不知道啊，她爸爸就给点钱，每天放在我们家让帮忙照看下。这娃脑子有问题的，是个痴的，不哭不闹，俺想着还挺省心的，没想到一发病真的吓死俺们了。”

“那孩子爸爸呢？”

“喏，这是他的手机号码，你们打吧，俺不管了。”

非常严重的肌阵挛性癫痫，持续的热惊厥，一周岁的时候因为流脑疫苗造成每年都要反反复复地癫痫发作，不仅身体瘦小孱弱，智力也受到了严重影响，不发病的时候就痴痴傻傻地歪着脸躺着，对周遭事物没有任何反应，像是一个坏掉的布偶娃娃。

抢救结束，邻居所说的爸爸还没有到。

“打了好几遍电话也没人接啊。”陈秩再次把座机听筒放下。

唐画义愤填膺：“怎么会有这么不负责任的家长啊？联系不上人，这么小的孩子，他就丢在医院不闻不问了吗？”

“好可怜啊，不过这样的孩子不光自己受苦，也给家庭带来很大的痛苦啊。”

“哦，这么说合着是孩子求着爸妈生的啊？既然生了就要负责啊，如果不能尽到为人父母的责任，为什么要生孩子呢？最痛苦的应该是孩子自己啊。”唐画冷笑，“如果你的孩子患有不治之症，无法治愈，你怎么办？”

陈秩想了想，紧张地说道："我可以不回答吗？这是道送命题。"

"不能，人家不是说情侣长久需要三观一致吗？我想听听你的答案。"

陈秩艰难地咽了下口水："就治呗，维持生命，尽力就行了，也不枉为人父。"

"要是没钱呢？"

"问题是我家还算有钱吧。"

"不是，如果你家没钱呢？你也没钱，我也没钱？"

"那干吗要结婚生孩子？"

"行吧。"

郑雅洁听完唐画的叙述之后，拍桌子大笑："陈总是个实在人。唐唐，不是我批评你，这个问题真的很无聊啊，你好作。"

"我作？"

"不然呢？你希望他有什么标准答案给你？不要去想不存在的事情，没有任何意义，既然跟陈总谈恋爱，你指望他去理解穷人的生活？做梦吧，能用钱解决的事情对他来说根本不是事，所以说门当户对是真理。"

唐画什么都没说。

等到晚上，孩子的爸爸才姗姗来迟，脸上、手臂都缠着纱布，走路一瘸一拐，皮肤黝黑，看上去是特别疲惫的年轻爸爸。

"老板啊。"

"哎哟，原来是小老板啊。"

肖砚觉得奇怪："什么老板？"

"医院后街烧烤摊的老板啊，他家肉挺新鲜的，分量也挺足，饿了饿了。"

全科室都是烧烤摊的老客户，纷纷围上来七嘴八舌地问起来。

"老板，你这是怎么了？"

小老板想咧嘴笑笑，岂料就扯动了伤口，倒抽一口凉气：“不打紧的，就皮外伤，过几天就好了。我买菜的时候骑着车跟人撞了，都怪我，太累了，打瞌睡没留神就撞上去了。”

“撞着哪儿了？有没有骨折？”

“我去小诊所里让医生看了一眼，没啥事，就擦了点药。”

陈秩问：“拍片子了吗？”

小老板摇摇头。

“我给你开个检查单，赶紧拍个片子看看有没有骨折。”

“别，别，太贵了，拍不起，没事的。医生，谢谢你们这么关心我啊。”小老板讪讪地笑得一脸窘迫，“我女儿呢？她现在情况稳定吗？”

孩子情况是稳定下来了，躺在床上睡得香甜，完全不知道周遭的一切人和事。

“没事我就放心了，麻烦你们了，医生。”小老板看着女儿懵懂的睡颜，不忍离开，但是脚步依然慢慢往外挪，“店还没开呢，我还得回去忙，不然今天要少挣钱了，所以拜托医生帮忙多照看我女儿。”

“你就不等她醒来吗？”唐画皱着眉头看着他，“生病的孩子最需要父母的陪伴了，她一天都没见到你了，你就不能暂时把挣钱的事情放一放吗？”

小老板没想到有人这么说，脸立刻红了：“好吧，那我再等等。”

“没事，这里有我们医生帮忙看着，你先去忙。”陈秩皱着眉，把唐画的胳膊拽着往外走。

“你干吗啊？”

“唐画，你是不是太多管闲事了啊？”

“我只是让他等女儿醒过来，稍微花点时间陪陪她怎么了？”

“咱们急诊ICU是怎么收费的你也是知道的，这些账单够他起早摸黑干多少天？你以为小老板不想陪着孩子吗？但是孩子看病要花钱，他不去赚钱，怎么给她看病？”

“我觉得咱们没必要聊下去，赚钱很重要，稍微抽空看一眼孩子就那么难吗？”

“我们在这里争论什么？”陈秩把她手松开，很是无奈地看了唐画一眼，转身就走。

肖砚拿着病历簿拍拍白术的肩膀：“你偷看什么呢？”

白术干脆地承认了：“情侣吵架，精彩，要不是亲眼看见，我都不会觉得谈恋爱是多么无聊的一件事情。”

“你没谈过恋爱吗？”

他回答得超干脆：“没有。”

肖砚抬起头看着他：这人真是非常矛盾，看上去是个因为理想主义和聪明手段而高冷、不近人情，给人疏离感觉的人，熟了之后又显出活泼的那一面。他不爱表达，话不多，很多时候就看对方能不能从他的举止和眼神揣测出什么。戳到他的话点的时候，他又很乐意侃侃而谈，有时候又爱管闲事，总是一副从上帝视角看透一切的样子，然后给出中肯的意见。

但是当恋人不能这样，谈恋爱需要你来我往，需要交流和情趣，需要两个人稍稍沉溺在感情里。

其实这样看来，她比他更感情用事。

想到这里思路就停了，肖砚换了话题：“对了，你下诊断了吗？”

“顽固性癫痫，怀疑是Dravet综合征[①]。”

“能确诊吗？”

“确诊需要做基因检测，又是一大笔钱咯。”

油轻轻地滴到炭火上，卷起阵阵热浪，烤肉独有的香气便冒了出来。

肖旭拉了凳子坐下来：“怎么想起来吃烧烤？”

---

① 原称婴儿严重肌阵挛性癫痫，是一种在婴儿期出现症状的发育性及癫痫性脑病。

陈秩也坐下来："行动支持下老板咯。"

"难得你没跟唐画吃饭啊，咋了，听说你俩吵架了？"

陈秩无奈地笑笑："她想那些有的没的，管管病人的私事，累不累啊？"

肖旭翻了个白眼："你以前不是挺喜欢她这样的吗？还常常帮她说话。"

他不说话了。

"每个人有每个人的脾气和秉性，唐画就是个感情用事的姑娘，你说她有小心机、小聪明也好，但是人不坏，心还很善，病人难过她会哭，病人家属让她帮忙有求必应，我们受了委屈和质疑她也敢站出来。你知道吗？上次郑总的事情，她还私下去跟医务科的陈主任求情呢。你要让我做，我做不到。我对病人不可能有真情实感，他们得救了我会很开心，但是我开心是因为我成功了，我做到了。至于拯救生命、挽救别人家庭这种事情，我也只是顺带开心一下。他们要是哭天喊地，我内心也毫无波动，这大概就是每个人的性情吧。

"就好比小老板，你肯定了解得没有唐画多。她说小老板因为这孩子都快离婚了，孩子没人照顾，所以才会说让他抽空陪陪孩子的，总之你俩谁也没错。欸，老板谢谢啦，来来来，吃烧烤吃烧烤。"

"那你觉得我跟唐画合适吗？"

"你问我干吗？我又不想当你们的第三者。"

"就随便问问啊。"

"你是典型的直男思维，她是会稍微感情用事的妹子，你俩是大千世界中最典型的男女配，无数言情小说和电视剧都在讴歌着你们的爱情，这样说你满意了吗？"

肖砚回到科室一看，徐一然和白术两个人正在办公室吃烧烤呢，还开了啤酒喝着，两个脑袋挤在一起看着手机里的球赛视频。

白术抬起头，然后随意地指指外卖盒："吃吗？"

"晚饭就吃这个吗？"

“我们还叫了麻辣牛蛙、水煮鱼和小龙虾。”

“不是说晚上只能叫佛系外卖吗？”

“算了，算了，今天例外，就是来一堆急救的我都认了。”白术伸出大长腿，搭上身后不远处的椅子，轻轻一钩踢到肖砚面前，“坐啊，一起吃。”

外卖刚送来，急救的没来，小女孩的妈妈来了。她站在抢救室的走廊上，远远地看着。年轻的女人，容貌尚佳，但是有着小地方来的促狭和莫名的紧张感。

白术敲敲徐一然的饭盒：“你去。”

徐一然踹他一脚：“你去。”

被白术回踹了一脚，徐一然问：“凭什么啊？”

“凭外卖是我点的。”

“呵呵，烧烤还是我点的，你先吐出来啊。”

肖砚无奈：“我去吧。”

她洗了手，走上前去搭话：“家长吗？要先去看看孩子吗？”

女人低下头摇摇，脸像蒙着一层阴霾：“不看，看了就心软了。

“医生，您说实话，这孩子有没有好的可能性？”

肖砚懂得这句话的深意，所以选择沉默。

“我们家为了这孩子治病，省里的医院全都跑遍了，家里房子也卖了，经济和精力上实在是都到了极限，我们真的已经尽力了。就为了这孩子，我跟她爸现在吵得不可开交，都要离婚了，所以我现在就想知道，我们还在给孩子花钱治病，这一切有没有意义？”

“可是孩子不治怎么办呢？”

“我也不知道，带着孩子回老家能熬几年是几年。我跟我老公还年轻，想生还可以再生一个。”

女人靠着墙慢慢蹲下来，捂着脸：“我不能让这个孩子把我们家毁了，把我们一辈子都毁了啊。”

她的声音沙哑哽咽：“每天我都想，要是没生下这个孩子就好了，要是她发病了医生说无药可救也行啊，我也不知道我怎么会有这种想法，这种想法真的很可怕。我不配当妈妈，每次孩子喊我妈妈的时候，我多想说服自己，告诉自己，孩子一定会好的，但是现在我们真的无能为力了，她已经把我这辈子的幸福都毁了，我不能让她再毁掉我的家庭。”

肖砚被女人凄惨的哭声扰得头疼：“我只能给你们医学上的建议，孩子有可能是Dravet综合征，所以对各种抗癫痫药物都不敏感。如果想确诊的话，建议做基因筛查。”

“你的意思是，她已经无药可救了，对不对？是啊，我们已经对她仁至义尽了，我们已经尽力了，还要怎么办？当父母就要把自己的人生赔给孩子吗？”

她慢慢沿着墙蹲下去，捂住脸哭出来。

肖砚不知道怎么劝。

她只记得那个年轻的爸爸，一瘸一拐地往缴费处走的身影，从裤子口袋里掏出几张银行卡，反复翻看之后拿出一张卡，剩下的一张张地塞回去，还有他对医生说出最朴实的承诺：“我会坚持给孩子治病的。”

父爱到底是一个怎样的东西？

到现在她都不太能理解“爱”这种虚无缥缈的东西。

自她出生，父亲忙于工作、与新欢另筑新巢，她能够想起的便是那个高大英俊的男人，面无表情地看着她，如同看着陌生人的样子。

在小时候的作文课上，老师捧着优美的散文娓娓道来：“父爱是远山的呼唤，是春江之水，深沉而恒久，具有强大的支撑力量。父亲离开我已多年了，但是他对我如大山一般沉重的关爱总是令我难以忘怀，他那如同江水一般绵长的期待，总是在我的心中生长。”

她内心毫无触动。

现在长大了，她对于父亲在家庭中扮演的角色，也不过眼见别人而已。

她也问过肖旭，他不假思索道："你说老爸啊，是个操控欲极强的人，对我要求极其严格，但是偶尔看我的眼神总是有些可怜，或者乞求吧，有一种迟暮的英雄对自己血脉的不甘心，这一部分源于他同我妈妈婚姻不幸而怕我生疏他的心虚。他给我铺好一切发展的路，甚至为了我的未来，去跟他所厌恶的官场打交道，所以他提出些稍显过分的要求，我也会心软一下，所以看似是控制欲的父爱，其实也是牺牲式的父爱。"

趁着徐一然离开，肖砚拿起啤酒罐，碰了碰他的："我一直想问你一个问题，父爱是什么？"

白术拒绝："高考800字作文题，不回答。"

"你回答好了，我告诉你一个小秘密。"

"父爱，不像是母爱那样自发又天然，好像是需要吹鸽哨一般唤起的感情。我不能理解全部，但也能体会大半。当初我照顾白极光，我同他不是天然父子的血缘，刚开始极其不顺，直到有天他从噩梦中惊醒，喊我名字要找我的时候，我才感觉到他身上有我的痕迹，那个时候我才产生了类似父爱的感情。

"如果说母爱的感觉像是家，而父爱就像是门口那条通向世界的路，我愿意成为孩子的路。"

啤酒的酒精度数很低，饶是这样，白术一副眉眼也被酒精烧出点儿不同寻常的意思："那么小秘密是什么？"

03

沉寂很久的科室微信群忽然跳了一下。

紧张，好紧张，不是又出什么事情，或者陆妈又要开始思想教育了吧？肖旭和陈秩同时把嘴边的竹扦放下来，默契对视了一下，同时点开。

肖砚："发点表情包给我。"

肖旭和陈秩同时发出一个问号。

白术：“发大量表情包给我！”

郑雅洁先跳出来了：“谁解释下这是怎么一回事？”

徐一然：“幼稚，我也真是服了。我说了一句‘既然不喜欢石头剪刀布，那就斗图吧’，这两个真的要开始斗图了。”

郑雅洁：“徐老师发言时第一句话永远是废话，能不能先跳到第二句？”

徐一然：“我也不知道，好像只有他俩知道的小秘密。”

郑雅洁、唐画、肖旭：“小秘密？！”

白术：“不发表情包就散了吧。”

徐一然：“说散就散？不先答个疑？akhsdmcbisdkhiue#$%$……”

白术：“我看下书再回答你，你等等啊——”

白术：“[如何与傻帽相处.jpg]。”

肖砚：“[不要仗着自己脑袋有问题就为所欲为.JPG]。”

白术：“[滚蛋蛋.JPG][不要脸.JPG][你坏坏.JPG]。”

肖砚：“[看我不顺眼有本事用钱砸我啊.JPG]。”

白术：“[好！这个屁放得响亮.JPG]。”

肖砚：“[你大了，爸爸管不了你了.JPG]。”

白术：“[你脑子有点问题，我用PS帮你修好了.JPG]。”

肖砚：“[我真想用我的小脚丫堵住你的狗嘴.JPG]。”

陈秩都要笑滚到桌子下面去了，肖旭唰唰地用私聊给肖砚发表情包：“行了，真没有了，我就这么多存货。”

陆平安：“你们干吗呢啊？”

白术手快：“[哪儿来的狗，去你的.JPG]。”

白术：“不是……陆妈，我不是说你的。”

微信——“白术被群主移出群聊”。

肖旭趴在桌子上笑岔气了，陈秩结完账，拽了半天：“到底啥事？”

“真不知道啥事，哈哈……笑死了啊。”

肖旭一边走一边私聊白术：“咋了？”

白术："先把我拉回群。"

"你先说。"

白术："你姐说'告诉你个秘密'，我可激动了，结果她说'我知道你偷吃了我的巧克力'，这算什么秘密啊？"

"然后你们就斗图了？"

"徐一然提议的。"

肖旭觉得无奈："你俩多大人了啊，在陆妈眼皮底下斗图，我真是服了。"

过了一会儿白术才回道："别笑了，快点回来，抢救。"

动了剖宫产手术的病人，术后两天，突然胸痛，然后出现全身强直，继之呼之不应、神志不清，送到上级医院急诊ICU血压为零，立即全科抢救，抢救了三个多小时，回天乏力。

"考虑肺栓塞。"

肖旭说："家属不同意尸检。"

白术仔细看了看病历簿："这八成又是要打官司的，下级医院的事情，跟我们没关系。"

唐画说："前几天那个出车祸，小腿开放性软组织损伤的病人，也是下级医院转到我们医院的，你们还记得吗？气性坏疽，高位截肢。我刚才去ICU听说，术后继续按气性坏疽治疗无效，今天患者死亡。"

郑雅洁总结说："往往转院的都凶多吉少啊。"

陈秩想了想道："你这么一说，我又想起昨天那个发病到死亡十个小时的患者，到这里时血氧饱和度已经降低至77%，插管后两小时血压又暴跌，下午四点，心率下降到40，心肺复苏无效死亡。"

"最近咱们是不是点背？"

"应该是患者点背吧。"

第二天早上又收了一个84岁的患者，出车祸，伤及头和骨盆部，一小时内被送到急诊ICU，骨盆骨折，创伤失血性休克，面部皮肤挫裂伤。

同时还有一个孩子，因为脑震荡暂时昏迷，生命体征都没什么问题，只是面部毁损性损伤。

其他人都去抢救了，留着陈秩拿着针和线发愁，被白术看到了，他皱眉想了想：“打电话给整形外科，让梁道情过来。”

“梁姐姐？”

“对，其他人都不要，她要没空就等。”

“为什么啊？”陈秩很不解。

“到时候你就知道了。”

梁道情倒是很快就来了，看了一下情况：“右耳朵背侧皮肤不完全撕脱伤，耳软骨外露1/3~1/2，边缘组织毁损严重，现在做了吧。”

然后她手一伸：“画线笔。”

陈秩一愣：“呃，我们这儿没这玩意儿。”

她笑起来，特别温柔的样子：“那我就目测了。”

整形外科医生的手底功夫是外科医生赶超不了的，细致精巧，手下功夫精湛，堪比绣花。

如果说外科是勾勒画面的草稿，那么整形外科就是定稿的描线，用比头发还细的针线严丝合缝地把薄薄的皮肤缝合服帖。

陈秩看得大气都不敢喘，偏偏梁道情很轻松。

最后除了斑驳的血迹，很难看出原来的耳朵和头皮被撕裂得多么惨烈。

“好了。”

陈秩刚要说什么，白术便凑过来说道：“最近我们科室点背，你帮我们看看？”

梁道情微微一笑：“不奇怪，戊戌年壬戌月[①]。”

---

① 中国传统历法——农历（汉历）纪年的干支纪年，对应公元纪年2018年10月。

“哦，有什么说法？”

“你这样问，我又要被白老师骂。”

白术愣了一下，然后笑起来：“你喊白智潾还喊白老师啊？不喊老白啊、亲爱的什么啊？白老师，我还以为你喊我呢，真混乱。”

她连瞪人的时候都有种缱绻的温柔。

“好了，好了，不说笑了。”他换了某种理直气壮又可怜兮兮的语气说道，“师妹，你不说我不说，白智潾根本不可能知道，你不能见死不救啊。”

“戊戌年壬戌月，戌土引动戌土强旺，戌土克虚浮壬水，壬水受伤。戊戌燥土没有其他五行抵挡，戊戌土旺极成灾。戌也代表墓室，墓年碰上墓月，是要收人的，也是很正常的事，大人物走之前，是要很多小人物跟随的；壬代表水，象征着智慧，也有交通八达的意思，所以这个月精神病和交通事故应该很多。”

“那怎么办啊？有没有什么转运符、护身符之类的抵挡一下？烧烧香什么的有用吗？”

梁道情被逗笑了：“你真的当我是道观派出来揽客的吗？我也不知道，要不你跳大神试试？”

“行啊，那跳了没效果，我可不放过你。”

“没效果一定是因为你不走心。”她看了一眼手表，“科室还要开会，我先走了。”

“谢谢啦，慢走。”

她走了两步又退回来，上上下下打量白术。

“怎么了？”

“你还记得你年初在南岳大庙求的签吗？”

那时候，他们几个留院值班的同校师兄妹大年初一大清早去烧香，不知道是工作久了还是受到梁道情影响，都抱着玩玩的心态去求了个签。

白术终于想起来了：“啊？哦。”

“忧愁常锁两眉梢，千头万绪挂心间，从今以后方开阵，任意行来不相干，上上签。”梁道情微微一笑，“师兄啊，要吃红豆饭了。”

陈秩无奈地消化了半天，然后把自己一知半解的消息发到了小群里。

“所以梁姐姐是神婆吗？”

郑雅洁很八卦：“我听说梁姐姐看相很准的，没想到居然也会批天运。”

“？？？梁姐姐还会看相？”

“我也是听她们科室的人说的，梁姐姐读研究生时说整容就相当于改变面部风水，所以讨厌一切整容手段。”

“梁姐姐还是白老师的师妹？”

“他俩是一个学校的，虽然不同届，但喊师兄师妹也没什么问题吧。”

唐画说：“我忽然觉得梁姐姐好神奇，我要找她看看。”

肖旭跳出来：“算了吧，梁姐姐早就不看、不算了，你们这么闲吗？那个病人现在BP0，中心静脉压23，你们居然还有空闲聊？我看啊，除了只给一切不合理的完全不合理的解释，看相算命不能救命。”

这个患者氧分压持续走低，八小时后自主呼吸消失，心率52，血压55/32，最终抢救无效死亡。

家属哭得撕心裂肺，参加抢救的全员都沮丧到顶点，透心的累和黏稠的低气压混在一起，无法打破，一个个都恹恹的，不想说话。

每个人头顶上仿佛都笼罩着一团黑气，动作都给压慢了似的，明明都是年轻充满朝气的脸，在这种沉闷的暮色里沾染了很沉的气息，变成一台台锈掉周转不灵的机器。

“心好累啊。”

“真累。”

“丧。”

“丧得不行了，感觉身体被掏空。”

“别灰心。”白术叹了口气，然后拍拍肖旭的肩膀，努力用鼓励的腔调对着所有人说道，“别灰心啊，咱们科室就是这样起起落落的。”

食堂没有卖红豆饭的，他虽然不懂为什么要吃红豆饭，但是梁道情的话不可不听，他对算命这种事情的态度也很中庸。

算命这个行当，自古有之，生存前提就是准确度，否则早被淘汰了。

于是白术点了杯红豆奶茶，把奶茶倒到杯子里，然后把红豆挖出来铺在米饭上。

他吃一口眼泪就要流出来了，奶茶红豆拌饭，味道太怪了。

偏偏肖砚看到了，还问他：“好吃吗？”

“好恶心。”

“你干吗要吃这个东西？这是什么奇怪的仪式吗？”

“你信算命的吗？”

“我对这个没什么感觉，但是老头子退休之后研究过《周易》，他说《周易》包罗万象，博大精深。易与天地准，故能弥纶天地之道，自然能用来推算事物的发展进程，但效用并不局限于此，更多是要知晓，世间万事万物的运转规律。”

“好像看了一本伪科学的科学著作。”

肖砚笑笑，然后拿出手机摆弄了一下：“红豆饭，日本常作为年中一些特殊场合的庆祝餐食，例如，生日、婚礼，红豆饭因为与这些庆祝有强烈的联结，因此当说‘来吃红豆饭吧’！所以你在庆祝什么？”

白术眨眨眼睛：“真的吗？我还以为是转运用的。”

“转运？为什么要转运？”

他垮垮地坐在椅子上，原本就是放松时都直挺挺的脊背都要挂在椅子上了，穿着松松垮垮显不出半点精气神的老头衫，头发遮到了眉眼上，沉沉地压着，有些颓丧。

她忽然意识到，这几天他都没有休息好。

像白术这样经常熬夜的人，修仙修到一定境界了，是全科室最有精力的人，哪怕几天几夜不合眼甚至保持高度集中都不是问题。但是一切忙活完了，也会如电量耗光一样，直接昏迷过去，任由一帮人在他身边鬼哭狼嚎，他都没反应。

但是他这几天蜷在休息室小沙发上，外面一有动静身体就有些惊弓之鸟的紧绷感，是那种直觉灾祸要降临的不安感。

"就想着能不能借点天命运势啊，救救人命什么的，最近总觉得不太对劲，冥冥中注定的不祥……"他说着说着自己都扑哧一下笑出来，平时冷淡精明的人傻笑起来还有点可爱，"像不像不努力的学生，考试前不复习然后用塔罗牌算数学能考多少分？"

肖砚没接话，只是对他眨了眨眼。

"这饭难吃吧？"

"是挺难吃的，我估计比可乐泡饭还难吃。"

她抬起手腕，看了下手表，然后站起来，把他的餐盘抽出来："离八点还有一个小时，我请你吃真正的红豆饭。"

第十四章

医患和谐

Thank you doctor

01

已经立冬了，一阵风吹来，干黄的叶片唰唰地往下掉，落叶草屑连同所有轻飘飘的东西都被风刮得原地打转，接踵而至的是无休止的阴雨天气，灰色透凉的气息在水汽之间徘徊，夹杂着一丝阴风吹袭。

白术现在不得不相信梁道情说的那套了，短短一个星期，医院两位高级专家离世，白色的讣告贴在宣传栏上，连医院通往医学院的小门门口都贴着。

他往讣告前一站，心里说不出来地沉重和惋惜，轻轻叹着气对陈秩道："唉，想到那时候老爷子查房时，我们这些负责主诉病情的年轻医生最紧张了。如果对病人病情了解不准，回答不出问题，他一定会狠狠批评，真的，能对病人的情况了如指掌，是他把我逼出来的。"

郑雅洁凑过来："白白老师，要去吗？"

"要啊，你呢？"

"一起吧。"

他转过脸看到徐一然也盯着那张讣告："去吗？"

"去啊，老爷子骂我骂得最厉害，据说是前无学生那种，我总算是在他从医历史上沾了个'最'字，怎么能不去呢？"

"你哭了啊？"

徐一然伸出手指，用指腹刮了一下眼皮："才没有，你什么眼神啊？"

肖砚值晚班，准备下班，看到白术喊道："老白。"

“干吗，老肖？”

雷飞了一干同事。

郑雅洁无奈：“直接跳过蜜月期，进入老夫老妻抠脚拉屎都很淡定的称呼中了。”

肖旭指责：“老白喊我姐老肖什么的，简直没大没小，不尊重，还缺心眼。”

“那喊什么，除了肖砚？”

肖旭不说话了，想半天想不出来。

白术凑过去把肖旭肩膀一勾：“喊姐？”

“滚，那是我喊的。”

“那喊哥吗？肖砚，肖哥，挺霸气的，符合肖砚人设。”

肖砚听了：“滚。”

“你喊我啥事啊？”

“我要去吗？”她指指墙上的讣告。

“不用了，我们去就行了。”

她眼神忽闪了一下，然后定定地看着白术，他还没反应过来，她的声音依然冷淡：“真的不要我去吗？”

第一次问的时候是随性自然的口吻，第二次就变成有规律的平仄，肖砚仿佛是在质问，不惊人地响彻着。

肖砚这是怎么了？白术这样想，但还是摇摇头：“我们去就行了。”

她没再说什么。

好像所有悲剧都会发生在雨天，如烟如雾的雨丝飘洒在阴灰色的天地，每当阴雨天总会让人想起许多，回想那些轻描淡写的往事、短暂轰烈的曾经，像电影一幕幕在脑子里回放。

整日面对生死的人，其实应该更坦然地面对死亡，但是当这件事降临在同事、前辈、尊师身上的时候，并不那么坦然。

白术从礼堂里出来的时候，外面还在下着雨。从楼上可以看到整个医院的主干道，人那么小，静悄悄的，在此景中，人也是虚的，无我，只剩下几根虚虚的线条，很小很虚的人。

人一旦通道天地，就立即变大了，参赞天地之化育，一个一个顶天立地，头角峥嵘，虚虚的线条都变成了铮铮铁骨。

肖砚被投诉了。

郑雅洁的官司风波刚过，陆平安紧张得不行，不光急诊ICU，整个医院都有点草木皆兵，医务科甚至搞出了患者满意度调查一说。如果患者不满意，你要找原因；如果患者投诉你，领导要调查原委；如果你做得不好，要批评教育，还要把过失记录在档案里。

白术抱着胳膊叉开腿软绵绵地挂在椅子上，说："真脑残，谁爱调查谁调查去，我没时间。"

陆平安说："很期待我调查你。"

"啧，陆妈，你这种做法合适吗？杀敌一万，自损八千，咱们科室还嫌事不够多吗？我觉得投诉就算了，送来咱们科室不管救不救得活，家属都不满意，要么贵，要么活不成，等到他们真的打上门来了，你再调查也不迟。"

结果白术还没收到投诉，肖砚先收到了。

一个特别牛的大学的研究生，踢球撞出了脑震荡，引起短暂昏迷，四头肌血肿，被救护车送来急诊ICU。当时肖砚让患者去开了急诊CT，做完，看片子确定不需要手术，留观之后也没什么异常，约患者两天后门诊复查。

结果没到一个月，那哥们儿写了篇文章，开头就说自己是知名大学什么院系的研究生，医院叫救护车把他送急诊ICU就是为了多收钱，他把CT片子拿到他老家一个什么县里的医院，不知道找了谁，对方看了说他需要做手术，说肖砚耽误他治疗——直接把白术看乐了。

"好笑吗？"肖砚其实也挺想笑的，想笑白术那副乐不可支的样子。

他实话实说："真的挺好笑，我没想到第一个躺枪的是你。"

“医务科来调查这件事了。”

“呀呀呀。”他作势一副很紧张的样子，“你准备怎么办？”

“还能怎么办？”肖砚直接把病历系统打开，调出电话，拨了回去。她声线没任何起伏，就跟格子上的横线一样笔直刚硬：“我耽误你治疗了吗？照了CT，你脑子又没问题为什么要开刀？什么？你们医院医生说你脑子有问题？”

白术差点儿笑出声。

“复查了吗？没有啊，那很好，下次复查爱找谁找谁看。电子系统里我会给你新建一个病历，写恶意投诉，不予复查，全院都知道。”

“什么？投诉我要我改善服务？”肖砚一愣，不知道怎么回答。

白术杵杵肖砚，然后指指话筒，用口型对她道：“给我。”

她把话筒递给他。

“改善什么服务啊？开什么玩笑？这服务再改善就得垫钱给你看病了。

“我是她领导，第一，救护车是我们科室出车的吗？你当时要是能爬过来就应该把救护车撵回去；第二，我拿你们学校博士毕业证时你还尿裤子呢，别跟我摆什么谱；第三，拿你们县医院医生意见来跟哈佛医学院博士论道？手术谁爱做谁做。

“什么？要撤回投诉？迟了，医务科回复我都写好了，留着让全院人看。”

他麻利地挂了电话。

谁都没先说话，仿佛在回味这种一致对外的快感，肖砚的嘴角随之上扬，目光碰撞，双双都在对方眼里读到了另一个自己。

游走在医院规则之下能够坚持表达自己想法的自己，就算是盛气凌人地撑回去，就算是被医务科再次找上门来教育培训。

“没事。”白术先开口，“投诉才多大点事情？别放在心上，而且这根本不叫投诉，叫碰瓷，找碴儿。”

她没说话，笑了笑。

“以后再遇到这种事情，别藏着掖着，要不是陆妈告诉我，你还准备不说，是吧？反正你肖砚厉害。”

他又来了，但是肖砚这次居然没有被激到。

白术看上去的确是个支配型人格的人，在科室里也好，应对外界事物也好，有一种高瞻远瞩、运筹帷幄的架势，但是这种支配同时带着保护别人的色彩。

待的时间越长，她越觉得自己是被保护起来的。

她是科室里唯一与患者和家属距离稍远的医生，那些谈话交流、被呵斥、被骂，都轮不到她头上来，行政或者琐碎的小事用不着她操心，肖砚只需要贡献自己的技术和精力就可以。

是特权吧，或者是他人为之划出的隔离地带。

她也是具有支配型人格的人，但是为待在自己的舒适地带而做出的本能反应，同时她觉得自己被隔离在科室群体之外。

肖砚手指一缩，指尖在手机屏幕上一弹：“我跟你说了，你没回我。”

“嗯？”他打开微信，然后看了一眼，舌头打结，“呃，没、没注意微信。”

雨水模糊了窗户，只剩下一帧帧朦胧的光晕，一半晃眼，一半晦涩的暗。

肖砚露出得意甚至胜利的表情，看着白术。

“老白。”

他这几天已经被这种近乎调戏到暧昧的气氛搞到神经紧张：“干吗？”

“以前的我不会说，不代表现在的我不会。”

“所以？”

“你知道就好，我也在调整我自己，以及融入这个集体，但是能不能成功又是另一回事了。”

他眼眸转动，敛过眼角细碎的微光，一扫平时那种闲散淡定又高冷的看人方式，一旦他露出这样的眼神，那便是向对方坦诚。

“融入这个集体？干什么？你真的打算长长久久地待下去？抛弃

你在美国获得的那段辉煌履历和经历，在这里当个默默无名的医生？”

“我可能会回美国，但是离这天还很远。”

“那说说你回来的动机吧，如果你拿隐私那套来搪塞我，可以，但是以后我不想相信你说的任何话了。”他顿了顿说道，“你自己感觉不到，可是我可以感觉到，从某天开始，你的精神就像是一个上了弦的闹钟，一直不停地在走，比任何人都快，你带着紧张和压力甚至渴求去逼迫它前进，我猜，它有一天会突然崩掉。

“你到底是真不记得了，还是选择性遗忘了？”

她条件反射一样缩了一下肩膀，然后才慢慢地放松下来。

“你是神外医生，你会知道有些脑部器质性疾病或脑外伤会导致大脑储存记忆的部位受损，这样就会破坏记忆的形成过程，会使新的记忆巩固不了，刚刚发生的事情就会马上忘掉，但是对于受伤之前的一些记忆，还有可能保存下来。”

“是的。”

“还有一种遗忘是由心理因素引起的。在癔症与反应性精神病中，可以出现一段时间生活经历的完全遗忘。”

“是的。”

“所以我一个原因是真不记得了，还有一个原因是选择性遗忘了。”

02

这几天肖砚一直在思考一个问题。

接触的人越多，不同人身上的气质差别在肖砚眼里就越发明显。每个人都由无数情绪和欲望组成，有人隐藏，有人大大咧咧地展现，喜怒哀乐、忧惧爱恨，总离不开七情六欲。

但白术是一个即使她去注意也得不出什么结论的人。

他的眼神很平静，生气、紧张、激动这些情绪更像是刻意制造的一种氛围，因为并不反映在眼睛里。他从来没有过激的情绪，她也没有在他身上感受到焦渴的压迫感和胜负欲。

她捡起记忆中的细枝末节，零零碎碎拼凑在一起的时候，发现他还真的没变。

她无法理解，同样经历过至亲挚爱逝去的惨痛场景，她消除了一部分、隐藏了一部分的情绪，而他好像变得压根儿就没有这些东西。

听完那句话，他就是笑了一声，分不清是笑还是在缓解气氛："真复杂，差不多能猜出来了，但是我忽然不是很想知道了。"

"那你就不要想了，当我什么都没说。"

"老肖啊，你要诈。"

轮到她觉得奇怪了："我怎么了？"

"人有时候会产生传说中的西斯空寂（细思恐极），本来我不怎么去想了，但是被你这么一劝越想越觉得恐怖。"

夜晚依然有救护车源源不断地送病人，这次却送来个120急救医生。

很年轻的小伙子，皱皱巴巴的白大褂上还沾着未干的血迹，看了叫人心寒，脑袋上被拐杖打了几下，血流如注，昏迷不醒。医生给他拍了片子一看，左侧颞创伤性硬膜下血肿，左侧颞叶挫伤，蛛网膜下腔出血，右侧头顶部血肿。

唐画看了片子气得要命："怎么都没人管管啊？没人报警吗？随车护士呢？报警了吗？"

她的话音还没落，第二辆救护车来了，抬下来个一身酒气的中年男子，浓烈的酒气在打开车门一瞬间，猛地扎到在场所有人的鼻子里。

而他的妻子缩在角落里，头发凌乱，面带泪痕，手里还抱着一对拐杖，拐杖上沾着暗红到发黑的血迹。

连肖旭都爆粗口："报警吧，都什么事啊？发酒疯就可以为所欲为地殴打我们医生？"

事实证明，发酒疯真的可以为所欲为地殴打医生。

56岁的中年男子，2型糖尿病病史，下肢残疾，喝了一斤45度白酒之后就开始发酒疯。

他妻子一直在低低地哭："他平时挺闷的一个人，喝了酒就像变了一个人，骂骂咧咧的，说他两句就扇我耳光，然后开始拍桌子、砸凳子。我害怕得不行，只能打急救电话。"

唐画简直气结："打120这不是害死人家医生吗？你怎么不先打110啊？！"

女人哭得更大声了："医生啊，我家没钱啊，我老公残疾没工作啊，赔不起啊。"

"酒喝得起，酒疯发得起，赔钱就赔不起。"郑雅洁直接开撑，"大妈，是不是觉得你惨你有理啊？我也挺惨的，我刚被男朋友骗婚，钱都没了，孩子也打了，我也特别想喝酒，然后拿把刀乱砍一气，你觉得是不是我惨我也有理啊？"

肖砚走过来嘱咐道："查血生化。"

"不查，不查，医生，我老公就是喝多了，酒醒就好了。"

她的话音未落，病人歪着脑袋，"哇"地一口吐出来了，一瞬间抢救室都弥漫着一股发酵的臭味。他吐完了似乎特别躁动，挣扎着要从床上爬起来。

肖砚倒是面不改色："美他多辛、纳洛酮、醒脑静、兰索拉唑，查个血生化，脑CT。"

就听到"哐当"一声，所有医护人员都惊诧地看到病床旁边的呼吸机被推撞到了墙上，轮子打了个转，然后直直地倒在地上。

那个发酒疯的男人面色潮红，喘着粗气，涎水挂在下巴上面，整个人如同一头亢奋到丧失理智的斗牛，然后抓起被单就掀起来扔在地上，那条残疾的腿，裤管挂在空中空荡荡的。

他接着又扯下心电监护仪，哐当摔在地上，屏幕瞬间就暗了。

护士不敢上前，但是也呵斥了一声："住手！你干吗啊？"

"快叫保安。"

女人已经吓成筛子了，哆哆嗦嗦地问唐画：“那个，那个……要赔钱吗？”

抢救室仅有的男性只有陈秩，他试图靠近发酒疯的病人，但还是很怕被殃及，其实他不是没想过这样的情况。

医患关系越来越紧张，最直接的受害一线就是急诊ICU，第一天上班的时候，护士长就开玩笑地告诉他们工作人员被打了之后医院赔工伤也就400块钱，要命就赶紧跑。

所以他脑子里全是怎么逃生，抢救室的窗户和后门怎么开。

唐画纠结地看着肖砚。

西门子的伺服呼吸机、飞利浦的彩超仪、除颤起搏仪、心电图机、各种微量泵容量泵、有创和无创监测设备与检测设备。

他砸的都是钱，都是医院的资产，心疼。

于是肖砚把被扔下去的被子捡起来，对着陈秩使了个眼色，然后整个人以迅雷不及掩耳之势扑了上去，一把把被子罩在病人头上，用整个体重的力量去死死拽着被子。

陈秩真的不知道同是男人，还瘸了一条腿，这个病人的手劲居然那么大，有那么大蛮力，几次都要挣扎出去。他几次都要滑脱手，只能冲着围观的人喊道：“直接压倒啊，压啊都来人啊。”

最后是一群女护士像叠罗汉一样把病人压在地上，还没闹完呢，保安来了，肖砚从最底下被拉起来时，感觉到小腿钻心地疼，拉起裤子一看，腿肚子上被踹青紫了一片。

“肖老师没事吧？”唐画担心得很，“骨头有没有事？要不要拍个片子？”

肖砚想了想问：“帮我挂个骨科门诊，顺便问一下，司法鉴定中心在哪儿？”

肖旭做完手术听说之后直接炸了：“前脚送急救医生进手术室，做了四个小时手术，后脚我姐就被凶手打了？那是病人吗？那是凶手好吗？急性胰腺炎，淀粉酶2000U，钙离子0.8，很好啊！不是家属嚷嚷着要出院吗？！治什么治？让他滚出去，让他去死！”

“你声音小点啊，”陈秩很紧张，“会被投诉的。”

“可以啊，投诉啊！报警了吗？嗯，我还要告他呢。”

唐画推门进来，把病人病历递给肖旭，问：“要抗感染吗？环丙还是氟氧沙星？”

他瞥了一眼，手一扬，直接甩垃圾桶里了。

“你发脾气冲着我干吗啊？”

“治什么？治不了，医生都被打死了，请他赶快滚别的医院去。”

“啪”的一声，唐画重重地把病历簿扔在桌子上：“肖旭，你幼不幼稚？”

“被打的不是你，站着说话不腰疼。”

“再过分也不能拿人家命开玩笑啊。”

肖旭嘴毒起来也是丝毫不给情面：“你是圣母你去治啊，赶着上受害人这里找骂？”

白术手术结束之后回来就看到这一幕闹哄哄的场景，还没反应过来，还打趣肖旭：“小师叔这是怎么了？吃炸药了吗？”

“滚！”

白术摸摸鼻子，转身就走：“可以啊，小师叔对我说滚了，那咋办呢？只能滚了。”

“滚回来！”

看着怒气冲冲的肖旭、一脸尴尬的陈秩、面红耳赤的唐画，还有生无可恋的郑雅洁，他皱眉：“到底出了什么事？”

“公安局分局的处罚结果：对刘某罚款2000元，不予拘留。”

“接到卫生局的通知，要求我们以大局为重，强调和谐，医务科要求患者赔偿损毁的费用根据使用年限折旧后确定。”

“病人家属天天在护士站和抢救室跪在地上哭，说家里没钱赔，只有命，叫了几次保安都没有用。”

"他弱他有理？"

这件事慢慢地发酵，到最后全院都知道了。诡异的是，原先大家都是义愤填膺地喊着要赔要告要道歉，渐渐地变成"即使病人有错，也应该考虑实际情况，毕竟这种困难家庭"这种带着怜悯的观点，最后肖砚只能说"算了"，更让别人谴责急诊ICU过于软弱，无法保护自己的医生，才逼着肖砚原谅肇事者。

一时间众说纷纭。

难得没有抢救、没有手术的晚饭时间，白术走进办公室，一脚把门踹上了，长腿一钩，稳稳地坐在椅子上："开个科会。"

吵吵嚷嚷的办公室立刻安静下来。

"一直说重点抓你们业务能力，连陆妈进行思想教育的周会都给你们拦下来了，没想到你们业务能力没跟上，思想这块早就开始放飞了是吧？

"如果你们也遇到这样的事情，科室会尽可能保护你的，告不告肇事者，也是你们自己的选择，但是很多时候，事情不是那么简单的，我给你们一个个分析一下。

"肖砚能不能告？能，人家财大气粗，给医院赚过千万元，别说要告肇事者，让医务科找两个贴身保镖保护自己都不过分，不开心了回美国，此处不留爷，自有留爷处。这样的人我们科室当然要给她出头，但她是受害者，她说了算，选择原谅肇事者那是她的事情，不是你们指手画脚能决定的，科室尊重她的选择。

"我能不能告？不能，我是科室的颜面，对内对外都要维稳。你们一直有种错觉，觉得我刚，其实我本人更懒，所以直到现在为止都是人家告我。

"徐一然能不能告？不能，医务科陈主任是他大老板，他将来是搞行政的，没点圆滑手段还想混？不仅不能告，还要极力维护和谐，共创良好和谐的医患关系。

"肖旭能不能告？不能，金字塔上层医二代圈各种履历和从业经历要完全清清白白，容不得丝毫污点，而且你只要去告了，立马把你调回神外，筑个温室保护你。别瞪我，肖旭，你要告你先问老江同不同意吧，他要是同意我把脑袋给你。

“陈秩能不能告？能，但是他不会，家属哭号两句道歉他就心软了，受的伤和委屈早就抛到九霄云外了，没准儿还自掏腰包去补贴人家扶贫，所以唐画你以后长个心眼儿拦着点儿。

“郑雅洁能不能告？能，但是她不会，只要对方律师不是郑平，她鬼精鬼精的，又会演戏又会卖惨，能借这个机会为我们科室，向医务科提出置换更多好处，她为啥不干呢？郑总，你不要翻白眼，我跟你讲，你只要不告，医务科一定会用别的方式帮你把这个面子争回来的，信我。

“唐画能不能告？能，会不会告？会，也不会，你是属于临门一脚又缩回来最终选择原谅的人，时间拖得越长，你越容易原谅对方。你跟陈秩凑在一起就是原谅二人组，Love and Peace，不过你俩还是要注意，面子栽了没关系，别傻乎乎地给人送钱。”

他不说话了，看着这群面面相觑又无法反驳的小墙头草。

“我们科室是永远会站在保护我们医生的立场上的，但是每个人情况不同，任何含糊其词和不具体到人的操作都是耍流氓。

“我很有必要每周抓一抓思想教育了，对了，谁要是把我给你们上小课的事情传到陆妈那边，对不起，‘大逃杀’看过吗？是时候让你们出卖一拨战友了。”

门外的肖砚简直要听得笑出声。

白术任性又随性，既有背水一战的魄力，又有天予不取反受其咎的决断。他似乎总是对的，在他自己坚持的地方，这本身就很不容易，坚持对他们这种人来说不难，但总是对的就太不容易了。

她握着门把手的手轻轻放下来，然后靠着门，静静地听着。

“最重要的是，我要严肃批评我们这位同志，肖旭。你作为一个医生，居然能说出‘死就死，关我屁事’这种话，这种话心里想想就算了，说出来几个意思？还嫌我们科室麻烦不够多吗？最重要的一点，我强调给所有人听，你是医生，不是法官，不代表法律，对任何病人都没有审判定罪的权力，不管他是打人伤人，还是杀人犯，作为医生你的任务是救活病人，然后交给国家机关和法律来定罪。肖旭，回去写篇1000字检查书，晨会时检讨。”

肖砚笑了，嗯，这个处罚挺好，够肖旭啃断三根笔了。

“那时候谁都不上前是对的，早就说过，遇到医患冲突躲远远的，保护自己最重要，没人会指责你们，但是，老肖上前了，为什么？因为她看着那些仪器一个个被摔坏损毁，挺心痛，所以得做点什么，这是人家当医生的境界，你们不懂。”

好像是一股暖流展开枝丫，轻飘飘地把她的周身包围起来。

宇宙浩瀚，世界广阔，世事无常且纷乱复杂，人和人，是怎么被连在一起，由陌生变为熟悉，擦肩而过变为并肩同行？

注意和欣赏，是喜欢的第一步；心意相通，是成为彼此灵魂伴侣的第一步。

03

“双十一”的晚上，科室里满满的人，每个人都抱着手机等零点的到来。

“宿舍网太差了啊！”

“这个满减怎么算啊？”

“预付款的东西要等到一点吗？哎哎，你们看看，预付款是便宜还是贵了啊？”

救护车送来的病人也是搞笑。20多岁的小姑娘捂着肚子疼得死去活来，一查是急性阑尾炎穿孔，需要急诊做手术，结果一问手术时间，连忙拒绝。

“医生，能不能先帮我镇痛啊？能不能等‘双十一’我买完东西再做手术？”

众人只能先把她送进留观室。

肖旭从15层下来的时候，很无奈：“我看几个医生就站在走廊上，抱着手机，病人也抱着手机，要先买东西再做手术，你们究竟有什么东西要买啊？”

郑雅洁拿出计算器噼里啪啦地算了一通：“最少花5000元，最多要花8000元，加上我妈让我买的那些生活用品，花掉一万轻轻松松。”

“这个也想买，那个也想买，啊，都好想买啊，可惜我那点工资，买完吃土。”唐画抱怨道。

“你们女人是龙。”肖旭凑过去问陈秩：“你买啥？什么？34.9元一双的运动鞋买十双？大哥你是富二代好吗？买34.9元的运动鞋是认真的？你是蜈蚣吗，买十双？”

“好穿啊，而且整天跑来跑去鞋特别容易坏，十双鞋可以穿一年多，你买啥？”

“我买点生活用品，其他鞋子、衣服就算了，反正也不打折。”

郑雅洁和唐画看着肖旭搭在椅子上面的外套，露出个低调又奢侈的LOGO。她俩同时撇撇嘴，郑雅洁说：“富二代穿35块钱一双鞋，医二代穿3500块一件衣服，不知道是该说富二代寒酸还是该说医二代奢侈？”

唐画总结：“富二代带不出手，医二代我本人带不出手，真难。”

“你没的选了。”

白术从门口探了半个身子：“都不走啊？等着蹭网过‘双十一’是吧？那也行吧，正好上次评选的奖金发下来了，我请大家吃饭，等下抢完东西该做手术的去做手术，该回家的回家。”

“好哦，白老师万岁。”

“谢谢白老师。”

“那不客气了白老师。”

“虚伪，你们什么时候跟我客气过！”

叫外卖叫了一堆快餐还有零食，摊开来堆满了会议室的桌子，也不分上下级，大家都随便坐，然后边吃边抱着手机刷着等零点边聊天。

忽然郑雅洁哈哈了一声，举起一包零食："看我找到了什么好东西？"

"这是什么啊？"

"俄罗斯转盘薯片，大家轮流吃，其中有一块会超级辣！白老师，你是故意买的吗？"

他连忙否认："我看是薯片就买了，真不知道是啥。"

"那我们玩吗？"

"玩！玩！玩！"

"谁第一个来？"

徐一然把手伸出去："我'欧'我先来！"在万众瞩目之下把薯片放到嘴里嚼了两下，然后就疯狂地张大嘴巴拼命地哈气，脸迅速涨红了，"第一个就撞上了吗？"

"哈哈哈哈……徐老师真'欧'。"

"欧皇。"

"滚滚滚。"

肖旭伸手抽了一块放嘴里："比萨味的，没什么辣度。"

大家一脸遗憾。

"干吗啊？我没吃到辣的你们就那么遗憾吗？真毒啊你们！"

郑雅洁笑道："有一次我跟神外的去吃火锅，肖旭一个人守着一个三鲜锅底寂寞地涮着火锅你们知道吗？笑死了，据说点鸳鸯锅都不行，因为如果辣的污染了清汤的那部分，肖旭就要变成樱桃炸弹当场爆炸了。"

一群人起哄："我想看肖旭爆炸！"

"呵呵，没这个机会。"

肖砚觉得奇怪："我挺能吃辣的。"

肖旭耸肩，没说话。

郑雅洁抽了一块："不是很辣，一点点吧。"

唐画也没吃到辣的，陈秩大大咧咧地扔到嘴里，差点儿呛吐出来："我还以为吞下去了一团火，从喉咙烧到食道。"

"人品问题。"白术无情地讥笑，"老徐也是。"

"你抽啊！你抽啊！"

"抽就抽。"

他丢了一块在嘴里，皱了皱眉，嚼嚼咽了，没什么反应，一群人看到他这淡然毫无反应的样子发出了没好戏看的遗憾声，然后又递给肖砚。

"不辣的。"肖砚把袋子往前一推，"你们再玩一圈吧。"

所有人视线跟着袋子走，就在这时候，有人拍拍肖砚的肩膀。她转头瞅了一眼，被白术那张坚毅却惨不忍睹的哭脸吓到了。

他的眼泪哗哗地往下掉，完全止不住，嘴巴一圈都红艳艳的，咝咝地小声吸着气，她立刻就意识到白术肯定是吃到最辣的那一块了，但是宁愿憋出眼泪强忍到现在也不给这群人嘲笑自己的机会。

他飞快地指指远处桌上放着的冰可乐，然后扯下一张纸巾，整张脸都埋进去了。

肖砚以为这辈子大概都不会看到白术哭。

结果，白术是被辣催哭的，她就觉得很一言难尽同时又觉得很精彩、很满足。

她真想大喊一声把所有人都吸引来看热闹，或者拿出手机先落井下石拍一张再说，但毕竟不是20多岁顽皮的小姑娘，恶作剧心理没那么重，同情心还是有的，而且看在自己被娱乐的分儿上，就顺手帮他一把。

于是肖砚强忍着笑，站起来取了可乐，拉开圈环，塞给他。

他捂着眼睛，躲在肖砚背后，咝咝啦啦地小口啜着可乐，然后呼出一口气，从她身后钻出来，扇了扇脸，又灌了两口冰可乐，终于神清气爽地感叹道："辣死是小，失节事大啊。"

“爽不爽？”

“不爽。”

“嗯，我看得挺爽的。”

“……”

“双十一”之后，卫生局和医院发展大会的评审要来考核各个科室。

大半夜，救护车呼啸着驶进医院，拉着长长尖锐的尾音，打破了半夜的宁静。

病人被带着锯齿的刀刺进了背后，大半截刀陷在肉里，上衣在救护车上就被剪开了，血全被裤子布料吸走了，一圈深蓝发紫的血迹。陈秩当时脑子一片空白，吓得打电话把科室所有值班的人都叫起来，全科室人一看也吓到了，拍了CT一看，刀尖处直直地抵着脊椎。

“幸好有脊柱挡着，命大。”白术也只能这么评价了。

颈总静脉离断加迷走神经离断，他们抢救了大半夜，还要安抚家属，跟警察说明情况，到了晨曦破晓的时候，白术才难得有机会睡一会儿，但是没睡两个小时就被陆平安的电话叫起来。

“今天有卫生局、医院发展大会的专家评审来我们医院参观，你人呢？”

他哀号一声，捂着脑袋：“我马上去。”

“有几个熟人，你给我态度好点。”

“知道，知道。”

“肖砚、肖旭的爸爸也来了，他叫肖北鹏。”陆平安给他打预防针，“你说话注意点，尤其是问到他俩情况的时候，你机灵点。”

“陆妈，我能不能全程跟你待在一起？你知道昨晚半夜的情况，我现在的状态有点不认识‘机灵’这两个字。”

“行吧，行吧。”

推进冗长的科室介绍、问答、技能考核这种固定又程式化的流程。白术站着都能睡着，更别提在会议室里开上几个小时的会。一屋子全是西装革履的领导、专家和教授，投影幕布一降下来，整个会议室都暗了下来。

每个人呼出去的二氧化碳，慢慢地积累，有些热和闷，腐蚀着疲倦的身体。

他本来应该坐在前排等着发言，但是这个精神状态简直就是分分钟昏迷，只能冲着肖旭使个眼色，他俩挑着后排角落蜷进去，白术头一低，真正秒睡。

紧张的陆平安一个劲地冲着肖旭使眼色，还好在他发言前肖旭把他弄醒了。

电量即将耗尽的手机插上电源的第一反应是，暗的屏幕一下子就亮了。

白术也是，站起来那一瞬间，整张脸都亮了，神采奕奕，眼神清明。

肖旭鼓掌，嘀咕道："真狗。"

肖砚问："什么狗？"

"白术，他不狗吗？整人一狗 ×。"

"可爱啊。"

肖旭脖子一伸，做出整个人要栽地下去的姿势，还捂住嘴巴："饶了我，要吐了。"

照本宣科，语速很慢，不是敏锐的语带机锋，也不是懒懒的腔调，他读起PPT平静认真，断句顺畅，但是毫无美感可言。要不是他是发言人，自己就能被催眠。

肖旭听得都想笑，悄悄地侧过身跟肖砚说："这语调像不像——'我、是、一个、没有、感情的、杀、手'？"

肖砚也笑："那也是一种风格，比起啰里啰唆，或者紧张到舌头打结，起码还算能入耳。"

这边他俩凑在一起耳语，肖北鹏不经意间转头就看到了。

肖砚还是坐得端正，目光直视前方。肖旭就跟没骨头一样凑过去，歪着脑袋，黑暗下，一双眼睛弯弯的，笑得开心，也是话多，说小话时，下巴微微地翘起来，有种天然讨好对方的乖巧。而两张脸上相似的五官，叫人根本不会混淆他们的关系。

肖北鹏也想不明白，他俩一起长大时间不过几年，人生最重要的塑造人格和三观的时光都是错过的，接受的也是完全不同的教育，却像在一个模子里刻出来一样，或者说是肖旭不经意间在追逐身为长姐肖砚的某种气质。

想到撼动肖旭必须经过肖砚，他更头疼了。

白术发言之后就是肖砚。

她提早站在走道口的座位旁边。会议室温度有些高，她把袖子挽起，露出白皙的手臂，双手轻松地插在兜里，翘着嘴角，表情温柔地看着他，有种一切“尽在不言中”的温柔默契。

白术从没看到过这样的肖砚。

他说完最后一句话，等待掌声结束的时候眼角的余光扫过，然后毫无预兆地，心跳了一下。他对她笑了笑，肖砚察觉到他的目光，向他微微一扬下巴示意。

这两人搞什么啊？当他死了吗？肖旭要心梗了。

开完会，就是领导和专家参观考察科室环境。

留观室、抢救室都是宽敞又明亮，就算是病人留下的脏乱，事后也被及时清理掉了。玻璃门隔着的是重症监护室，需要刷卡才能进。

徐一然跟在后面小声道：“真的，要是现在救护车能送来一例昨晚那个病人，那就绝了，让这些人看看咱们科室的真正实力。”

“有时候我真的挺想捶你的，但看你这又蠢又二的样子挺不忍心的。”白术压低声音道，“人家都是祷告检查时千万不要来病人，你倒好，巴不得患者、患者家属和领导专家齐聚一堂，几十双眼睛盯着咱们，还能好吗？”

要说有人就是有乌鸦嘴的天赋。

在谈话声、脚步声和仪器嘀嘀嗒嗒这种四平八稳的声音中，急促的电话铃响起来。所有人都觉得声声比声声密集，让人无端地紧张起来。

急救中心的电话："患者，女，13岁，服用普罗帕酮1950mg，昏迷、抽搐、低血压伴心律失常，在下级医院入院后给予洗胃、经胃管给予活性炭、补液后医院要求转院。"

普罗帕酮（心律平，主要用于致命性室性心律失常的药物）中毒到底有多可怕——仅低剂量治疗就可能导致中毒。

如果有可能，白术愿意再经历一次昨夜那种刀插脊椎、血流成河、危急吓人的状况，也不愿意去面对一个普罗帕酮严重中毒后，患者的心脏对于药物、起搏器都没有反应的死局。

在场的专家教授对普罗帕酮都不陌生。

肖北鹏缓缓开口："很多年前，我们医院一位年轻护士吞下两瓶心律平自杀，50mg×200片，后被发现送入医院，虽然进行了积极抢救，但由于当年条件所限，也没有其他的救治措施，最终无力回天。"

白术看了肖北鹏一眼，眼皮狂跳，瞬间背上热烘烘地铺上一层薄汗，细细一想，心咯噔一下坠了下去。

可以，肖砚、肖旭的爹，你是什么意思啊？普罗帕酮中毒急救，现在条件没有限制吗？现在有更好的救治措施吗？这个针对式的借题发挥，太狠了。

第十五章

活着，然后去爱

Thank you doctor

01

英雄主义，是人类历史最悠久的一种文艺创作观，几乎和造神运动同时产生。如果说造神来自原始人类对自然万物的敬畏，那英雄的诞生就代表了原始人类同时对命运的抗争。

医生也会是英雄吗？

起码白术他们从来没有觉得自己是英雄。

13岁的小女孩，服用普罗帕酮自杀，谁也没心思去关注自杀背后的故事，也许涉及一个破裂的家庭，也许涉及不顺的校园生活，也许只是冲动，在生命没有脱离危险的时候，都不那么重要。

下级医院的随车医生跟他们转述："心率61，血压70/40，心电图显示窦性心律与交界性心律交替、QRS间期增宽、一度房室传导阻滞、QT间期延长……"

简而言之，就是紧急危重。

"气管插管，上呼吸机。"

肖砚话音未落，郑雅洁就接手气管插管，同时唐画立刻接心电图，并没有乱糟糟的家人与多余的医生和护士围在旁边，而那些专家、领导也很自觉地远远站着看。

唐画问："这么多人看着紧张吗？"

郑雅洁戴着口罩，看不清表情，但是一声轻笑气音打破了原先沉重的气氛："该干啥干啥啊，有啥紧张的？"

“感觉老天给咱们出了道难题。”

“难不难要最后才知道呢。”郑雅洁熟练地拔出导管芯，退出喉镜，然后戴上听诊器确认导管插在气管里。

肖砚一只手拿着护士站的电话，另一只手拿着一支笔在白板上飞速地写下大量的公式，几乎全是英文，她也用英文时不时回应一下对方，放下电话就去看心电图，下医嘱。

“继续晶体溶液补液治疗，多巴胺升压，1mmol/kg碳酸氢钠静脉推。”

“跟药学科的毒理学教研室联系了吗？问下护士长电话。”白术发微信提醒她。

“我打电话给麻省总医院的毒理学部问清楚了。”

微信上一直显示对方在输入，但是屏幕亮了很久都没有信息进来。

她不知道白术在纠结什么，只好问：“国际长途很贵吗？”

“不是。

“我是想有后援果然很靠谱，如果能顺利，是不是要请你吃红豆饭了？”

晚上，原定是专家组成员去医院的酒店里用自助餐餐叙的，而肖北鹏谢绝了：“我有点私事。”

在茫茫的夜色里，橘色的路灯像是绸缎蜿蜒到医院门口，温情而舒心，偌大的人工水池的喷泉已经关了，但是活水流淌水声细密，像是演奏着夜的催眠曲。

医院食堂开设了夜宵窗口，便于很多加班加点的医生用餐，有西式也有中式，种类一应俱全。

他没想到会在这里遇到肖砚，本来是打算买点吃的，然后去科室找她的。

她跟一个眼熟的医生坐在一起，角度遮挡了他的视线，他只能看到肖砚上扬、带着懒散笑意的嘴角，其实不用去看，听就行了。他走上前去，听到她说话时语调很轻松："一天收了16个病人，除了普罗帕酮中毒的，还有个主动脉夹层，都出血了，这人数终于破纪录了。"

"谢谢啊，这里面还有我的。"

"听肖旭说这几天神外不太平嘛，他们副主任老是打来电话叫他吃饭。"

白术了然："拉拢站队的，一般科室领导换届，有能力接班的又不止一个时，就真的有斗争了。斗争的结果一般是一个提升了，另一个会离开，所以有能力的院领导会做好梯队建设。新人把老领导挤跑了的现象也常有，所以有些不太成规模的医院里，科领导成刀霸，不允许下面的医生做手术，是真怕自己被拍死在沙滩上啊。"

肖砚挑眉："我还是第一次听说。"

"科室跟科室之间不一样，大医院很复杂，所以我尽量简单化，不站队，所以混得不咋地。"

这话直接把肖砚逗笑了。

"别说科室了，学生之间就已经斗得水火不容了。研究生就可以按本科出身分为协和派、985派和二本派，斗起来堪比美苏争霸。"他继续说道，"说到底，还是跟科室领导有关，如果科室领导还不错，也愿意让出一部分利益，一个科室气氛可以搞得很好。有的科室就是毫厘必争，各不相让，就恶性循环，其实大家也斗得心累了，但是一开始底子没有打好，后来很难纠正。"

"咱们科室底子还不错。"

白术轻笑一声，嘴角勾起来，眼神明确地告诉肖砚"都是我的功劳，夸我"。

他们都吃得差不多了，准备收拾离开，肖北鹏站起来端了餐盘，走到肖砚的旁边问道："可以聊聊吗？"然后看了一眼白术。

肖砚抬起头，脸色微变，犹豫了一下，点点头。

白术识趣地端起盘子坐到了别的位置上，听不清他们说话，但是可以看见肖砚的表情。

“今天普罗帕酮中毒的患者现在情况如何？”

“患者全身情况好转，昏迷变浅、心率90次/分，血压109/60mmHg。”

他点点头：“不错。”

肖砚挑眉：“您有什么事情吗？”

“你什么时候回美国？”他正色看着肖砚，“你在美国遇到困难了吗？是大医院竞争激烈，还是想开自己的诊所？你提要求，我想我可以帮你。”

她几乎瞬间就知道了他的话外音：“是因为肖旭吗？”

“他当初说只不过是医院政策要求轮转两个月，现在两个月到了，他不肯回神外。”

“那是他的选择。”

“他的选择跟你有关。”

“不，你错了，肖旭的选择永远跟他自己有关，我不负责他的人生。”

十几秒长长的无话可说的尴尬。

他拨弄着沙拉里的菜叶，漫不经心地问道：“你妈还好吗？”

“我不知道，没消息就是好消息吧。”

“你如果期待在国内发展，要不要考虑来我们医院？”

肖砚月下冷霜一样的眼神落在了肖北鹏的脸上，挤出嘲弄的笑容：“怎么，肖院长，挖墙脚挖到我这里了？很抱歉，我没有当您仕途上一颗棋子的嗜好。”

肖北鹏摇摇头：“我并没有把你当棋子，只是从你的前途考虑，我那里更适合你。你有丰富的医学知识、突出的应变能力、漂亮的履历和教育背景，到我那里，一年之内就可以当上科室主任，我保证你立刻会有自己的项目，组建自己的实验室，培养学生。”

她轻轻摇摇头：“现在这个科室，我觉得很适合我，气氛舒服轻松，我不会考虑换科室或者医院的，所以您真的不用费什么心针对我，多余的精力您还是留着对付肖旭吧。

“他想在急诊ICU庸碌一辈子也好，去神外做手术做研究成为名医也好，选择就像是通往不同结局的路口，但他始终是医生。如果要打动他，你得让他知道他的选择，什么是对普通大众最好的选择。”

她站起来，一只手悄然握成虚虚的拳头，贴在胸口靠心脏的位置，仿佛起誓那样郑重：“这个答案，我是在战争硝烟和死亡中得到的。”

她端起餐盘就走，把远处的白术忘得一干二净。

白术内心一瞬间泛起淡淡的不快，这种不能由自己把握的期待和不被重视的负面情绪被发现，他有责任为自己寻找一个理由。

天全黑了，黑压压的墨色倒灌下来，淹到脖子，闷得像是被扼紧了似的。

肖砚坐在树下的花坛边发了会儿呆，枯黄的叶片仿佛星河中坠下的小船一样轻轻飘落，带着缓慢从容赴死的平静。

其实天很黑，什么也看不真切，大概满目都是病人和家属。每个人都面目模糊，只有在他们身上上演的生离死别能够让人区分他们的模样。

她把盘着的头发解开，然后任由风把长发吹散，露出纤细的脖颈。

“你爸爸同你讲了什么？”白术递给她一瓶柠檬红茶，便利店里放在加热柜里售卖的那种，微微烫手，用来驱赶初冬的寒意正好。

“一堆废话。”

他知道她现在只想静静，不想被打扰，但是他以前给予她一个人静静的时间太长了。有些习惯的养成，是日积月累的，比如消极情绪的宣泄，如果习惯了一个人承载消化，很长时间隐私都不会与任何人共享，求得任何人的宽慰。

言语有时候就像是吐出的丝，可以结茧，把自己包裹起来，也可以变成网，把别人圈进自己的属地，白术倒是挺愿意她用后面这种方式。

“不只是废话吧，能让我猜猜吗？”

她点点头。

“肖旭要回神外，你要回美国。”

她点点头又摇摇头：“你怎么总觉得我要回美国？”

“不是回美国，你也可能去阿富汗、伊朗，世界上任何一个地方。你这个人，无论到哪里，浑身上下没一点归属感的气质，你跟正常人太不一样了。”

一个会参加无国界组织，去阿富汗待上一年的医生，见的不是寻常人的生死故事，她的三观是被重塑过的。

世界观、人生观、价值观怎么重塑？

有人说，给他相反的世界、人生和价值定义呗。

其实不是，往往当人跳出自己的圈子之后，三观就已经在重塑了。

白术忽然有种醍醐灌顶的清明。

他被她吸引，这个答案就很简单了，她不断坍塌又重建的三观冲击着他稳态一样的三观。

但是她又有恒久不变的角度。

这个角度就是善良。

她会救挟持自己的反政府武装分子，会想到器官移植去拯救更多人，会去保护科室的仪器，会轻易原谅踢伤她的肇事者。这种感情很朴素，没有理论基础，只是单纯地希望世界上的一切都是美好的。

平心而论，他做不到。

她终于爽快地承认：“是的，我也不知道我去哪里，最终该属于哪里。”

他酸溜溜地说：“你男朋友在哪里你就去哪里呗。”

她惊讶地看着他，眼睛里是真的有种不知所措的震惊：“他死了，我总不能殉情吧。”

该死的肖旭，他一定是故意的。

这就很尴尬了。

尤其是前一秒酸涩的心情不知道怎么安放，他后一秒被话语击碎成渣，如果说有点甜真是愧对于道德感，但是惊心动魄的希望就降临了。

承载着讶然和希望的脸上意外地安静又柔和，黑色瞳仁幽深邃远，他只能干涩地道出三个字："对不起"。

他连剩下该问的都忘得一干二净。

她却好像不甚在意，缓缓开口："死在阿富汗，武装分子闯入医院，打死80多个医护人员和病人。

"还有什么要问的吗？"

他机械地摇摇头。

"你说得对，我是没什么归属感，说白了就是'无政府主义'。因为我很早就知道读书有读书的规则，进了社会有社会上的规则，规则玩得好就是人生赢家。我不是玩不转这些规则，但是不想自己的命运被这些规则左右，终生都要被它们制约，所以会走一路看一路，没什么归属感。"

"恋爱结婚也是一种社会规则。"

她眼神怪异地看着他，仿佛在看一个脑子不清醒的蠢货："不，那只是一种选择。"

"所以你还会选吗？"他急急地打断她，"算了，算了，不用回答了，我先走了。"白术站起来，头也不回地往楼里走去。他感觉脸上在烧，不知道有没有染上红色，但是耳骨和耳垂充血，很烫。

不知道，她在心里回答，而这个答案几个月前，还是"不会"。

02

肖砚刚走出办公室就看到唐画和护士推着担架床从走廊上慌慌张张地跑过来，一个挺着大肚子的女人躺在担架床上。

"妇产科床位满了，只好送我们这里了。"唐画手忙脚乱地去看病历，"32岁，孕35周，四肢抽搐，双目直视，牙关紧闭，口吐白沫。呃，是妊娠子痫吧？"

肖砚还没说话，一个头发花白的60多岁的大妈泪眼婆娑地扑过来，哭喊道：“医生，帮她把孩子打了吧，我求你了，求你了，这孩子是个累赘啊，要拖垮我们家的。”

怀孕35周是个尴尬的月份，距离能正常剖宫产的时间差三周，再加上严重的妊娠子痫，孕妇的情况非常严峻。

好不容易稳住了情况，孕妇慢慢转醒，眼睛还未睁开，便伸出手去摸自己的肚子。

肖砚看着孕妇，给她建议道：“你现在情况很危险，妊娠子痫，所以终止妊娠是最好的选择。”

文佳睁开眼睛看着肖砚，摇摇头，虚弱地道：“不，我要生下孩子。”

她其实已经瘦得脱形了，手腕只剩下骨头和隐隐的青色血管，大大的眼睛有些凸起，眼睛下是深深的黑眼圈。

“终止妊娠是根治妊娠子痫的唯一方法，你现在怀孕35周，可以进行剖宫产。”

“不，早产孩子有危险。”

“你现在考虑的是你自己还是孩子？”

“如果要选，我选孩子。”

肖砚很不赞同：“这不是在演电视剧，孕产妇生命安全是第一位的。如果你和家属都无法做出正确选择的话，作为医生有能力和义务做出正确选择。”

她摇摇头，还是很坚决地道：“医生，我要这个孩子安然无恙。”然后她想了想，惨淡地笑起来，加了一句，“我死了没关系，孩子一定要留着。”

“你还年轻，这个孩子来得不一定是最好的时机，我能理解你初为人母的心情，但是你拖一天，生命危险就多一分。”

文佳抬起脸，看着她：“医生，你有孩子吗？”

她摇摇头。

“那你凭什么说理解我？这个世界上没有人能理解我，你们都不懂。”

“我不理解你，可是我了解医学，了解你的身体状况，我能够做出正确的判断。”

她充耳未闻，只是用手轻抚着凸起的腹部。

“那我去跟你家属谈谈，你丈夫呢？”

“他死了。”文佳凄然一笑，“我也快了，不是吗，医生？”

两个月前一场特大车祸，全城震惊。光天化日之下，酒驾的司机开车闯过红灯，撞上了正常行驶的私家车和大巴，然后驶向人行道，造成了两死十伤。

文佳就在公交站台上目睹了全程。

那辆失控的车就像是凭空出现，速度快得惊人，没有人能够避让得开，包括她的丈夫。

灰暗的天空，还下着淅淅沥沥的小雨，人们在晚间川流不息的车辆中有序地前行，一切看上去都是一个安静平常的夜晚。

几分钟前她还撒着娇：“都说酸儿辣女，我特别想吃酸橙子，你去买好不好？”

他摸摸她的头，一如既往地答应她：“那你站在公交站台上等我，不要乱跑。”

接下来，她就看到一米八的男人被那辆已经撞得支离破碎的车掀离了地面，然后下一秒又被那辆失控的私家车撞飞了。

两辆私家车都被撞得粉碎，路面上都是撞碎的残骸，残骸之中，红色鲜血迅速地漫延开，几个黄色的大橙子在路面上滚着。

她脑中一片空白，然后眼前就是大片大片的鲜红色。

“我不应该让他去的，要是我没说想吃橙子，他就不会过马路去水果店买，这一切都不会发生，都是我的错。”

她崩溃地大哭，苍白的脸皱得通红，叫着叫着人都快散架了，虚虚地摊在床上。她的哭声那么尖、那么响，仿佛全部的气力和希望，通过喉管，通过双眼，通过一切出口，从生命中挤压出来。她的长发遮住了痛苦而扭曲的脸，整个瘦小的身躯散发出失魂落魄的绝望。

所有人都安安静静地看着她。

"你能明白整个世界都塌陷的感觉吗？我这辈子最爱的男人死了，我怎么能活下去啊！"

肖砚低眉垂目静静地看着她发泄，也不出言阻止。唐画和护士都有些诧异，互相对视了一眼觉得肖砚有些不寻常的动容。

她哭累了，木然地躺在床上，看着天花板。

"给点安定。"肖砚嘱咐护士，"让她好好睡一觉。"

"病人的精神状态很不好，不光情绪上非常低落，而且妊娠子痫非常危险，你们作为家属一定要意识到这点。"

文佳的母亲抹了一把眼泪："这孩子不听我们的，小张走的时候我们就让她把孩子打掉，她死活也不愿意，想不通啊，想不通啊，这以后带着个孩子，可怎么再找对象啊。"

文佳的父亲长长地叹口气，从口袋里摸了一会儿掏出半包烟，然后又塞了回去，又是一声长叹："她要生你就让她生好了，我们家又不是养不起。"

"现在这样能生吗？妊娠反应特别大，孩子都瘦得只剩下骨头了，再加上小张走了，整天做噩梦，吃什么吐什么，现在妊娠子痫，命都要没了啊！"

"唉！"

"都是命，都是命，还能怎么办呢？咱家女儿是个死心眼儿，哎哟，我该怎么办啊？医生啊，怎么办？"

肖砚叹了口气："目前情况还算稳定，就按照病人的意思观察情况吧。"

她回到办公室，看见白术愣愣地看着屏幕，有点失魂落魄的样子。肖砚慢慢地发现，他其实有双淡色的眸子，剔透得像是玻璃珠，这样的双眼带给他那种懵懵懂懂、不按常理的少年感。

世人看到的是他的狡猾，她却只能收获可爱。

“怎么了？”

过了几秒钟他才回过神，脑子迟钝，嘴巴也开始打结：“没，没什么。”

她下意识地就要凑过去看些什么，他用鼠标点了一下欲盖弥彰地把浏览器都关掉了。

“突然关网页，必然涉黄。”

他立刻否认：“才没有呢，我是那种人吗？”

肖砚露出一个意味不明的笑容，看得他心里毛毛的。

“今天我去15层，又被巡回护士问了，‘你们那个白术啊，怎么还找不到对象啊，他是不是性取向有问题’。”

他哭笑不得：“我跟你讲，肖砚，你要是不好好回答，你……等着。”

“我说，找不找对象我不知道，但是性取向应该没问题，不然肖旭在科室岂不是羊入虎口？”

“好好回答不行吗？还拖小师叔下水，你是他亲姐姐吗？”

她眯着眼睛打量他：“对不起，如果是真的，我们家也不能接受你。”

“老肖，你演戏演来劲了啊？”

徐一然适时地鬼叫起来：“你性取向为男？那我怎么办？”

白术精准地撑回去：“如果要跟你搞同性恋，我宁可当个草履虫，有丝分裂就可以了。”

徐一然脸上浮现出一抹受伤的表情，然后拿起手机出去了。

“不谈恋爱有很多原因，但我真的不是同性恋。”他认真地强调着，然后无意识地歪了一下脑袋，似乎耳垂积了一点很烫的红色，急需降温。他没料到，四下无人，肖砚竟然用很暧昧的姿势依偎过去，然后用笔碰了一下他的耳垂。

“对啊，你真的不是同性恋。”肖砚带着调戏得手的得意爽劲迅速拉开距离。像是忽然有冰凉的水滴滴在后颈上，又酸爽又憋屈地引起战栗，他只能强忍着那种感觉，装作很淡定的样子。

过了一会儿，白术问道："那个病人是PTSD[1]吧。"

"你也听说了吗？"

"是的。"

气氛一下子变得凝重和安静起来，连天空都变得阴沉了，凛冽的风声绵密低迷，青灰色的光线照进来。

肖砚声音低下去："是不是PTSD我不知道，那是心理学的范畴，但是人遇到那种事情，哪里都不会好了，那一页不知道怎么翻篇，所以神经变得极度敏感，闭上眼睛事件场景会控制不住地不断在脑海闪现，让人处于崩溃的痛苦中。时间把敏感的神经变得迟钝和麻木，一切亲朋好友的好言相劝都无济于事，他们似乎存在于另外的空间中，在自己的世界里踽踽独行。"

白术还是那平静的样子，接着说道："我无时无刻不在想象适应他们的死亡，但是思维每一触及就让我崩溃。"

然后两个人就心照不宣地不再说话了。

第二天上班时，唐画一脸无奈地告诉她："妇产科还是没有床位。"

肖砚穿上白大褂，走进监护室："现在心率、血压如何？"

"心率120次/分，血压一直在140~160/90~110mmHg浮动。"

"不太乐观。"

文佳躺在床上，很是虚弱，看到肖砚便道："我肚子有些疼。"

肖砚连忙走过去，按了按腹部："疼吗？"

"这样不疼。"

"有宫缩，但是达不到样板腹。"

她的额头上渗出些汗珠，呼吸有些急促，声音也有些颤抖："医

---

① 全拼为Post-traumatic stress disorder，意为创伤后应激障碍，指人在遭遇或对抗重大压力后，其心理状态产生失调，导致个体延迟出现和持续存在的精神障碍。

生，我是不是要生了？我感觉有血流出来。”

肖砚连忙掀开被子，洁白的床单上一摊鲜血。

“B超。”

唐画连忙把机器推上前熟练地接起来，肖砚盯着屏幕看了一会儿，面色凝重：“胎心80次/分，转妇产科。”

她无法冒这个险，医学的世界总有她无法触及的盲区，所以她深知自己的能力，从不逞强。

她打了无数通电话，还是得不到肯定的答复。

她双手叉着腰，在电话机旁边走来走去，直到白术站起来把她按在椅子上。

“你冷静点，我会告诉你怎么做，但是你千万不能发火。”

她点点头。

“妇产科拖着，就是因为这个病人情况太凶险了，现在胎心数据又低，情况更糟糕了，你知道这可能会增加科室的孕产妇死亡率。”

肖砚皱起眉头，声音有些愠怒：“就这样？”

他叹了口气，稍微靠近她耳朵，用气音说道：“孕产妇死亡率不仅仅是医院指标，更重要的是全市的考核指标，是领导的政绩考察之一，所以医院领导压力很大。”

他做了个抹脖子的动作。

肖砚不说话了，直直地看着白术：“那现在怎么办？”

“叫妇产科会诊，起码出个教授组来做手术，一方面妇产科不能推卸责任，另一方面我们也不能逼迫人家太紧。”

妇产科确实有这方面的顾虑，所以自知理亏又怕被白术穿小鞋，姿态放得很低，没什么波折，喊了一个教授组就在15层开了急诊手术室。

他们两个没进手术室，守着电话。

过了半个多小时，电话响起来。老教授对他们说：“之前监测到胎心消失，现在胎死腹中，死胎男婴。”

两个人脸色皆是一变，对视了一下。

"之前情况挺危险的，现在子宫收缩还算好，应该不会大出血，不过如果没能及时剖宫产，后果就严重了。上次有个重度妊娠子痫的病人，下级医院送来的时候就心衰合并肾衰，刚决定剖宫产，就呼吸、心跳停止，抢救无效死了。"

白术皱着眉，不知道在想什么。肖砚看着他，忽然很想伸手把这一点焦躁抚平。

"做完手术之后，病人还是送回你们科室监护一晚上，没什么问题明天想办法给你们留床位。对了，好好劝劝病人，留得青山在，不怕没柴烧啊，想开点。"

白术缓缓开口："这是个遗腹子，病人的丈夫已经去世了。"

麻醉药效退去，她醒来，感到身体很轻盈，很像一缕烟，似乎随时都可以随风飘走。

一个激灵让她虚弱地喊道："我的孩子呢？"

"子宫胎盘卒中，剖宫产的时候已经没有心跳了。"肖砚看着她的眼睛，轻轻地道。

"孩子死了？"

"嗯。"

她嘴角勉力地翘了翘，然后悲戚地笑起来，泪珠从眼睛里跌落而下，哽咽道："我连孩子也没保住，我还活着做什么？"

"这不是你的错。"

"那是谁的错？是命的错吗？既然都这样了，一切希望都没了，我还活着干什么？"

"活着，然后再去试着爱上一个人，跟他生活在一起。如果爱不上别人也没关系，你会爱上别的什么，比如活着的感觉。"

文佳瞪大了眼睛看着肖砚，眼泪依然簌簌不止："你说什么？"

"试着去爱上另外一个人，一起生活到老。"肖砚声音也有些轻柔，像是无奈的喟叹，"你还活着，生活还是要继续，你已经没有选择，这却是你最好的选择。”

文佳摇摇头：“安慰的话谁都会说，但是我怎么可能忘掉他然后爱上别人？”

“这不是安慰你的话。”肖砚眼睛里有些情绪在闪动，“我男朋友是个无国界援助者，死在阿富汗的战火里，我现在也还活着，我觉得我应该活得更好点，也算是带着他一起活着。”

文佳微微地张开嘴，轻轻地“啊”了一声。

“已经两年了，从得知这个消息到现在，我从未拥有过长期稳定的睡眠，要靠安眠药才能睡着。刚开始非常怕黑，我睁着眼睛到天亮，在黑暗中绝望、恐惧到窒息，用工作麻痹自己，而现在时间的流逝让曾经极度敏感的神经变得有些麻木与迟钝，时间似乎什么都没解决，但我又好像真的获得了什么。”

“那你，那你爱上别人了吗？”

“没有，可是我并没有丧失爱人的能力，该被吸引一定会被吸引，该心动也会心动，心如死灰的固执坚守没什么意义。你失去爱人的时候，只是失去了一些，但是拒绝生命中一切可能性的时候，你会永远失去一切。”

03

“有事？”

他从抽屉里拿出生日请柬的卡片，递给她，白极光在上面歪歪扭扭地写着邀请她来参加他的生日派对。

“就唱首生日歌，吃块蛋糕，分一碗长寿面，很简单。”白术叹气，“自从车祸发生，他就再也不愿意庆祝自己的生日了。因为车祸那天就是他的生日，也是他父母的忌日。”

她把邀请卡片轻轻地从白术手里抽出来，答应道：“我会去的。”

那天他早早地请假回去了，六七个小孩子聚在家里，叽叽喳喳、又闹又跳，冷冷清清的屋子里像是被涂上了一层五彩斑斓的颜料，鲜活地带着暖意。

摆好了蛋糕和长寿面，时钟嘀嘀转了几圈，白极光已经有些着急，嘟着嘴失望道："已经6点10分了。"

白术放下电话："电话也没人接，可能临时有病人需要抢救吧，那我们先开始吧。"

小朋友们都围过来，叽叽喳喳个不停，气氛重新活跃起来。白术不由得笑起来，却有些心不在焉地想着肖砚。

这时候徐一然的电话来了，语气又急又冲："你在干吗？人呢？"

"在家啊。"

"快过来吧。"

"怎么了？"

"肖砚的爷爷被送进来了。"

好似惊雷在耳，他脑子嗡的一下，心跳快半拍，连忙问："怎么回事？"

"在家晕倒了，恰好被肖砚发现了，从片子上看是多发性脑梗死。"

"我马上来。"

他赶到办公室的时候，看到肖砚坐在椅子上，连白大褂都没穿，头发都乱了，裤脚上沾满了泥水，很是狼狈。

"抱歉没去小光的生日派对。"她看到白术，疲惫地说道。

"没关系，现在什么情况？"

她指指桌子："你自己看吧。"

他把片子抽出来仔仔细细地看，最后才谨慎地下结论："MRI提示多发性灶性脑梗死，SWI①提示少量出血，血压正常，也没有糖尿病，导致这种情况有很多原因，比如血管异常、动静脉畸形、动脉瘤、脑小

① 磁敏感加权成像。

血管病所致的微出血、淀粉样血管病、肿瘤所致的出血。你觉得呢？”

“我不知道。”

白术没说话，只是认真地盯着散落在桌子上的资料。

她眼睛冷清沉郁：“事发突然，很难接受。”

13岁那年，她面对了人生第一位至亲的离去。

奶奶因为乳腺癌入院，手术、放化疗这些医疗手段用尽，最后的时光是在ICU消磨掉的。

她那时候并不太清楚癌症的意义，每次去医院的时候，还是把脸埋在奶奶的怀里，喋喋不休地告诉疼爱自己的奶奶，初中的老师一点都不喜欢她，初中同学跟小学同学比一点都不可爱。

奶奶只能伸出枯瘦的手轻轻地摸着她的头发，有时候她说着说着就发现奶奶睡着了。

家里也是兵荒马乱，父亲被派出国进修，离婚战也在法庭上争执不休，而爷爷瞬间苍老了许多，唯一懵懂无知的就是刚上小学的肖旭。

家里什么都变了，这一切她都似懂非懂，直到有一天下午，她被爷爷的秘书从教室带出去，送到医院的病房里，她发现很多大人围着奶奶。

“奶奶要看看你。”

她被爷爷牵到了床前，她发现奶奶半躺在床上，微笑着看着她，眼睛里满满的都是慈爱。

“奶奶，你病好了吗？什么时候出院？你什么时候陪我去海洋公园？”

她的话语一出，她的小叔叔扭过头去，泪水止不住地往外流，而她的父亲抱着肖旭，眼圈也红了。

“你好好的，听话，奶奶陪不了你了。”奶奶似乎用尽全部力气挤出这些话，然后长长地舒了一口气，闭上眼睛。

心电监控仪急剧地响起来。

全屋子里都是死寂一片，只有她茫然地看着突如其来的一切，焦急地喊道："爷爷、爷爷，爸爸，奶奶怎么了？你们不是医生吗？救救奶奶。"

肖明山蹲下来，把她抱住，拍着她的后背，声音哽咽道："没用了，没用了，让你奶奶安安静静地走吧。"

她怔怔地看着这一切，然后瞬间就明白了。

奶奶去世了，她再也不能看到奶奶了。

她撇撇嘴，终于"哇"的一声大哭起来。

她一直哭到追悼会结束，直到大洋彼岸的母亲得到消息，然后把她带走。

她那时候不知道自己可以那么伤心，明明还是孩子的年纪，却过早地感受到了疼痛。这种疼痛对她来说太陌生，她不懂怎么去平复。

于是她跟着母亲去美国，新鲜的环境让她暂时淡忘了一切。

大概过了一年，有一天她喝热牛奶，刚喝第一口的时候，那一口牛奶的滋味让她一下子想起很多年前和奶奶一起喝牛奶时的情景，很温暖，鼻子一酸就哭出来了，哭得不能自已。

那时候她才明白，那些痛苦就变成无可言说的伤痕，偶尔想起来就像被剜了心般地痛苦。

"晚上还没吃饭吧，吃块蛋糕垫垫肚子吧。"

白术把保温盒放到她手边。

肖砚摇摇头："没什么胃口。"

"你要补充体力，明天要做一系列检查，而且你还是个医生，还有病人需要你去操心。"

她想了想，终于拿起叉子，小口小口地往嘴里送，几乎是机械性地进食。

"我刚才去病房看过了，情况暂时稳定下来了，但是病人不知道什么时候能醒。"

"我知道。"

"肖旭说他晚上陪床，你就先回家休息一会儿。"

她按了按太阳穴，点点头：“我待会儿回去。”

“会好的，放宽心。”

她轻轻地摇摇头，不知道要表达什么，或者这只是某种反馈。

似乎要降温了，伴随着阵阵狂风，窗外枝丫抽打着玻璃窗，叶片落下去如同飘雪，听着叫人疑心是危急降临的前兆。

半夜，白术才把资料整理好，所有的化验单都开好了，整整齐齐地放在办公桌上。

回家前，他又去看了一眼，肖旭坐在椅子上靠着墙，睡着了。

他尽管放轻了脚步，还是把肖旭惊醒了：“白老师，您还没回去吗？”

“化验单什么的，我都放在肖砚的办公桌上了，明天早上会诊。”

“谢了。”

“你姐姐先回家了，我让她回去休息一下，你也别太累。”

肖旭勉强笑了笑：“我是男生，通宵熬个夜没关系的，不过我有些担心我姐。”

“她会没事的。”

“世事无常，但是人为了避免世事无常这种玄学，通常会采取一些极端的做法。你要知道我姐是很聪明的，也很决绝，她有前科的，一个人可以把伤痛掩饰得那么好吗？我不相信，她还不是在自己面前建了一堵墙。”

“就是因为这样，我才爱莫能助。”

“是吗？你可能没觉察到，但你是她跟这个医院周围事物接触的媒介，很多事情，她的想法是通过你传达出去的，她的接受途径是你。”

他没说话，有种说不清道不明的微妙感觉。

“不过你也别想多了，我警告你不要对我姐自作多情。”

白术也不生气，问道：“小师叔，你谈过恋爱吗？”

肖旭没好气地回答：“没，干吗？”

“你没谈过，我也没谈过，咱谁也不比谁高贵，谁也别以一副教育者的姿态摆谱行吧？”

冬天总是萧条而荒芜，不知道什么时候飘起了小雨，雨丝细薄，被狂风吹得散成了雾水。

白术远远地就看到肖砚家一团漆黑，于是走过去敲了敲门，没有人回应。

走廊连带着屋子里所有灯都被关上，窗帘也拉得严严实实，屋子里是一片化不开的黑，看什么都没有轮廓，眼睛睁久了还会出现点点雪花。

他连忙重重地拍拍门，然后打她的电话，在快要失去耐心的时候，一盏灯亮起来了，她的声音从听筒那里传来：“什么事？”

“你睡着了吗？”

“没有。”

“我还以为你家没人呢。”

她没说话，长久地沉默着。

白术用不容反驳的语气说道：“拿好钥匙，给我开门，到我家住一晚上。”

“为什么？”

“你是医生，你知道为什么。”

肖砚拗不过他，其实是根本没有力气去反驳他的提议。

她随着他上楼，打开门，发现白术的家里还有着小孩子们闹腾过的痕迹，一些小玩具散在沙发上，客厅有些乱，空调的扇叶“咔嗒”一下转上去，又缓缓地落下来。

“家里有点乱，你睡客房好了，我给你倒杯热水。”

客房应该就是白极光偶尔住的屋子，床头柜上摆着些儿童读物，床铺也是那种卡通图案。白术解释道：“这是刚换上的，你要是介意的话，我给你拿一套新的。”

肖砚摇摇头。

白鸭绒的被子是蓬松的、厚厚的，像是柔软的手抚慰潮湿的心，空气中有点孩子的奶香味，果然在这样的情绪之下，有人陪伴的气息最好了。

她坐在床沿，发了会儿呆，忽然想到什么，终于有了些激烈的情绪反应："我要回家拿东西。"

"拿什么？我去给你拿。"

"思诺思（安眠药）。

"药在床头柜的抽屉里，忘了在哪层，就那么几个抽屉，你都翻翻看。"

医生压力大，睡眠质量差，加上三班倒，日夜颠倒，生物钟是乱的，尤其急诊和ICU的医生，他们很多时候要借助安眠药的魔力才能保证正常的睡眠时间。

所以肖砚吃安眠药，他并不觉得奇怪。

肖砚的家他不是没来过，但是没来过她的房间。桌子上都是书和纸页，有些乱，很女性生活化气息的东西几乎没有。

他拉开床头柜的抽屉，第一层放了一些银行卡、U盘之类的，第二层放着一些纸、笔、本子，还有一个储物盒。他打开储物盒，里面是散的药片板，什么止痛药、感冒药，还有安眠药。

他把药拿出来把抽屉推回去，又把抽屉拉出来了。

然后，他站起来，站在原地。

几年前他在阿富汗丢失的那串青金石手串，此时正躺在这个抽屉的角落。

那是一个当地人送给他的，为了感谢他对他们家人的救命之恩。自己的东西，哪怕丢了很多年，再见到仍能一眼就认出来。

这并不是什么纪念物，出现在这里，白术也不会自作多情地认为是一种珍藏，更像是一种缘分，一个微不足道的小物件，跋山涉水，被她一路带回他的身边。

可是此刻白术在心虚，甚至不知道自己为什么心虚。仿佛窥到她的隐私一样，他感到一阵惶恐，心脏发紧，手心发软。

然后他把那个储物盒里的药片板仔仔细细地翻了一遍，再把屋子里其他的抽屉拉开翻看，最后终于长长地松了一口气。

还好，她这里没有任何精神类药品。

回到家，他把药片板递给她，手臂上还带着寒气，缠缠绕绕地附上了她的手指："你现在服用多大剂量？"

"一颗半。"

白术瞪着眼睛："你疯了吧？这是ICU大主任的剂量，他还有两年退休，可以睡到天荒地老了，你起码还有二十年啊，这样加量下去，心脏受得了吗？"

"我需要晚上的睡眠来保持白天的清醒，我也很想毫无负担地睡一觉，但是我的身体和意志都告诉我，不能睡觉，不要睡觉。"

她抠出一颗半药片吃了，然后坐在床边："这药效果很快的，我睡了。"

他点点头，顺手把空调温度调高点，然后走到阳台上，想把百叶窗拉上。

往外看，风越来越大、越来越紧，初冬的寒夜漫长而忧伤，写满了寂寥和空洞。

"晚安。"

第十六章

他爱的甜

Thank you doctor

01

暗淡的阳光从灰暗的天空中显露出来，天空破晓。

病房里静悄悄的，忽然有节奏的高跟鞋声音响起，肖旭一下子被惊醒了。他看了看病床上，只有心电监控仪在活动，而肖明山还没有清醒。

“怎么样了？”

他抬起头看到肖砚，过了一晚上，她已恢复到平常那个淡定强大的肖砚。

“还是没醒。”肖旭叹了口气，“一晚上我都没怎么睡，脑子里像过教科书一样把所有可能性都过了一遍，越想越觉得糟糕。”

“别想了，爷爷老了，全身器官都在衰竭，不是简简单单地做治疗手术就可以解决的，我们尽力而为吧，想开点，回家洗漱一下，睡一会儿下午再来上班。”

“姐，你没事吗？”

她勉力地笑笑：“我当然没事，说到底这种事情就是早一点和迟一点的区别。”

会诊在低气压的情况下进行。

肖明山作为医院的前院长，很多专家、主任是由他慧眼任命的，所以得知他脑梗昏迷的消息之后，立刻组成了专家组会诊。

“片子上很干净，不像是有肿瘤。”

“脑出血范围在扩大，脑正中线已经有轻微的偏移，需要去骨瓣减压。”

“我建议立即做手术。”

白术谨慎地道：“万一是淀粉样病变，因淀粉样物替代血管的中层结构，影响了血管的收缩和止血过程，容易引起大出血，所以先做个活检吧。”

“如果是淀粉样血管病，也要检查下其他器官有没有受累，比如肾脏、心脏之类的。”

“我马上安排检查。”

而肖砚全程都没有说话，也没有发表任何意见，只是安安静静地看着周遭的一切，最后白术看着她问道：“肖医生，你有什么方案吗？”

她摇摇头：“我没有，我仅仅是病人家属。”

脑活检结果出来了，刚果红染色预示着这种不典型、进行性和致死性的疾病灾难性地降临在肖明山的身上，很快就会波及肾脏、心脏和呼吸道，存活时间只有一到四年。

白术紧紧攥着报告，长长地叹一口气，然后走到肖砚面前，递了过去。

过了半晌她没有抬头，几缕黑漆色的头发遮住了她的面容，而微微颤抖的声音出卖了她的内心：“我知道了。”

“你知道的，这种病没有特效的治疗方法。”

她镇定心神：“如果做手术，骨瓣减压，你能做吗？”

“很危险，因为禁用抗血小板聚集药、抗凝药及溶栓药。”

“爷爷不醒来，跟他死去没有什么区别，只要有一线让他能苏醒的希望，哪怕失败我也不会后悔的。”

“你这么决定，你父亲和肖旭没问题吗？”

“我父亲？他到现在还没消息，至于肖旭，他会跟我做一样的选择。”

“那你确定吗？”

“如果有一天我面临这样的局面，我也会做出一模一样的选择，与其让情况恶化进展，不如放手一搏。”

又一次会诊，专家和主任们为了能不能做手术吵得面红耳赤，最后还是被作为病人家属的肖砚一句话钉在了铁板上：“作为病人家属，我要求执行做手术的治疗方案。”

她眼神坚定，就像她的人一样，信仰坚定，从未动摇。

坐在一旁的肖旭也点点头，附和道：“嗯，我们坚持。”

肖砚并没有上手术台，也没有站在外面等待，而是同平常一样接收病人，抢救，淡然镇定得不像是自己的至亲正在生死之门前徘徊。

唐画悄悄地说：“我服了，肖老师这个心理素质，太强了吧。”

郑雅洁也赞同：“我也想说，这种冷血的温柔还是挺迷人的。”

“我感觉我都被她或多或少地影响了。”

“大家或多或少地都被她影响了。”郑雅洁抬起脚，“看，我来这里之后就没穿过拖鞋了！”

陈秩说：“她要是不在这里了，还真会有些不一样。”

“老陈，你是什么居心啊？肖老师是我老板，她要是不在这里了，我怎么办？”

郑雅洁说：“你们怎么老想着肖老师不在呢？我跟你们讲，有传闻说，白老师很有可能会被调回神外站队，他这一回去你们琢磨下，什么风向标吧。”

“那肖旭呢？”

“他肯定是要回去的，本来他就是来轮转的，到时候我也回麻醉科了，新的医生会来轮转，新的领导也会被调进来，你们急诊ICU就会是另外一个格局了。”

墙上钟的针一分一秒地转着圈，暮色也渐渐变得深重，而窗外开始起薄雾。

忽然办公室的门被打开了，肖砚抬起头看到白术，露出如释重负的表情。

“手术很顺利，肖旭在陪着你爷爷，你要去看看吗？”

她摇摇头："有肖旭在，还是等爷爷苏醒吧，我还有一些事情要做。对了，你帮我看下这张片子。"

"我还没吃饭呢。"他光明正大地拖延。

"那就一起去吃饭吧，我请客。"

他把她领到医院门口的馄饨店，只有四张简陋的桌子，除了他们没有别的客人。塑料的白色、红色椅子都被擦得很干净，醋瓶和辣椒罐整齐地摆在桌上，远远就能看到老板在灯下忙碌的身影。从小小的火炉里冒出火热的火苗，从锅里溢出的热气，让整个餐馆变得暖洋洋的。

"冬天晚上吃一碗馄饨，很暖身体。"

他们坐在融融的灯光里，紫菜末、虾皮、大个儿的馄饨，浮在热气腾腾的汤里，果然是第一口馄饨汤的感觉，暖暖的，心都要暖化了。

"我从本科实习就在这所医院待着，到现在已经快15年了，时间过得好快。"

"是啊，时间过得好快。"

他拨弄着勺子，慢慢地说："这家店，是我冬天必吃的一家店。"

"为什么？"

"我从阿富汗回来的那一天，下了非常大的雪，积雪把电线都压断了，全市大范围停电。我一个人从机场回来走在雪地里，周围都没有人，空空荡荡的，忽然看到这家小店，还亮着微弱的炉灶的火光。老板坐在凳子上，跟我打招呼，说今天没电，本来想早点关门回家，但是怕我们这些医生晚上吃不到东西，就等着，没想到把我等到了。其实那天的馄饨味道跟平常没什么区别，但是我吃出来非常温暖贴心的感觉。"

"……那天狂风卷地，机场外面黑漆漆的，乌黑的云压得不透光，雷声像在天花板上裂开一样，雨水铺天盖地，似乎能听到海啸的阵浪，好像是世界末日降临的前兆，我当时就想，如果这就是世界末日多好啊。"

她模糊了时间，但是白术敏锐地捕捉了一点点可能性，她在顺着自己的话说。

这是好的预兆，她愿意表达，是慢慢走出过去的预兆。

他无奈地翻了个白眼："想得美，除了你，大家都想好好活着，行吗？"

她忍俊不禁："我现在也想好好活着。"

"都过去了吧。"

"该过去的都会过去的。"肖砚抿了下嘴唇，"听说你要被调回神外了？"

"老江找我谈话了。"

"消息传得很快啊。"

"我什么都不说，也会有人要刻意传出风言风语，放点料故弄玄虚一下。"

"那你会回去吗？"

"不知道呢，不过现在不是回去的时候，回去怕也不得安稳。"

他们回去的时候，薄雾四起，凉意透骨，不远处医院大楼的灯光像是融化在雾里的云絮，隐隐约约看不清。

安静的街道，肖砚忽然轻轻地哼起一支曲子，是一支旋律非常轻柔的曲子，两段重复的乐句反反复复地哼，时而低沉，时而悠扬，曲折婉转地漫开，弥散进深远的夜空中去。

"挺好听的，这是什么歌？"

"不记得，随便哼的。"

"我会吹口哨。"

"哦，听听。"

他真的吹了*Whistle*①这首歌的前奏，很短，十秒钟，完了还挺得意的："厉不厉害？我这叫双关。"

---

① 英文歌曲，中文译作《口哨》，美国说唱歌手弗洛·里达演唱的歌曲。

“挺厉害的，试试《野蜂飞舞》。”

“……”

肖明山是在第二天中午醒来的，作为一个医生，瞬间就明白了自己的境遇。

“我怎么了？”

肖旭脸上的喜色转瞬即逝，向前来查看情况的白术投去求助的目光。

“您脑梗昏迷之后，行骨瓣减压术。”

“不可能，我血压不高，也没有糖尿病。”

他艰难地开口：“是淀粉样血管病。”

肖明山微微一怔，然后轻叹道：“进行性、致死性的淀粉样病变。”

肖旭鼻子一酸，几乎要落泪，而白术眼眶也微微泛红。

“有什么好哭的？生老病死，人生就是这样。”

虽然被死亡下了通知单，肖明山却在紧锣密鼓地计划着人生最后的日子。

病床边堆了一摞书稿，他躺在床上，肖旭捧着书稿一字一句地念，肖明山时不时地打断他：“按其发病部位，以颈内动脉，前、后交通动脉多见，这里‘前’‘后’不能放在一起，后交通动脉比前交通动脉常见，这里要改掉。”

肖旭拿着笔在稿子上标注出来，认真的样子像是一个听话乖巧的小学生。

白术来查房，劝阻不了只好嘱咐道：“您在康复期，千万要注意休息。”

“趁我还能做点事情，多做点吧，以后啊，再没有这样的机会了。”

尽管淀粉样病变被认为是不治之症，白术还是看了很多文献，写信给国外的研究机构询问最新还未能通过临床的药物。

他也曾经试探过肖明山的态度。

80多岁的老人，头发花白，做了大伤元气的手术后，眼睛里也开始泛起浑浊，目光不再炯炯有神，而是有些涣散："让我一直躺在病床上度过最后的日子，去尝试那些收效甚微的治疗方案吗？"

他无言以对。

"我跟脑外科打了一辈子交道，脑膜瘤、神经鞘瘤、颅咽管瘤、鼻咽癌、脑外转移癌，看过无数病人，用钱来续命的太多了，最后都是痛苦地在病床上苟延残喘，靠着器械和药品维持生命。"

白术敛了敛神色，认真地听着。

"我还记得我的学生小彭，他父亲65岁时得了鼻咽癌已经脑外转移了。他跟我说'肖老师，我不是不想给父亲制定积极的治疗方案，而是现在的情况就算是做手术也无济于事了'，后来他真的没有给他父亲做手术，而是带着他的老婆孩子陪着他父亲回了老家，种树养花。你知道30年前，这种想法承受了多少来自旁人的非议吗？多少人说他不孝，把他骂得狗血喷头，可是他依然很坚持，难得的是这个开明的父亲也接受了儿子的想法。后来他父亲是在家里非常平静地过世的，他回来之后跟我说'这是我父亲一生中最快乐的时光，儿孙绕膝花满堂，我感谢父亲能理解我作为一个医生做出的决定，我父亲也非常赞赏我作为一个医生做出的决定。如果用冷冰冰的器械伴随他人生的最后一程，他一定是痛苦'，我听了之后觉得很欣慰。"

白术静静地站着，没有说话。

"所以你的好意我心领了，但我不想让我人生最后的时光，没有与山水花鸟做伴，而是被困在病房里，花费大量社会医疗资源去延续生命。作为医生无法用客观的眼光去看待生死，已经是一种不理性的做法了，而且也是对自己生命尊严的蔑视。"

"医生重生死，也要重生活的质量和生命的尊严。"肖明山坦然地笑起来，"医生更要尊重病人的想法，不是吗？"

肖砚知道之后，也很赞同："其实爷爷这个人，你看他老了，但是什么都想得很透彻。他很忌讳别人谈论生死，更讨厌病人放弃治疗、放弃生命，但是自己遇到这种问题时，几乎毫不犹豫就做了选择。"

“帮自己做决定很简单，但是放在至亲身上，你真的会甘心吗？”

“要说实话吗？”

“当然。”

“如果是肖旭，我拼尽全力也会延长他的生命。他那么年轻，人生还有无数可能，只要有一丝希望我都不会放弃，但是我也会尊重他的选择。而爷爷，我希望他的生命尽可能地延长，但是我不会再去尝试冒险激进的治疗方案，让他心愿得了，让他的人生有尊严而满足地画上句号是最好的选择。”

“那你自己呢？你会有什么心愿要去满足？”

肖砚想了想说道：“其实我一直在想，如果世界上有这么一个机器，能够测出每个人的寿命，当每个人领到标注我们还有多少年可以活的那张纸的时候，我觉得很多人的人生就不会是现在这样。”

“为什么？”

“会重新选择一条路，这大概是大部分人的心态，但是不管你如何选择，命运依旧是在那里走自己的，命运是脱离于人且不被选择影响的，被影响的是命运在人身上的具体化。”

白术问：“如果是你，你会选择一条什么路？”

“我会待在美国不会回来的。”

“为什么？”

“放弃高薪，放弃稳定的生活。”

他看着她，浑身有静电流过的细微刺痛：“哦，这段日子对你来说毫无意义吗？”

她没回答，问道：“你呢？”

他不假思索：“来什么急诊ICU？赖在神外站队，大家斗来斗去很愉快。”

肖砚盯紧他：“我会待在美国，哪里也不去，安安稳稳的，不好吗？”

他靠得更近了，好像是要蹭她鬓角掉落下来的头发，她能感觉到他呼出的气是热的。

“那我会待在国内死都不会去阿富汗的，安安稳稳的，不好吗？还差点儿跟你一起给一群疯子陪葬，最后还被你骗。”

他的声音也是暧昧的，混着鼻音酿成酥麻的湿热触感，这不是他们第一次进行言语的交锋，但这是第一次用幼稚、赌气、微妙、冲动，互相试探。

“我骗你什么了？”

白术的手指一缩，指尖在她干燥的嘴唇上轻轻一弹，不可思议的柔软触感刮擦着他的指甲。他手转了一下，指腹按在她的唇角，那种力道比轻柔要更重一分，然后触电似的抽回了手。

她浑身一僵，这种带着危险警告一样的暧昧张力，还是她第一次期待甚至渴望发生。

“我原谅你了，所以你最好闭嘴，并且收回之前所有的话，因为我现在很有脾气。”

02

越是临近冬天越是有股冬郁的感觉，早上分不清窗外是大雾还是霾，总之白茫茫的一片。傍晚阳光很早就退去了，灰白色的空气里困着一种令人窒息的潮闷，然后视线就被浮游其间的粒子割裂四散，城市的钢筋铁骨在雾茫茫的光线里模糊了边缘轮廓，有着不切实际的朦胧感。

“老肖呢？”白术回来时随口问了一句。

“介入室。”

介入就是放射，进去的都要穿30斤的铅服，别说一个小时了，几分钟下来全身都湿透了。白术做过几次手术，每次都累得虚脱，还要强迫自己吃很多蛋白质。

他脱口而出：“女人进一次介入室老十年啊。”

肖旭听了，想反驳说不出什么话，只能指指办公室：“薛云师兄找你。”

“你来干啥？”

薛云没有被随便的语气惹得不快，反而憨笑道：“有个片子给你看看。”

“给我看？神外这么缺人吗？是不是下一步就要打电话喊我们急诊ICU的人去会诊？”他眼珠子转了转，“就……老张要退了，把你们逼成这样了吗？”

吐槽归吐槽，他还是认认真真看了片子。

“你要什么建议？这肯定需要做手术，越快越好，是高位胸椎肿瘤，椎管内肿块及病理骨折压迫脊髓和血管，需要整块切除和重建，不然就是高位截瘫，顺便告诉你我们科室不收。”

薛云点点头，刚要说什么，巡查医生跑过来哐哐地像要砸门。

“怎么了？”

“有个病人意识丧失，全身抽搐，上了除颤仪，缓过来没几分钟就再次意识丧失，抽搐。”

“行吧，去看看。”白术走了两步，停下脚步转头看着薛云，“一起啊，薛医生。”

“利多卡因用了吗？”白术边走边问道。

“用了，但是没有任何作用。”

病床边的心电监护仪显示不规则、杂乱无章的宽大QRS波，频率达到200次/分。

“继续除颤吗？”

神外倒是很少有急危重症抢救的场景，所谓术业有专攻，薛云虽然看得懂心电图，但是现在这种情况让他去抢救也是束手无策。

“别急，把心电图调出来，长长地拉一份。”

所有人都有些疑惑地看着他。

然后长长的白纸黑线，从手上慢慢地垂在半空中，然后一圈圈地盘在脚下。

“别急，要搞清楚是什么情况。我看看啊，不发作时心电图的QT

间期明显延长，发作时是多形性室速，而且QRS波的主波围绕基线上下摆动，是尖端扭转型室速。”他斩钉截铁地道，“硫酸镁2.5g缓慢静脉注射。”

澄明的液体从病人的血管缓缓注入，很快病人就不再抽搐了，薛云若有所思地看着那份长长的心电图，所有人都如释重负的样子。

“500ml氯化钠，5g硫酸镁，10ml氯化钾静脉滴注。”

“可以啊。”薛云觉得自己想说的话，好像没有什么说的必要了，看白术这个样子，甚至比在神外时更意气风发、胜券在握。

被打断的谈话还是要继续的，白术把片子收好了递给他：“我知道你来找我想干什么，老张要退了，下面肯定要乱一阵子，不管我跟肖旭站在哪里，都是某种信号，不过我暂时没有回去的打算。”

“现在不回去，以后呢？不行，你得跟我保证。”

白术踹了他的椅子腿一脚，笑道：“你有病吧？你算算年限，别说我回去咱俩差不多就是逼人站队的罪魁祸首，就说肖旭在，我们有没有机会？”

薛云沉默了一下，说：“想不到有一天我居然会觉得你在急诊ICU挺好的。”

“是吧，我也想不到。”

“好了，好了，不说这个了，刚才那个高位胸椎肿瘤，如果由你主刀你准备怎么做？”

冷清单调的办公室，白术倚在墙上，对着CT片子陷入了深思，连肖砚进来都没察觉。

“看什么呢？”

“难题。”

“还以为你老僧入定了呢。”

他把压在身后的手臂拿出来时，低低地“嘶”了一声，然后姿态惫懒地倒在转椅上，像个无脊椎动物一样软绵绵地摊着，慢慢地揉着胳膊。

“这个片子，其实没什么好看的，你用脚都能看出来这是个肿瘤吧。”

“嗯。”

“看着看着我好像有个伟大的想法，3D辅助设计，定制具有一定弧度且近端与远端直径不同的个体化人工椎体重建脊柱。”

“挺好的想法。”

“此处没有掌声吗？”

肖砚笑起来：“等你做成功再给你掌声吧，这明显不是咱们科室的病人，怎么？神外没人了？需要你出手了？”

“所以这是个棘手的例子啊，因为这个病人是神外的现任大主任。”

肖砚真的觉得很好奇：“《白色巨塔》的现实版吗？很多地方不是规定定期换组的吗？”

“理论上是的，但实际操作起来难度很大，还是得看科主任的能力。反正喊着换组的很多，实际操作起来的，我只见过一个，最后还是搞不成又稳定下来了。这里面的利益错综复杂，有时候科主任都不一定敢碰。最简单的，让你带兵打仗，然后动不动就给你换兵，下面的兵也不认你，你愿意？”

她感慨地叹了一口气。

“我给你讲个故事吧，是真事，14岁我做暑期工，你就不要问我为什么要做暑期工，大概是我闲得去体验生活了。工厂是做那种塑料玩具的，我做的工作很简单，就最后打包发货。有些活儿同酬不同工，有时候几个小孩平时关系好好的，争起轻松的活儿来，六亲不认，大打出手。而那些老太太为了200块、300块的工作斗得你死我活，对骂，甚至拉帮结派。那时候我白天晚上干活儿，两个月差几天，到手工资729块9毛，老板说还有一毛找不到了，给我729块8毛。就这么短短两个月，我看到了最底层的拉帮结派，一切都是利益为上，混口饭吃，脸皮不厚，只能忍，所以只能多读书。”

肖砚释然又无声地笑起来：“真是想不到。”

“官场权术之深，老知识分子生存艰难，很多科室之间有明争暗斗，现在想想很多事情无法去追究个是非对错。”

“那我们科室会变成什么样？”

他换上了那种懒洋洋的语气：“沧海桑田，斗转星移，谁知道以后会是什么样呢？”

肖砚说：“但是起码有一件事情可以肯定。”

“什么？”

“你在，还是一切如常。”

他的笑融在眼波里，眼尾弯着，像细细长长的月牙：“那不一定啊，万一再来一个厉害的空降，直接把我架空。”

她挑挑眉毛，眼神里有种“想反要从我尸体上跨过去”的霸气：“比我厉害？”

“那真的找不到了，谢谢肖砚大大罩着小的。”

白术走进会议室，飞快把门上了锁，然后将谨慎确认好的资料递了过去。

“好久没回来过了吧？”

白术笑了：“就是没想到用这种方式重逢。”

“直接回来会比较好？”

“不。”他拒绝得很彻底，“要回来也是神仙打完架之后再说。”

“鬼精鬼精的。”花白头发，沧桑的脸，原本高大的身躯被重担和责任压得有些佝偻，穿着白大褂，一只手翻阅资料，另一只手无意识地抚摩着脖颈，仿佛这个肿瘤带来的压迫和疼痛能用这种简单的方式缓解。

“我想了一个晚上，常规用于支撑颈七和胸四椎体之间脊椎重建的钛网或人工椎体不适合上胸椎三节段切除后重建。如果可以，您愿意试试我们从来没有尝试过的技术吗？”

“那是什么？”

“3D辅助设计，定制具有一定弧度且近端与远端直径不同的个体化人工椎体重建脊柱。

“模型材料是PLA塑料。

“肿瘤血运丰富，术前应行介入栓塞肿瘤供血血管。

“这是首例3D人工椎体的重建，虽然看起来很先进、很乐观，但是我们谁也不知道这样的材料会不会影响今后的生活，所以这台手术很有难度而且充满了危险。”

白术把这一切说完之后，就静静地看着对方。

时间过得很慢，他觉得自己思维停滞了，或者说因为分神，所以根本聚焦不到一个点上。

还以为是两年前，他还在这里，照常开着科会或者病例讨论的时候。

“当初老江把你调走，我没保你，你还怨我吗？”

他万万没想到会被这么问，有一瞬间的恍惚。

“啊？没有啊，从来没有过。”白术讪讪地笑，“这个方案是太激进了吗？您觉得不好，就直接跟我说，扯别的有的没的，我心虚。”

“其实我很反对，放走这么一个特别优秀的医生，但是当老江跟我说，这是重塑一个医生、新建一个科室的时候，我答应了。我从事神外多年，不懂急危重症，但是我觉得你有独特的临床思维和决策能力，有扎实的医学知识和突出的应变能力，更重要的是，当时的你，缺了一样很重要的东西。”

“什么？”

“所知和目标，作为医生的选择，这些医学哲学意义上的东西，寥寥几句很难概括。”

白术笑了笑：“即便是您把我往外面推，我也没多想过什么。我这个人随遇而安惯了，而且整个院里谁有我这样强大的心理承受能力呢？

“您说得不错，因为我随遇而安惯了，所以缺了一些东西。您是个好领导，第一次开会您说每次自己收治病人时都抱着一个信念：生之哀切，相信奇迹。我当时觉得特理想化，后来才明白，活着的信念取决于病人的执着，更在于医生的心。如果我说，只是如果，您能不能相信我一次，相信会有奇迹呢？”

“好啊。”大主任轻松愉快很是干脆地答应了，“你都相信奇迹了，我有什么理由不相信呢？”

手术用最快的时间筹备和安排起来，在保守或者先进的方案外，患者选择了最激进的第三种，而主刀还是来自其他科室。

“54岁，胸椎肿瘤。拟行手术，胸椎后路肿瘤切除和人工椎体重建上胸椎三节段缺损。”

白术戴着口罩，穿着手术服，月牙般弯起的双眼皮下露出一双明亮的眼睛。

“透视。”他下达了第一个指令。

屏幕上显现出胸椎的轮廓。

“手术刀。”

三个人对视一下，然后有条不紊地分工协作起来。

“分离主动脉与脊柱。”

“超声骨刀。”

“翻身。”

“取出后方椎板，离断三根肋骨。”

“胸腔镜。”

胸腔镜从只有五六厘米的切口被放了进去，白术看着显示屏上清晰的画面，一双手悬在空中，稳稳地握着电钩。

“好。”

忽然这时心电监控仪响起来，麻醉医生看了一眼，有些紧张道：“血压下降，80/40，心率50。”

“失血量？”

“300mL不到。”

“肾上腺素2mg分次静脉推注，多巴胺0.5mg/min泵入。”

很快心电监控仪就安静下来，显示为“120/65mmHg”，在众人都松了一口气的时候，警报又开始响起来。

“70/40mmHg。”

两到三秒后又变成了120/60mmHg，如是循环。

“500ml聚明胶肽快速输入。”

血压依然没有明显变化。

白术当机立断：“考虑心衰，0.4mg西地兰推注，肾上腺素1.2ug/min泵注。”

很快血压维持在120~90/60~50mmHg，虽然有波动但是还算平稳。

所有人都如释重负。

他那双明亮的眼睛微微地眯起来：“这里。”

“嗯。”

一半的椎体上的肿块落在盘子里。

“拿去给病理。”

午后的阳光格外温柔，让沾染上尘世太多喧嚣的心，也在不知不觉中沉静，变得宁远温和。

手术一切都很顺利，做完手术，他和薛云去医院外面的小餐馆喝了点酒庆祝一下。

白术回到办公室，把休息室的窗帘拉上，整个屋子都变黑了。他扶着沙发慢慢躺下去，因为酒精浸泡，思维变得迟缓，又很活跃。他把双手抬起来，那些微弱的光线从指缝里漏出来。

白术觉得自己真的有些醉了，他是很难被他人的情绪感染的人，但是在酒精作用下，似乎也有了些怅然又兴奋的感觉。

薛云的话还在脑子里面徘徊：“你一个月做那么多去骨瓣、蛛网膜下腔静脉血肿这种常规手术，比得过这一台的含金量？不管成不成功，都够你发一篇核心论文吃上三年了。”

薛云也是喝多了，说话不过脑子了：“说实话，我真不想平白多一个竞争者，你被调走之后我还开心了一阵子呢，但是现在发现没什么好开心的。这么重的担子要落在我一个人身上，我不好过，你也别想偷着乐，赶紧回来吧，大材小用。”

休息室的门被推开了，光从屋子外像承载不住的水一样猛然倾泻进来，全落到白术身上、脸颊上，将他半个身子都染成了温暖的金色。

他不得不伸出胳膊把眼睛挡住。

肖砚低下头，看着他，摇摇头："喝了多少？你是下午不准备做手术了吗？"

"老肖，你这么厉害，为什么没觉得自己在这里属于大材小用？"

"人命没有大小，众生平等，医生在哪里都一样。"

"你是在那个破阿富汗领悟到的吗？你别说你没去过那个破地方，你不要骗我了，我都发现我丢的手串了。"

肖砚没说话，走到他面前，视线落在他眼睛上，其实默契之人，光是用眼睛就能完成很多对话，她不回答不代表没有答案。

他笑得有些开心又有点小狡黠的模样，好像勘破了她什么秘密或者抓住了什么把柄。

封闭的空间里，气氛很好，聪明的人之间不需要把话头挑得太明，有时候半遮掩的样子足够事后回味。

肖砚柔声说："还记得我欠你一个小秘密吗？"

她的声音是耳边喃喃自语的流星，划过耳畔，擦出危险的火光。

"嗯。"

"那想听吗？"

"听。"

"我知道，你喜欢我。"

他还是躺着，看着她坦坦荡荡又有点走神的迷糊模样，原本肖砚以为他听完这句调笑的话之后会像弹簧一样敏感地弹起来，然后迅速摆出一副防御的姿态。

她离他很近，他那双因为醉酒积起浊雾的眼睛，一瞬间恢复了可见度的明朗。

"这么直白，我不要面子的啊，老肖？

"喜欢上你又不是一件难事，你长得好看啊，男人说到底还是视觉动物，但是你有种让人心折的气质，这种感觉对我来说很难得啊。

“但是又不代表什么，其实对我来说，现在反而是最好的时光——忽明忽暗，半明半暗，人生最美好的时光都在将得未得时。”

肖砚点点头，然后轻笑一声：“那我再跟你说件事。”

“什么？”

“我妈回国了，给我带来了一些不好的消息，所以我要回去一趟。”

过了好半天，白术终于忍不住将眉梢扬起来，眼尾微微上翘的眼睛亮得反光，肖砚竟有那么一秒以为那里面汪着水，一颤一颤地在晃。

“走走走，别回来了。”

她被逗笑了：“真的不回来了吗？”

“你走可以，笑，不可以。”

她还在笑，借着光，肖砚能看到白术的指关节，是红的，她想，白术的手指一定很冰。

于是她轻轻地握了上去，用手指跟手指交叠的那种姿势，然后五指并拢，向另外五指施了带着体温软软的压力，像是传导温度，也像是这样要把他拽起来——真的很冰。

她的整只右手，掌心贴着他的掌心，柔柔腻腻地抵过来，手掌翻转，指关节又顺着他指缝的形状，次第轻轻滑过。

他没反抗，也没惊讶，反而很享受这种无声胜有声的接触，酒精就是有这点好处，让人脑子反应慢一拍。

她手指微微用力往上拽他：“你下午就准备躺这里吗？快起来吧，借口赖床是不可以的。”

白术不动，然后两人手指一滑，慢慢地脱离开。

“有些不好的消息，是关于我去世的前男友的，我要回去核实处理一下，很快就回来。”

“一个已经去世的人，还能带来什么消息呢？死而复生吗？”

她也没生气，只是有些坏心眼地道：“死而复生，你能接受吗？”

“虽然很失礼，但是这种事情真的不存在。”

这是冬末最平常的一天。

天边微亮的橘色从泛白到灰暗，透过透明的玻璃，投下水纹般的影子。冬天的午后，太阳总是吝惜恩泽，留下冰冷的余晖让世人缅怀。

旧医院大楼又推倒了一栋，在断壁残垣上建出完全现代化的高楼，有海市蜃楼的玄妙感。

摄影师扛着摄像机走进急诊ICU，医院要做宣传视频拍素材，不仅仅面向全院，面向社会，更重要的是教育在校的医学生。

"这次每个人都要上镜，危重症医学科刚刚成为全国首批PCCM科室规范化建设三级医院优秀单位，我们科室是宣传重点啊。"

"啊？第一个是我吗？"郑雅洁放下笔，看着镜头，笑了笑，"上了临床才真正明白，医学不是一门完美的学科，而是一个时刻变幻、难以捉摸的知识系统。医学普遍存在于现实生活中，但是它保持神秘，常常令人难以捉摸，这些疑难病症在教科书上并不能找到确切的答案，有时候要靠医生的习惯、本能和经验，当然有时候还有运气，有时候还要靠病人，看他们是否诚实如一，信任医生。

"在这里，我费尽力气想明白了一些事情，但对解决问题一点帮助也没有。我们可以诊断出各种病，我们天天研究这些病的发病机制，用大量实验和统计数据去解释它们，但是很多时候，无法解决这些病，医学的世界，时刻变幻，难以捉摸。

"但是我们不得不去思考去做研究，因为我们是个医生，所知和目标永远有一段差距。因为这个差距，我们所有医生都会永远在努力地想明白。"

"我想说说选择。"

肖旭认真地看着镜头。

"医学是一门充满了未知的学科，在这样的灰色地带，最终是医生要做决定还是患者要做决定？因为想要做决定并不那么容易，选择就像是通往不同结局的路口。

“病人自主决策的原则教导我们，无论医生提出什么治疗方案，病人都有权利决定接受或者否决。当患者没有办法自己做决定的时候，这就要求病人和其他医护人员从病人自己的最大合法利益出发，并将此作为自己行动的依据。

“有时候我都会想，如果现在躺在病床上的人是我，我会做出什么样的决定。更多时候我是以一个医生的意志去决定很多事情，我需要比病人更加坚信，我的选择是合理的、是最好的。

“每个选择都是一条路，通向了人生的未知，为此我需要背负更多的责任。”

陈秩清清嗓子有些紧张地说道：“我们会遇到各种各样的病人，不同性别、年龄、职业和教育程度。很多时候我们会喜欢那种配合医生的病人，有问必答，从不隐瞒，毫无保留地相信医生，他们笃信科学，甚至迷信医学。而有时候我们会遇到彻头彻尾的怀疑者，固执己见，对医生充满了偏见和怀疑。还有的时候我们会遇到，把自己当医生的病人。

“我们会遇到各种各样的病人，就好像我们会遇到各种各样的人一样。与人交往，其实很简单；与病人沟通，其实很难。”

唐画接道：“我陷入过很长时间的自我怀疑，我真的有治病救人的本事吗？面对复杂的情况、突发的病情，甚至无法用教科书去解释的个体，我真的有这种自信吗？其实问题很简单，我们要让病人相信、笃定、依赖，这是我们无法推卸的责任。

“所以我们一直深信，当代医学，不光需要教育医学生和医生，还需要承担更多的社会责任，这种责任是建立某种坚固的共信关系。

“作为医生，我们有责任做得更好，所以请相信我们。”

“最后是我了吗？”白术环顾四周，“老徐去新院区了，老肖还没回来，那么我就是最后了。

“我想说的是，死亡是个体生命无法抗拒的归宿，即海德格尔所称‘人是向死的存在（being towards death）’，危重医学里处处都是生命的玄机，我们需要时常面对死亡，不是纯粹思辨的面对，而是技术也包含哲学姿态的面对。

“死亡，最终意味着技术的撤出，撤出前或许应该做最后的顽强抵抗。而很多时候，我们不知道什么时候是放弃的时候；很多时候，我们也不知道，放弃是否如所有人所愿。因此，医学本质上是一门哲学，是一门直面生死、痛苦的价值论哲学。

“生与医学共存，死与医学共存。”

他做了个结束的手势，然后摄像机的慢镜头转到了整个科室，把这一刻最自然的场景和最熟悉的同事记录下来。

白术随着镜头，把目光放在肖砚的桌子上，久久地注视着。她的杯子下面还压着巧克力的糖纸，资料书摊在桌子上，似乎下一秒就会有人用手翻动阅览。

和她相遇在夏末初秋，白晃晃的天空总算变成透亮的蓝，初秋的阳光也不再刺眼，风中带着雨后特有的湿润；然后变成秋分，冬至，缠绵的雨，伴随着一夜而至的冷空气，阳光变得空空荡荡的，渐渐也失去了温度。

四季很像感情。

初遇还不熟识，相处只点到为止，随着时间推移慢慢热络，于是产生了一种奇妙的感情。

一段平平无奇的对话，一个相交对视的眼神，一个人的生活里充满另一个人的轨迹，很稀松平常，但它是一种温情。

这是他爱的所谓的甜。

她是今天的航班吗？却没有离别的留言和嘱咐。

他明白。

我很快就会回来。

图书在版编目（CIP）数据

谢谢你医生 / 笙离著. -- 北京 : 北京联合出版公司, 2022.4

ISBN 978-7-5596-5973-6

Ⅰ. ①谢… Ⅱ. ①笙… Ⅲ. ①长篇小说—中国—当代 Ⅳ. ①I247.5

中国版本图书馆CIP数据核字(2022)第024174号

谢谢你医生

作　　者：笙　离
出 品 人：赵红仕
责任编辑：龚　将
封面设计：/ⅢRECNS BOOK DESIGN Q:3300392723
内文排版：刘珍珍

北京联合出版公司出版
（北京市西城区德外大街83号楼9层　100088）
天津旭丰源印刷有限公司印刷　新华书店经销
字数296千字　880毫米×1230毫米　1/32　印张11
2022年4月第1版　2022年4月第1次印刷
ISBN 978-7-5596-5973-6
定价：49.80元